KB262209

虛空踏步

허공답보

배금산 新무협 판타지 소설

허공답보 4
배금산 新무협 판타지 소설

초판 1쇄 찍은 날 § 2007년 3월 23일
초판 1쇄 펴낸 날 § 2007년 4월 3일

지은이 § 배금산
펴낸이 § 서경석

편집장 § 문혜영
편집책임 § 심재영
편집 § 이재권 · 유경화

펴낸곳 § 도서출판 청어람
등록번호 § 제1081-1-89호
등록일자 § 1999. 5. 31
어람번호 § 제2-1161호

주소 § 경기도 부천시 원미구 심곡1동 350-1 남성B/D 3F (우) 420-011
전화 § 032-656-4452 팩스 § 032-656-4453
http://www.chungeoram.com
E-mail § eoram99@chollian.net

ⓒ 배금산, 2006

ISBN 978-89-251-0619-9 04810
ISBN 89-251-0431-8 (세트)

4

무림대란(武林大亂)

배극산 新무협 판타지 소설

Fantastic Oriental Heroes

허공 답보

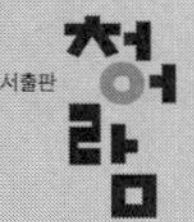

도서출판 청어람

목차

第一章

상산(湘山)의
대호(大虎)

위진천하(威振天下)!

대견 만석이 죽림마원과 결탁했다고 해서 무림공적으로 몰리고, 개봉 무림맹의 지하에서 벌어지는 기이한 일에 무림의 이목이 집중되고 있을 때, 암중의 세력들이 기다렸다는 듯이 발톱을 드러내기 시작했다.

"도끼!"

초막의 문이 벌컥 열렸다.

비가 개인 하늘에서 천천히 떠오르는 여명을 받아 거대한 그림자가 실내를 가득 메웠다.

홍자려는 호피가 깔린 거대한 침대에서 황급히 일어나 머리맡에 걸린 도끼를 잡아갔다.

그러나 내공이 빈약한 그녀가 육십 근이 넘는 커다란 도끼를 쉽게 내리기는 애당초 무리였다.

그녀가 도끼를 양손으로 잡고 낑낑거리자, 천웅(千雄)의 뻣뻣한 턱수염이 부르르 떨렸다.

"이런, 개잡년!"

잇소리로 욕설을 내뱉은 천웅이 밤새 마신 술기운이 가득 배인 숨결을 토하면서 성큼성큼 그녀의 옆으로 다가왔다. 그리고는 솥뚜껑만 한 손으로 침대 위에 무릎을 꿇고 있는 홍자려를 거세게 밀쳐 댔다.

"아악!"

그녀가 고통에 찬 비명을 지르면서 도끼를 놓치며 넘어지는 서슬에 흙바닥이 쿵 하고 울렸다.

도끼가 떨어지면서 그녀의 어깨를 스쳤는지 어깨 부분의 무명옷이 길게 찢겨 나가며 상처난 부위에서 피가 솟구쳐 바닥을 적셨다.

"퉤에!"

천웅이 밟아 뭉개 버릴 듯한 시선으로 넘어진 그녀를 내려다보다 침을 탁 뱉었다.

"에이, 기분 더럽네. 이년은 뭐 하나 제대로 하는 게 없어."

거무칙칙하게 보이는 황토 흙 위에서도 선명하게 보이는 핏무리를 흘낏거리던 천웅이 바닥에 떨어진 도끼를 들쳐 메더니 큰 걸음으로 걸어 닫힌 문을 거칠게 열어젖혔다.

그래도 약간은 켕기는 마음에 천웅이 잠시 주춤하면서 걸음

을 멈추었을 때,

"흐으윽!"

도끼에 베인 상처의 아픔보다는 가슴을 가득 채우는 서러운 마음에 소리 죽인 그녀의 울음소리가 천웅의 귀에 와 닿았다.

"저, 저 잡년이 틈만 나면 울어?"

거친 욕설을 내뱉으며 몸을 휙 돌리던 그는 넘어진 자세 그대로 가녀린 어깨를 떨고 있는 여인이 왠지 애처롭게 느껴졌다.

겨우 열흘 전이었다.

남장을 한 채로 개봉에서 서쪽으로 백여 리쯤 떨어진 이곳 상산(湘山)의 산길을 가던 여인을 소두목 중 한 명이 잡아서 그에게 헌상했다.

먼 길에 온갖 고초를 겪었는지 큰 눈만 반짝거릴 뿐, 얼굴도 수수하고 몸도 좀 마른 편이었지만 천웅의 마음에 꼭 드는 여인이었던 것.

그런데 이 계집이 틈만 나면 감시를 피해 도망치니 신경이 이만저만 쓰이는 것이 아니었다.

그래도 그녀의 마음을 잡아두려고 각종 보석류와 장신구를 아낌없이 주는 등 천웅이 할 수 있는 모든 일을 다 했지만 그녀는 돌아보고 콧방귀도 안 뀌는 것이었다.

"에이!! 저 잡년을 그냥 모가지를 콱 분질러서는 돼지한테나 줘버려?"

당장 달려들어 피를 볼 것만 같던 천웅이 다시금 바닥에 침을 탁 내뱉고는 몸을 돌려 밖으로 나갔다.

"흐흐흑. 정 가가……."

그가 문밖으로 멀어지자 억지로 참던 그녀의 울음소리가 터진 입술 사이로 가늘게 새어 나왔다.

그때,

"에헤, 이년아! 만석 놈하고 붙어먹다가 총두령의 노리개가 된 기분이 어때?"

틈만 나면 찾아오던 고한성이 오늘은 새벽 일찍 찾아와서는 이죽거렸다. 홍자려를 바친 공이 인정되어 천웅의 거처 바로 옆방에서 경비를 서는 호위대장이 되었던 것.

"개새끼!"

"오, 요년 봐라? 어차피 총두령에게 얻어터졌으니 한 대 더 맞아도 되겠지?"

이빨을 거세게 갈아붙인 고한성이 그녀의 머리칼을 잡아 일으켜 세우더니 뺨따귀를 철석하고 올려붙였다.

짜악!

"아아악!"

"더러운 년. 이런 날이 올 줄은 생각지도 못했겠지."

과거 천무세가에서 그녀를 겁탈하려다가 만석에게 걸려 실패했던 바로 그 고한성의 눈에 새파란 독기가 서렸다.

"킬킬. 그년, 몸은 메말랐어도 유방 한번 풍만하구나!"

고한성이 옷깃 사이로 드러난 홍자려의 유방을 거머쥐고 마구 주물렀다.

"네년이 정조를 지키느라 총두령을 멀리한다고 들었다. 어디 그놈의 정조를 오늘 내가 가져가 볼까? 크큭. 네 낭군은 무림공적으로 몰려 죽을 둥 살 둥 하니 그놈의 계집은 나에게 정조를 바친다? 어때, 멋있는 생각 아냐?"

홍자려는 죽고 싶을 만큼 고통스러웠다. 오직 만석을 만나자는 일념으로 아직 자진을 못했지만 이제는 진짜 죽어야 할 때가 온 것이라고 그녀는 생각했다.

'아아, 가가. 이 더러운 세상, 소첩은 그만……'

그녀가 막 혀를 깨물려고 할 때,

"이거 봐. 그러다가 이년이 총두령님에게 일러바치면 어떻게 하려고 그래?"

소두목 차림의 장한이 초막 안을 들여다보고 있었다.

"엉? 자식이 걱정도 팔자라니까. 아, 이년이 그걸 고자질할 년이 아니잖아?"

"그만 해. 너 때문에 나까지 위태로워지고 싶지 않아."

고한성과 같이 상산 대호채로 들어온 친구 민광형으로 경비를 마치고 돌아오던 길이었다.

'자식, 내가 총두령의 측근이 되어 출세하는 것을 시기하더니 이젠 대놓고 방해를 놓는구나.'

생각은 그러면서도 얼른 홍자려에게 손을 떼는 고한성이었다.

"쳇. 누가 이 계집을 어떻게 할 생각을 한다고 그래? 그냥 이년 꼴보기가 싫어서 일부러 그러는 게지."

　　그러면서 슬금슬금 홍자려의 눈치를 보더니 초막 밖으로 나가 자취를 감추자 민광형이 천천히 자세를 낮추고는 속삭였다.

　　"저놈은 신경 쓰지 마십시오. 놈이 하는 꼴을 보니 옛날에 내가 한 짓이 얼마나 더러운 짓이었나 하는 것을 항시 느끼게 됩니다. 그러니 총두령님이 마음을 돌릴 때까지만이라도 저를 의지하세요. 저놈이야 잊어버린 지 오래겠지만 나는 아직도 천무세가의 무사로서 자부심을 가지고 있습니다. 그러니 같은 천무세가 출신으로서 서로 돕고 의지하면서 살아야지요."

　　쉴 새 없이 불안스럽게 깜빡거리는 눈만 아니라면 홍자려는 그의 말을 믿었을 것이다. 하지만 그녀는 민광형의 태도가 본심이 아니라는 것을 여인의 직감으로 알고 있었다.

　　한마디로 친구의 출세를 시샘해서 홍자려를 통해 천웅의 마음에 들어보겠다는 나름의 몸부림이었다.

　　고개를 푹 수그린 홍자려가 아무런 반응도 보이지 않자 혀를 차던 민광형이 그녀를 힐끔거리면서 뒤로 물러났다.

　　그가 총두령의 초막에 있는 것을 들키면 누가 봐도 의심을 살 만한 일인 것이다.

　　민광형이 쭈뼛거리면서 초막 밖으로 나가자 홍자려의 눈이 날카롭게 빛났다.

　　'어서 여기를 탈출해야 해!'

　　그녀도 근래 산채의 분위기가 어딘가 붕 떠 있다는 느낌을 받고 있었다. 이럴 때가 아니면 다시는 도망치기가 어려울 것이다. 게다가 소리가 요란하게 천웅에게 얻어맞은 뒤라 그녀가 당장 도망칠 것이라곤 생각지 못할 것이다.

홍자려가 얼른 옷매무새를 가다듬으면서 주변의 동향을 살폈다.

'됐어. 가가, 기다려요. 소녀가 간답니다.'

홍자려가 간단한 옷가지와 말린 육포를 봇짐에 싸서 등에 메었다. 그리고는 도둑고양이처럼 은밀하게 여명이 움트는 바깥으로 발길을 옮겼다.

'제에기, 기분이 더럽구나.'

입속으로 알지 못할 욕설을 자근자근 씹어대며 큰 걸음으로 산채를 벗어나던 천웅의 앞길에는 함초롬한 맑은 물기를 담아 생명의 푸르름을 한껏 뽐내는 수목들의 행렬이 펼쳐지고 있었다. 그리고 지면 여기저기 움푹 파인 곳에는 밤새 내리다 방금 전에 그친 빗물이 고여 여명의 흐린 빛을 받아 아릿하게 빛나고 있었다.

"오늘따라 참으로 아름답구나."

걸음을 멈추고 홀린 듯 아련한 눈으로 산채 주변을 세세히 훑어보던 천웅이 무심결인 것처럼 뒤를 돌아보았다.

백여 채에 이르는 작은 움막들이 무질서하게 세워진 모습은 오늘따라 초라하게 그의 눈길 속으로 다가왔다.

"퉤!"

금세 일그러진 표정으로 입 안에서 잔뜩 긁어낸 침을 땅바닥에 내뱉은 그가 성큼성큼 걸음을 떼서 산채 공지의 중앙을 가로질러 갔다.

여기저기 보초를 서던 험악한 인상을 한 장한들의 인사를 받는 둥 마는 둥 발길을 재촉하던 그가 숲길을 한참 올라가다 멈춰 선 곳은 거무튀튀한 외피로 줄기를 감싼 수목의 군락 앞이었다.

높이가 십여 장에 이르는 수백 그루의 나무들이 몰려 있는 모습은 장엄하기까지 했다.

그중에서도 둘레가 이 장은 넘을 것 같은 거목 앞으로 다가간 그가 나무를 올려다보았다.

"좋아! 오늘은 네놈을 쪼개보자."

그가 올려다보는 거목은 주변의 아름드리나무들보다 최소한 서너 배는 컸다.

거무칙칙한 줄기와는 달리 늘어진 가지마다 상수리 잎사귀 형상을 한 널따란 초록빛 잎새들이 이슬을 잔뜩 머금고 힘겹게 떨고 있었다.

철목(鐵木)이었다. 천하에서 가장 무겁기도 하고 단단한 나무로 한 그루가 무려 은자 백 냥을 호가할 정도로 비쌌다. 그러고도 없어서 못 판다는 철목이 수백 그루나 자라고 있다니.

그러나 천웅의 내심은 그런 것하고는 전혀 관계가 없었다. 이 순간 그가 하고 싶은 일은 내심에 꽉 찬 울화를 풀어버리는 것뿐이다.

"그래! 죽여주마. 널 죽여서 내 마음이 풀린다면 그 또한 너의 행복이 아니냐?”

천웅의 불그레한 눈동자에서 빛이 번쩍 일며 나무를 꿰뚫을 것처럼 노렸다.

“퉤퉤.”

그가 거대한 도끼를 가랑이 사이에 끼우고는 손바닥에 침을 뱉어 썩썩 문지르더니 도끼를 높이 치켜들었다.

그때부터 빠악! 빠악! 하는 나무의 밑둥치를 찍는 소리가 쉴 새 없이 산중을 울려대기 시작했다.

빡빡한 소리와는 달리 한 번 내려칠 때마다 푹푹 파여 떨어져 나가는 단단한 속살이 사방으로 비산하면서 나무가 한쪽으로 점점 기울기 시작했다.

“푸헉! 푸허헉!”

거친 숨소리가 대기를 뜨겁게 달구면서 소용돌이쳤다.

천웅의 거친 숨소리와 거대한 도끼에 짓이겨지는 나무의 비명 소리만이 울창한 숲 속에 메아리쳤다.

그러던 어느 순간, 와지끈! 콰아앙! 하고 귀에 거슬리는 비명 소리를 마지막으로 거대한 철목이 지면을 흠씬 두드리며 밑동에서 떨어져 나갔다.

주변의 작은 나무들과 수풀들이 쓰러지는 거목에 짓눌려 태풍을 만난 듯 부러져 나가는 소리와 나뭇잎에 고였던 물방울들이 사방으로 튀어 내리다 천웅의 전신을 들이 씌웠다.

“푸하하!”

전신에 쏟아지는 물방울들을 고스란히 맞던 천웅이 시원한 소리를 내질렀다.

실로 범인이라면 최소한 열 개의 도끼를 갈아치우면서 하루 종일 걸려야 할 일을 반 각 만에 끝내는 그의 용력은 경탄스럽기만 했다.

"좋아, 다음 놈!"

눈이 시뻘게진 채 주위를 두리번거리며 다음에 해치울 나무를 고르던 그의 귀에 묵직한 목소리가 천둥치듯 울려 퍼진 것은 바로 그때였다.

"쯧쯧쯧! 물에 빠진 곰 새끼 모양을 하고는 애꿎은 나무를 못살게 구느냐?"

'이, 이런!'

천웅이 속으로 흠칫하며 주변을 살폈다.

아무리 나무를 쓰러뜨리는 데 주의를 집중한 상태지만 사람이 가까이 접근하도록 기척을 눈치 못 챘다는 것은?

고수!

천웅이 온몸의 감각을 급히 일깨우며 몸의 자세를 바로 하기도 전에 오 장을 격한 숲 속에서 왜소한 인영이 모습을 드러냈다.

실로 하늘에서 뚝 떨어진 듯 홀연하기 그지없는 몸놀림이었는데 뒷짐을 진 자세에서는 빈틈을 찾아보기가 어려웠다.

"아니……?"

붉은 눈을 희번덕거리며 나타난 자를 응시하던 천웅이 두터운 입술을 벌리며 크게 웃었다.

"크카카카!! 이게 누구십니까? 소리없이 떠나실 때는 언제고 이제 와서 유령처럼 슬며시 나타나는 겁니까?"

천웅이 반가워 어쩔 줄 모르며 추레하게 생긴 노인의 손목을 덥석 잡는 모양을 보면 보통 잘 아는 사이가 아닌 모양이다.

그의 손을 피할 생각도 없는 듯 손목을 내준 노인이 빙그레 미소를 지었다.

거칠기는 하지만 언제 들어도 사나이의 웅심이 느껴지는 목소리였다.

"껄껄껄, 반가워, 반갑고말고. 언제나 변함없는 자네의 모습을 보니 노부의 기분도 매우 기껍네."

말을 하는 노인의 상처로 뒤덮인 얼굴에 자애로운 미소가 들었다. 거의 십 년 만에 모습을 드러낸 추노였다.

"에구, 어르신도 참."

천웅이 씩하고 쑥스러운 웃음을 입가에 묻혔다.

"그건 그렇고, 나대충이는 요즘도 빌빌거리며 돌아다니느냐?"

"예, 그게 누이를 찾아야 한다면서 밥만 먹었다 하면 나가 돌아다니고 있는데 불쌍해서 죽겠습니다요. 그러면서도 강호의 소식을 세세하게 가져와서 저는 앉은 채로 강호의 소식을 듣고 있습니다."

"쯧. 다 제놈의 업이지, 업이야."

추노가 안타까워하면서도 천웅의 얼굴을 다시금 세세히 살폈다.

화염이 타오르는 듯한 고리눈에 주먹코, 아무렇게나 삐죽이 솟은 빳빳한 수염은 장비를 연상케 했고, 혹 그가 붉은 눈을 홉떠서 노려보면 똥오줌을 싸는 사람들도 많았다.

십여 년 전, 무적초자의 흔적을 찾아 산중을 헤매다가 거대한 붉은 곰의 공격에서 구해준 덩치만 큰 소년이 이제는 천하를 호령할 호걸로 자라난 것이다.

그러나 추노의 뒤를 떨어질 줄 모르고 따르던 나대충은 누이에 대한 심중의 걱정 때문인지 무공에 별다른 진전이 없었다.

추노가 자신을 물끄러미 보자 천웅이 무언가를 느꼈는지 화등잔 같은 눈을 부릅뜨며 물었다.

"어르신, 때가 된 것입니까?"

"그래, 때가 왔지. 만석이 무림공적으로 몰려 무림맹의 지하로 사라진 후 많은 세력들이 발호하고 있구나. 난세가 시작되고 있음이야."

"그럼, 시작해야지요."

두 사람이 무심코 철목의 숲을 바라보니 꿩을 낚아챈 매가 안개 개인 푸른 하늘로 높이 날아오르고 있었다.

第二章

대초원의
사자(獅子)

끝없이 펼쳐진 초원이었다.

너른 들판을 가득 메운 풀들이 후텁지근한 공기를 품고 바람이 불어올 때마다 이리저리 쏠리는 모습은 한가하기만 했다.

날씨는 무더웠다. 가만히 서 있어도 땀이 줄줄 흘러내렸다.

멀리 하얀 눈을 구름 머리에 올린 천산의 웅장한 모습이 눈시울을 차갑게 적시곤 했지만, 푸른 하늘 한 모퉁이를 떠가는 흰 구름마저 더위에 지친 듯 느릿한 움직임을 보이고 있었다.

초원 곳곳의 물웅덩이는 뜨겁게 달아오른 열기를 이기지 못하고 아릿한 물막에 잠겨 있었고, 수십 마리의 야생마들이 푸르럭대며 한편에서 풀을 뜯고 또 한편으로는 물을 마시는 풍경은 매우 정겨웠다.

그때였다.

삐이익!!

느슨한 주변의 대기를 산산히 부스러뜨리며 고음의 풀피리 소리가 급작스럽게 울려 퍼졌다.

파사삭!

주변의 무성한 풀들이 바짝 휩쓸리는 소리가 들리며 말 떼를 둘러싼 인영들이 빠르게 그들을 향해 접근하고 있었다. 어깨가 훤히 드러난 양가죽 옷을 무릎까지 걸치고 진회색 띠를 허리에 질끈 동여맨 비슷한 차림의 이십대 장한들이었다.

끝을 둥그렇게 묶은 밧줄을 손에 든 사람들의 기척을 느끼자마자 말들이 온몸을 요동치며 남서쪽으로 일제히 달려나가기 시작했다.

히이이힝! 빠바바박! 우두두두!

울음소리도 요란하게 초원의 푸른 풀들을 마구 짓밟으며 달려나가는 말 무리의 모습은 장관이었다.

말의 전신에서 물결치는 근육의 역동적인 움직임은 아름답기까지 했다.

선두에는 우두머리로 보이는 검은 바탕에 갈색 반점들이 온몸을 뒤덮은 윤기가 자르르한 건장한 말이 달리고 있었는데, 놈의 바로 한 발짝 뒤에는 암컷으로 보이는 진한 밤색의 늘씬한 말이 뒤따르고 있었다.

그들의 뒤를 쫓는 사람들의 발걸음은 무척 빨랐다.

한 걸음에 수장씩 미끄러지면서 시위를 당긴 화살처럼 앞으로 튕겨 나가는 그들의 모습은 가히 신기에 가까운 빠르기를 과시하고 있었다.

태양은 중천에 떠서 짤막해진 그림자들이 휙휙대며 발밑을 스쳐 지났다.

선두를 질주하는 인물이 큰 소리를 내지르며 다른 사람들을 독려하는 소리가 들렸다.

"이번엔 기필코 저놈들을 잡아야 해! 자, 조금만 더!"

줄줄이 얼굴에서 흘러내리는 땀방울을 손등으로 훔치며 말을 마친 파하룩은 이를 악물었다.

벌써 오 리가 넘게 전력 질주해서 말들을 붙잡으려고 했지만 아무래도 지면을 가득 메운 키 큰 풀들과 수렁을 이룬 바닥의 질퍽한 흙이 진로를 방해해서 말들을 쫓는 데 상당한 장애가 되고 있었다.

다른 놈들은 다 필요없다. 저 선두의 우두머리 점박이 녀석하고 놈의 연인인 암말만 나포하면 된다.

그러나 놈들의 뒤를 따르는 말 떼가 일부러 방해를 놓는 것처럼 갈지자형으로 달리고 있어 삼사 장 앞에서 힘차게 율동하는 평퍼짐한 엉덩이를 빤히 보면서도 목에 밧줄을 걸 기회를 잡지 못하고 있었다.

놈들의 뒤를 쫓은 횟수는 벌써 열 번이 넘어 있었다.

수만 마리의 야생마들 중에서도 눈이 번쩍 뜨일 만큼 잘생긴 놈이었다.

벌써 일 년 전에 발견해서 어떤 때는 혼자서, 또 어떤 때는 이렇게 동료들과 함께 놈을 생포하려고 시도했지만 번번이 실패해서 이를 갈던 중이었다.

여러 날을 야숙하면서 드디어 오늘 다시 놈들을 발견하자, 최대한 가까이 접근해서 숨을 죽이며 기회만을 엿보던 그들이었다.

말, 특히 야생마란 무척 주변 기운에 민감한 놈들이라 아무리 멀리서 잠복하고 있어도 인적을 들키기 일쑤였다. 그래서 아예 뒤쫓을 엄두도 못 내고 포기한 적도 많았다.

그런데 이번엔 일이 되느라고 그런지 바람도 말 떼 쪽에서 세차게 불어오고, 유난히 풀이 바람에 나부끼는 소리가 커서 이놈들의 삼 장 옆까지도 접근할 수 있었다.

그러나 설사 이렇게 가까이 접근했어도 절대 성공하리라고 장담할 수는 없었다.

두 놈이 어찌나 빠른지 단거리에서의 잽싼 움직임은 말할 것도 없고, 장거리 달리기에는 이골이 난 놈들이라 아무리 모든 내공을 기울여 쫓아도 따라잡기가 무척 어려웠다.

아니나 다를까, 벌써 추적한 지 반 시진이 지나 백여 리가 넘게 추적해 왔지만 처음의 거리가 좁혀지기는커녕 점점 늘어나기만 했다.

크으! 대초원의 사자라는 내가 벌써 세 달이나 허송하고서도 또 실패라니! 이래서야 어떻게 천하를 놓고 다툴 수가 있단 말인가? 생각하면 그저 분한 마음뿐이었다.

갈수록 멀어지는 말들의 뒤꽁무니를 쫓던 발걸음을 천천히 멈추면서 파하륵은 점박이와 밤색 암말을 망연히 바라보았다.

아니, 저런!!

거치른 숨결을 조절하면서 거의 발을 멈추다시피 했던 파하륵이 짙은 눈썹 아래 깊숙히 박힌 갈색 눈을 번쩍하고 빛을 뿜었다.

암말이 돌부리에 채였는지 기우뚱하더니 두 무릎을 꿇으며 펄썩하고 넘어지는 게 아닌가?!

암말이 넘어지자 뒤를 보던 점박이가 달리던 발을 멈추고 황급히 돌아오는 것이 보였다.

오, 옳거니! 파하륵이 자신도 모르게 무릎을 세게 두들겼다.

끄윽!

워낙 세게 친 터라 무릎이 찌르르 울리며 얼굴이 절로 찌푸려졌지만 그의 마음은 벅찬 환희로 떨리고 있었다.

내쳐 주위의 동료들을 돌아보니 그들의 눈에도 뚜렷한 생기가 감돌고 있었다.

파하륵이 오른팔을 번쩍 들어 서두르지 말 것을 지시하고 조심스럽게 십여 장 앞의 말 무리에 다가갔다.

놈을 놀라게 해서는 안 된다! 어디까지나 신중하게…….

사각사각 하는 소리를 내며 파하륵 일행이 가까이 다가가도 점박이는 암말 주위를 빙빙 맴돌며 그저 슬픈 듯 메헤앵 소리를 낼 뿐 떠날 생각을 하지 못했다.

접근하는 사람들의 눈치를 보는 점박이의 긴 얼굴은 말 못할 긴장감과 안타까움이 서려 있었다.

'이때다!'

이때를 놓치지 않고 파하륵이 들고 있던 밧줄을 재빠르게 던져 올리자 그제야 도망치는 시늉을 보이는 점박이였지만 밧줄이 단단하게 기다란 목에 휘감긴 뒤였다.

"자, 자! 이리 오너라, 이놈아!"

파하륵이 입속으로 중얼거리며 더욱 가까이 접근해 잡아당겼지만 다리에 힘을 잔뜩 주고 엉버티는 점박이의 행동은 필사적이었다.

"이놈아, 그만 포기해라!"

파하륵이 큰 소리를 내지르며 윽박질러 봤지만 말은 요지부동 그 자리에서 꼼짝도 않았다.

"와아! 그놈, 힘도 무지하게 센데?"

타르칸이 감탄하며 소리를 지르자, 그를 힐끗 보던 파하륵이 윳! 하고 기합을 주면서 이번엔 내공을 담아 줄을 잡아당겼다.

메헤헹!

다시금 구슬픈 울음소리를 내며 점박이가 더 이상 버티지 못하고 주르륵 끌려 파하륵의 앞에 멈춰 바둥거렸다.

파하륵이 자신의 앞에서 온몸을 심하게 비틀며 거부하는 몸짓을 하는 점박이의 눈을 들여다보았다.

앞발로 바닥을 무섭게 걷어차며 콧구멍을 크게 벌려 푸르럭대는 놈의 모습은 불만으로 가득 차 보였는데, 커다란 눈의 깊은 곳에 자리 잡은 심한 불안감을 파하륵은 확실히 느낄 수 있었다.

자신의 불안한 마음을 숨기기라도 하듯이 점박이의 눈에서 푸르스름한 광채가 연달아 솟구쳐 파하륵의 눈으로 부딪쳐 왔다.

'역시 대단한 놈인걸. 과연 만마(萬馬)의 왕이란 칭호를 받을 만하군.'

부족 사람들에게 통용되는 이름을 떠올리며 파하륵의 눈동자에 잔뜩 힘이 들어갔다.

시간이 흐르자 그의 갈색 눈은 엄중한 기운에 덮여 파도 같은 기세로 점박이의 파란 광채가 이는 눈을 압도해 갔다. 인간과 말의 눈싸움은 그렇게 한동안 계속되었다.

말이 더 이상 견디지를 못하고 커다란 눈을 내리깔고 말굽을 땅바닥에 비벼대며 툭툭 찼다.

"됐어!"

"여어— 이놈이 끝내 굴복하고 말았어!"

파하륵이 두 주먹을 불끈 쥐며 소리 지르자, 거기에 화답하듯 덩치가 산처럼 듬직한 자가 마주 질러대는 소리였다.

타고난 신력으로 신강 전체에 위명이 자자한 타르칸이 바로 그였는데, 파하륵의 죽마고우로 두 사람의 우정은 깊기로 유명했다.

"야아! 역시 대단한 놈이야. 만마의 왕이라는 이놈을 직접 만져 볼 수 있다니 꼭 꿈을 꾸는 것만 같군."

타르칸이 말의 등허리를 쓰다듬으며 감탄하자, 동료들도 한마디씩 거들면서 주변이 떠들썩하게 변했다.

"후훗, 자식들!"

파하륵이 말의 이곳저곳을 경쟁적으로 만지는 그들을 보면서 싱긋 웃을 때,

푸르륵!!

코에서 뜨거운 열기를 내뿜으며 말이 거센 뒷발질을 하기 시작했다.

"어어어?"

"에, 에쿠!!"

말의 발작에 두세 명이 바닥에 나뒹굴자, 말의 주위를 둘러싼 십여 명이 배를 움켜잡고 대소를 터뜨렸다.

"카카카카! 크흐흐훗! 크하하하!"

그 모양을 웃음 띤 눈길로 지켜보던 파하륵도 얼굴을 젖히고 커다란 웃음을 터뜨렸다.

"왓핫핫하! 정말 기분 좋은 날이야. 중원 출도를 앞두고 정말 좋은 징조야!"

파하륵의 마음은 구름 위에 올라탄 것처럼 붕 떠올랐다.

"가만있자, 저 암놈은 어떡하지? 목을 매어서 끌고 갈 수도 없고."

암말의 상처를 치료하느라 쭈그리고 앉아 있던 장한이 치료를 마쳤는지 일어서며 말을 하자, 파하륵의 눈이 타르칸을 힐끗 보았다.

엉? 타르칸이 떨떠름한 눈을 굴리며 암말하고 파하륵을 번

갈아 보더니,

"에라, 모르겠다!"

듣는 사람 귀청이 터지도록 큰 소리를 치더니 선 채로 암말을 번쩍 들어 왼쪽 어깨에 올려놓았다.

놀라운 힘이었다. 내공 한 점 사용하지 않고 수백 관은 나가는 말을 번쩍 든 것만도 놀라운데 한 걸음씩 내딛는 걸음을 보면 홀몸으로 걷는 것 같았다.

애히히히잉!

그때 타르칸이 갑자기 자신을 번쩍 들며 걸음을 옮기자 놀란 암말이 커다란 울음소리를 내며 바드작거렸다.

"에이. 이놈아, 그만 앙탈해라!"

타르칸이 마음에 안 든다는 듯 암말의 눈에 자신의 눈을 마주하고 지그시 노려보자, 뒤에 있던 무리 중의 한 사람이 낄낄하고 웃음을 터뜨렸다.

"엉? 너 왜 웃어?"

타르칸이 돌아보니 놈이 소리치며 다시 큰 소리로 웃는다.

"야아!! 이거 정말 멋진 장면 아냐?! 암말이 낭군 어깨에 오르니 좋아서 춤을 춘다야!"

"그냥 좋다 뿐이겠어? 저 눈을 맞추며 사랑의 밀어를 나누는 꼴 좀 보라니?"

"그 꼴 참, 볼썽사납다야."

"클클클! 크크크크!"

놈들이 또 키들대며 웃었다. 크― 아무리 농담이라지만 하필이면 자신을 숫말에 비유하다니?

"야, 이놈들아, 대체 내가 말 놈하고 닮은 점이 어딨다고 그 따위 소리냐?"

타르칸이 놈들을 한 바퀴 빙 둘러보며 화가 잔뜩 난 눈으로 노려보았다.

"그놈 참. 아, 네놈의 거시기가 숫말처럼 거시기하다며?"

또 한 놈이 바로 대꾸했다.

"맞아, 맞아. 술만 취하면 말 좆대가리하고 닮았다고 어찌나 자랑하든지, 더러워 죽겠더라니?"

"와하하하하! 카카카카! 칼칼칼!!"

이제는 더 이상 참을 수 없다는 듯이 바닥을 구르며 대소를 터뜨리는 장한들이었다.

"에에이, 자식들하구는? 에라, 나도 모르겠다!"

"크캬캬캬캬캬!"

암말을 도로 내려놓을 수도 없고, 어깨에 말을 멘 채로 저놈들을 응징할 수도 없어 바닥을 떼굴떼굴 구르며 웃는 놈들을 어정쩡하게 내려다보던 타르칸이 자신도 따라서 크게 웃고 말았다.

그가 웃는 모습을 보면서 장한들은 또다시 큰 소리로 웃어 댔다.

요행으로 오랫동안 목표하던 말들을 잡게 된 장한들이 잔치의 뒤풀이를 하는 것 마냥 웃고 떠들다가 시간이 지나 조금 진정이 되었는지 자기들끼리 잡담을 늘어놓고 있었다.

그런 그들을 보며 만면에 웃음을 채우고 점박이의 콧잔등을 쓰다듬던 파하륵이 눈길을 돌려 말의 눈을 잠깐 들여다보더니 휙 날아 말잔등에 올랐다.

이힝!

흠칫하고 말이 놀라는 모습을 보며 말의 갈기를 쓰다듬어 진정시키던 그가 말의 뒷 잔등을 탁 치더니 오른손을 높이 치켜 올려 천지가 떠나갈 것처럼 커다란 소리로 부르짖었다.

"자, 가자! 만마의 왕이여. 나를 태우고 저 광활한 중원으로 가자! 그리고 그들에게 알려주자. 여기 영세군림의 영웅이 왕림했음을!! 자, 가자! 중원으로!"

파하륵이 토하는 강력한 의지를 받아 불타오르는 눈빛을 번쩍이던 장한들이 밧줄을 공중으로 휘휘 돌리며 힘차게 외쳐대었다.

"가자! 중원으로!!"

타르칸도 어깨에 메었던 암말을 두 손으로 번쩍 치켜들며 소리치고 있었다.

애이히힝!

암말이 또다시 애처롭게 울었다. 그러나 이번엔 아무도 웃지 않았다.

지금 이대로 중원으로 출발할 것처럼 그들의 함성에는 격렬한 투기(鬪氣)가 담겨 있었다.

第三章

빙열지옥(氷熱地獄)의 쟁투(爭鬪)

이처럼 중원의 일각이 들썩이고 있었지만 지하 세계의 흉험함은 만석 일행에게 죽을 고비를 선사하고 있었다.

넓어진 모퉁이를 빠르게 돌아가던 만석 일행은 말뚝을 박은 듯 그 자리에 섰다.

'아아… 저, 저건?

모두들 눈을 크게 뜨고 분주하게 주변을 살피느라 여념이 없었다. 이렇게 갑자기 시야가 확 터지면서 나타나는 백여 장 밖의 경개는 그저 놀라울 뿐이었다.

한쪽은 넘칠 듯 혀를 날름거리는 수십 장 높이의 불길이었고, 그 십여 장 맞은편은 투명한 얼음으로 이루어진 아스라한 빙벽(氷壁)이었다.

세상의 모든 것을 집어삼켜 버릴 듯한 엄청난 불길 위로 매캐한 연기가 구름처럼 떠돌고 있었으며, 반대편 빙벽에서는 보기만 해도 얼어붙을 듯한 싸늘한 안개 덩이가 거대한 괴물의 형상을 만들며 꿈틀거리고 있었다.

"아아, 세상에 정말 이런 곳이 있다니!"

일행의 제일 앞에 섰던 만석이 저도 모르게 소리 내어 감탄하자, 우창출이 고개를 세차게 주억거리며 대꾸했다.

"와아! 진짜 어떻게 짐작이나 했겠어? 빙정과 열화정이 한군데에 존재하다니 말이야. 마의 노선배님, 어떻습니까? 정말 신기하고 멋지지 않아요?"

고개를 길게 빼고 불길과 빙벽을 번갈아 보던 생사마의 고이한이 심히 못마땅한 표정을 지었다.

"그러면 뭘 하느냐. 이렇게 인간들의 때를 탔으니 이곳도 오염될 것은 한순간이야. 게다가 금태원이란 자가 이것을 기화로 음모를 꾸미고 있으니……."

고이한이 연신 혀를 차며 화가 치민 음성으로 말하자, 만석이 고개를 끄덕이며 발길을 떼었다.

"서둘러야 하겠습니다. 게다가 멀리서 싸우는 소리가 들리는 것을 보니 먼저 간 사람들도 꽤 많은 것 같습니다."

이미 모두가 알고 있는 일이었다. 하지만 막상 말을 듣고 보니 이렇게 한가하게 말을 주고받을 때가 아니었다.

저곳에는 그들의 동료나 가까운 사람들이 있을지 모른다.

아니, 모두들 확실히 그럴 것이라고 생각하고 있었다.

고이한이 만석의 어깨를 잡아당기며 말했다.

"극히 위험할지도 모르니 내가 앞장서겠다."

이번에는 고이한이 앞장을 서서 달려나가자 어느새 가장 뒤로 처져 버린 만석이었다.

'헛 참. 내공을 잃었으니 어쩔 수가 없구나.'

씁쓸하게 웃던 만석이 그들의 뒤를 따라 수십 장을 나아가니 화마(火魔)와 빙벽 사이로 오륙 장 너비의 꼬부랑길이 나 있었는데 중간쯤부터는 짙은 안개 속에 묻혀 끝을 짐작할 수가 없었다.

'으음, 막상 들어와 보니 더욱 기이하구나.'

일행은 어쩔 수 없이 다시 발을 멈출 수밖에 없었다.

길의 왼쪽 반은 시커멓게 타 있었으며, 오른쪽은 빙판으로 덮여 있는데 가운데의 삼사 척 정도만 온전한 바위길이었다.

게다가 몸의 왼쪽에는 엄청난 열기가 뻗쳐 금세 살이 흐물거리며 녹아내릴 듯하였고, 오른쪽은 금세 뼛골이 얼어 부서져 버릴 것 같은 무시무시한 냉기가 침습하고 있었다.

"잠깐 서서 동정을 살펴보자."

실로 앞길이 어떻게 되어 있는지도 모르는 상태에서 무작정 나아간다는 것은 자살 행위였다. 생사마의도 그 점을 느꼈는지 주춤하며 발을 멈춘다.

그러나 한동안 서 있던 네 사람은 어정쩡하게 그 자리에서 버틸 수도 없었다.

"제기랄, 이거 미치겠구나. 반은 뜨거워서 미치겠고 반은 추워서 죽을 지경이니 이를 어쩌면 좋냐?"

우창출이 오른쪽 어깨에 앉은 서리를 툭툭 털어내며 불평하자 만석이 빙긋 웃으며 말했다.

"그게 무슨 걱정이요? 왼쪽, 오른쪽 몸을 돌려대며 앞으로 나아가면 춥지도 덥지도 않을 거 아니오."

"엉? 그런 수도 있었나?"

우창출이 커다란 머리통을 흔들며 고개를 갸웃하자, 망설이던 고이한이 눈빛을 빛내며 고개를 끄덕였다.

"맞다. 무작정 뚫고 나가기보다는 몸을 좌우로 돌려가며 길을 가면 되겠다."

"이거야 엄동설한에 눈보라치는 바깥에 화로를 갖다 놓고 불을 쬐는 기분이군."

만석의 뒤를 따라오던 칠독마가 고개를 설레설레 흔들며 중얼거렸다.

이렇게 네 사람이 왼쪽, 오른쪽으로 몸을 돌려가며 길을 가니 만석의 말대로 한결 견딜 만하였다. 그렇지만 우창출은 속에 무엇을 담아놓지 못하는 성격답게 열심히 투덜거린다.

"제기랄. 이건 꼭 무간지옥으로 빠져드는 느낌이야. 저기 굽이를 돌아서면 혀를 길게 빼문 귀신이 시뻘건 입을 쫘악 벌리고 기다리고 있을 것 같아. 입속에서는 검붉은 피를 좔좔 흘리면서 말이야."

"거, 그 사람, 덩치가 아깝네. 사람이란 한번 태어나면 언제든 죽을 수 있는 거야. 이렇게 죽든 저렇게 죽든 한번이면 끝이란 얘기지. 그런데 두려울 것이 뭐가 있어?"

뒤에서 칠독마가 길고 마른 얼굴을 찌푸리며 통박을 주자 우창출이 고리눈을 홉뜨며 뒤를 돌아보았다.

"아, 그걸 말이라고 하슈? 그냥 자는 듯이 죽으면 얼마나 행복하겠소. 안 그런가, 아우?"

우창출이 목을 길게 옆으로 빼며 말을 걸었을 때,

"이 마졸(魔卒)들, 죽어랏!"

하는 소리와 함께 날카로운 경기가 몰아쳐 왔다.

우창출의 불평대로 굽이진 곳에 몇 사람이 숨어 있다가 살수를 펼친 것이다.

"어딜!"

생사마의가 급히 굽은 신형을 뒤로 물리는 순간 당황스런 표정을 지었다.

뒤에서는 불길이 훨훨 타오르는 불구덩이라 물러설 곳이 없었다.

"어헛! 이런 제기……!"

뒷머리가 푸시시 소리를 내며 그슬리자 생사마의는 정신이 번쩍 들었다. 잘못하다간 통구이가 될 판이다.

"좋다! 이 비겁한 놈들!"

생사마의의 신형이 갑작스런 선회를 일으키며 앞으로 짓쳐 나가자 상대가 일순 낭패한 표정을 지었다.

'대단한 자로구나!'

제갈탄은 상대의 민첩한 반격에 괜히 나섰다는 생각을 하며 뒤로 물러나려 했지만 생사마의가 그를 놓아줄 리가 없었다.

생사마의의 손바닥에서 주먹만 한 투명한 물방울이 생겨 제갈탄에게 쏘아가자 뒤에 처져 있던 팽대붕의 얼굴색이 대변했다.

'저, 저건 혹시 멸혼장(滅魂掌)? 그럼 죽림마원의 생사마의란 말인가?'

"피해라!"

급박하게 외친 팽대붕은 제갈탄을 잡아채는 대신 자신이 앞으로 나서면서 생사마의의 공격을 막아섰다.

그의 양손에서 은은한 우렛소리가 들리며 대기가 온통 뿌옇게 흔들리는 느낌과 함께 강력한 바람이 맞받아쳐 오자 생사마의 고이한의 눈빛이 가볍게 흔들렸다.

'이건 팽가의 혼원벽력장(混元霹靂掌)!'

퍼썩!

두 강력한 기운이 처음 부딪친 소리는 싱거울 만큼 미약했다.

그러나 콰르릉! 쾅! 소리가 연이어 터지며 무서운 돌개바람이 일어 무려 십여 장을 내리덮으며 사방으로 비산하자 지금껏 손속을 겨누던 사람들이 분분히 뒤로 물러났다.

"커헉!"

그때, 뒤로 질질 밀리던 팽대붕이 끝내 입에서 피를 토하며 주저앉자,

"아버님!"

외마디 소리를 지르며 달려온 팽용수가 부친을 뒤로 받치며 원독에 찬 시선으로 고이한을 노려보았다.

단 한 수로 두 사람의 고하가 한눈에 드러났다. 하지만 팽가의 수장이 쉽게 괴노인에게 밀리자 다른 정파인들은 눈치만 살필 뿐 앞으로 나서는 사람이 없었다.

몇 발자국 뒤로 물러나긴 했지만 안색만 창백해진 고이한이 쓰러진 팽대붕을 지나쳐 주변을 둘러보다 의아한 표정을 지었다.

“놈! 어째 이상하지 않냐?”

“뭐가요?”

그의 뒤에 섰던 우창출이 반문하자 고이한이 혀를 찼다.

“쯧. 네놈에게 물은 것이 아니다.”

그의 말에 뒤이어 만석의 대답 소리가 들렸다.

“그렇군요. 정파인들의 옷은 아주 멀쩡합니다.”

그랬다. 장내에는 중도에 만석과 싸웠던 남해 패룡방주 미친개와 그의 수하들 등 십여 명의 사파인들이 있었는데, 모두 악전고투를 치른 듯 옷이나 얼굴이 피투성이였으며, 옷이 여기저기 탄 것을 봐도 만석들과 비슷한 행로를 잡아왔다는 느낌이 들었다. 하지만 상대적으로 깨끗한 이곳의 이십여 정파인들을 보면 다른 안전한 통로가 있었다는 얘기다.

‘그것도 이상하지만 달리 이상한 것도 있지 않은가.’

만석은 수도 없이 들어왔다는 다른 사람들은 어디로 갔느냐는 의문이 들었다.

'가만! 혹시 금태원이 이들을 그쪽 통로로 유도해서 사마인들을 가로막게 했다면?'

바닥에는 십여 구의 처참한 시신이 있어 한바탕 충돌이 있었음을 보여준다. 정파와 사마인들을 충돌시켜 서로 죽고 죽이게 하려는 금태원의 의도는 제대로 맞아떨어진 것이었다.

"쯧! 아무튼 여긴 금가와 친한 자들이 아무도 없구나."

뭔가 낌새를 챈 듯 생사마의가 한마디 하자 만석은 머릿속이 훤히 밝아지는 느낌이었다.

'그렇다. 역시 금태원의 흉계에 걸려 저들 일부만 빼고 대부분 함정에 빠져 죽었을 것이다. 이래서는 모두가 허무하게 죽고 만다.'

만석이 작정을 한 듯 앞으로 나서자 서로 살기등등하게 노려보고 있던 양측의 눈길이 일시에 만석을 향했다.

"보세요! 저놈이 바로 대견 만석이라는 자입니다!"

잘됐다는 듯이 제갈탄이 역시 한 걸음 앞으로 나서며 만석을 손가락으로 가리키자 정파 무리 쪽에서 고함이 터져 나왔다.

"바로 저자가 무림공적 대견?"

"무림공적이 숨어 다니지도 않고 겁없이 나서는구나!"

혈색이 좋고 둥글넓적한 인물이 얼굴에 핏대를 세우면서 노성을 지르자 제갈탄과 비슷한 용모의 인물이 뒤를 놓칠세라 소리쳤다.

"당가주의 말씀대로 먼저 저놈을 죽여 없애야 하오이다."

그는 제갈탄의 막내 숙부인 제갈수(諸葛秀)로, 제갈용, 제갈광 등과 함께 제갈삼현으로 불리는 자였다.

"말로 떠들 것도 없소이다. 여기 있는 무리는 모두 무림을 어지럽히는 흉악한 자들. 일거에 쓸어버려야 합니다."

이번에는 성질이 급해 보이는 쪼뼛한 용모의 중년인이 호응하고 나섰다. 점창파 장문인 섬전신검 모대집이었다.

그러나 만석은 그들의 반응에 눈썹 하나 까딱하지 않았다.

"한심한 노릇입니다. 함정에 빠진 것을 전혀 의식하지 못하고 눈앞의 작은 일에 연연하다니!"

만석이 오연하게 웃으며 비웃는 투로 말하자 모대집이 눈썹을 신경질적으로 꿈틀대며 만석을 삿대질했다.

"무림공적 놈이 못하는 말이 없구나! 지금 누가 함정에 빠졌다고 속이려 드느냐!"

그러나 그의 질책을 듣고도 만석의 안색이 변함이 없자 정파인들 사이에 작은 소곤거림이 일었다.

"저자가 무얼 믿고 저렇게 큰소리치지?"

"모르지. 목숨이 위태로우니 말로 위기를 모면하려는 수작이 아닐까?"

그 소리를 들은 생사마의가 코웃음을 치며 소리쳤다.

"뒤에서 말만 하지 말고 썩 앞으로 나서라! 만석을 해치려는 자가 있다면 먼저 나의 손이 용서치 않으리라."

"이놈들이 죽고 싶어 별소리를 다 하는구나. 나 우창출의 철퇴 맛을 보고 싶으냐?"

"으음, 저자가 바로 대호 우창출?"

우창출을 알아본 자들의 침음성에 이어 조금 전에 생사마의의 무공을 견식한 적이 있는 사람들이 움찔하며 입을 다물었다. 그러자 만석이 소리 높여 웃으며 말했다.

"핫하하. 목숨이 아까우면 뒤로 숨지, 왜 앞으로 나와 설치겠소. 그러니 내 말이나 들어보고 죽이든 살리든 하시오."

"저자가 저리 자신있게 나서는 것을 보니 그냥 무시하기엔 꺼림칙하오."

"당가주께서 그리 말씀하시니……."

당가주 당형문과 귓속말로 말을 주고받던 제갈수가 고개를 끄덕이며 끼어들었다.

"좋다. 네놈이 무슨 근거로 우리가 함정에 걸렸다고 하는지 그 얘기나 먼저 들어보자."

만석이 차분히 사람들을 둘러보다 이윽고 제갈수와 눈을 마주 대했다.

"우리는 미로 같은 통로를 지나오면서 수많은 함정을 만났고 정체를 알 수 없는 복면인들의 습격을 받았소. 그 와중에 기관을 움직이던 자를 잡았는데 놈은 독환(毒丸)을 깨물어 자결을 했지요."

"그래서 그게 함정이란 말이냐?"

섬전신검 모대집이 참지 못하고 끼어들자 우창출이 눈을 험악하게 부라리며 삿대질했다.

"제기랄! 이런 자들을 설득할 필요가 뭐가 있어? 무덤에 들어가서 땅이나 치고 후회나 하게 그냥 내버려 두자고.”

“뭐, 뭣이? 네놈이 좀도둑놈들의 두목 노릇을 하더니 간덩이가 부은 모양이구나!”

“뭐야? 그래서 한번 붙어보겠다는 말이야?”

두 사람이 거칠게 나서자 금세 장내의 공기가 험악하게 굳어버렸다.

서로 지지 않으려고 기세를 돋우며 두 사람이 눈싸움을 하자 만석이 우창출의 팔을 잡으며 제갈수를 향해 말했다.

“이것이 바로 음모를 꾸민 자들이 노리는 것입니다.”

“좋다. 그럼 네 말대로 음모라 치자. 그러면 도대체 누가 이 음모를 꾸몄다는 말이냐?”

제갈수가 반문하자 만석이 그들이 나왔음직한 통로를 가리키며 말했다.

“그자가 누군지 말하기 전에 하나 물어볼 게 있소. 당신들이 어느 통로를 택하든 이곳에서 우리와 마주칠 수밖에 없을 거요. 혹시 이곳 말고 달리 나가는 길이 있었소?”

“그건!”

제갈수가 허를 찔린 것처럼 의외라는 탄성을 발하자 팽용수의 도움을 받아 간신히 몸을 추스른 팽대붕이 주위를 둘러보며 대답했다.

“그런 건 없었다. 그렇다고 해서 그것을 음모라고 어떻게 단정을……?”

팽용수가 다른 일이 생각난 듯 중간에 말을 끊으며 주변을 황급히 둘러보았다.

"두견, 두견은 어디 갔느냐!"

"음? 그러고 보니 우리를 안내하던 두견이 안 보이잖아?"

정파인들 중에 쑥덕거리는 소리가 커져 가면서 의심이 눈덩이처럼 불어나는 것 같았다.

"그, 그럼 다른 비밀 통로가 있었다는 말인가?"

"그럼 우리와 다른 통로를 간 소림과 무당 등의 사람들은 다 죽었다는 것인가?"

이번엔 제갈수가 혼잣말처럼 말하다 눈길을 만석에게 돌렸다.

너는 어떻게 생각하느냐는 의미가 담긴 눈초리였다.

만석이 빙긋 웃더니 귀를 기울이는 시늉을 했다.

"여기서는 막혀서 정확히 모르겠소만 저 엄청난 괴성을 들어보시오."

만석이 생각할 기회를 주겠다는 듯 한마디 하자 중인들 모두 만석과 비슷한 태도를 취한다.

크와아앙! 카아아!

괴성은 멀어졌다 가까워졌다 하면서 사람들의 귓전에 맴돌고 있었다.

"누군가와 싸우는 것 같잖아?"

생사마의 고이한이 고개를 갸웃하며 말하자 곧바로 칠독마가 말을 받았다.

"그렇습니다. 사람들의 고함과 비명 소리가 들리는 것 같군요."

"대견, 그대의 의견은 어떻소?"

중인들의 뒤에 처져 있던 공동 장문인 일송 도장이었다. 태산이 움직이는 것 같은 묵직한 행동거지에 진중한 성격으로 그의 한마디는 은연중 사람들의 신용을 사고 있었다.

평소에는 있는 듯 없는 듯하다 막상 말을 꺼내면 누구보다 적극적이 되는 사람.

만석은 그의 한마디로 사람들의 분위기가 자신에게 기운 것을 알았다.

"아마도 여기에 있는 분들하고 저쪽에서 괴물을 상대하는 분들이 살아 있는 사람의 전부일 것입니다."

"끄음."

"으으음."

만석의 말은 간단했지만 그 의미는 무거웠다. 모두들 듣고 보니 그렇게 생각되는 듯 무어라 말은 못하고 침음성만 발하고 있었다.

정사 양도에서 혈루곡 지하에 들어온 사람은 대충만 계산해도 이천 명이 넘는다. 그런데 저쪽에 몇 명이나 있을지 모르겠지만 이곳하고 합쳐 봤자 수십 명에 불과할 것이다.

그렇다면 앞으로 무림은 어떻게 될까? 각 문파나 가문의 정예들이 이곳에서 뼈를 묻고 말았으니 향후 무림은 엄청난 혼란에 직면하게 되고, 그것을 이용해서 금가가 무림제패를 노린다면 도대체 누가 있어 그들을 막을 것인가.

실로 누구도 상상을 못했던 엄청난 일이 바로 그들의 면전에서 벌어지고 있는 것이었다.

장내의 분위기는 개미 한 마리가 지나가도 천둥소리처럼 들릴 만큼 조용하게 가라앉아 있었다.

사람들이 생각에 잠겨 말이 없자 만석이 단언을 했다.

"이제 수많은 무림인들을 함정에 몰아 죽이고 무림의 패권을 잡으려는 자가 누군지 확실히 아실 것입니다. 때문에 여기서 편을 갈라 죽기로 싸운다는 것은 실로 어리석은 일. 먼저 여기서 살아나가는 것이 첫째요, 금태원의 음모를 파헤쳐 그자에게 대가를 치르게 하는 일이 둘째입니다."

"그럼 그대의 말은 그자의 음모를 모두 파헤치기 전에는 서로 싸우지 말자는 것인가?"

만석의 말에 일송 도장이 난색을 지으며 말하자 만석이 천천히 고개를 저었다.

"최소한 이 지하 동굴을 빠져나가기 전까지는 서로 적대시하지 말자는 것입니다."

"그 정도라면……."

"좋다. 당장 공동의 적은 금태원! 일단 그자의 음모를 막는 것이 급선무다."

팽대붕과 제갈수가 동의하자 누구도 반대하는 사람이 없었다.

이렇게 해서 백도와 흑도의 기묘한 동행이 성립된 셈이었다.

“그럼, 어디로 가야 하는가?”

무작정 앞으로 나서는 것만이 능사는 아니었다. 잠시 쉬면서 약간의 기력을 회복한 팽대붕이 서둘러 물었다.

“당연히 괴물이 있는 곳으로 가야 합니다. 거기에는 상황으로 봐서 만년빙과도 함께 있을 테니 금태원 등 음모를 꾸민 자들도 그곳 어딘가에 있을 것으로 생각됩니다.”

만석이 명쾌하게 결론을 내리듯 말하자 중인은 아무 말 없이 머리만 끄덕였다.

그러나 당분간 서로 손을 쓰지 말자는 합의가 이루어진 셈이었지만 당장 죽고 죽여도 이상하지 않을 적이었다. 정, 사, 마로 구분해서 따로 무리를 이룬 사람들이 앞장선 만석의 뒤를 따랐다.

가장 앞에는 마도, 중간에는 사파, 가장 뒤에는 정파가 무리를 이루고 있었다.

‘정말 사람들의 관념이란 한번 굳어지면 쉽게 탈피하기 힘든 모양이구나.’

그들이 서로 섞이지 못하는 광경을 본 만석이 속으로 씁쓰레했다. 금태원의 흉계를 파헤치려면 서로 뭉쳐도 어렵다. 그런데 저런 식이라면 약간의 갈등만 주어져도 금세 서로를 살상하게 될 것이다. 실로 금태원은 멀리 있었고 그들은 죽을 때까지 변할 수 없는 적일 뿐이었다.

만석의 걱정은 곧 현실이 되었다.

길은 외길이었다.

이제 일행을 이룬 사람들은 주위에 온통 신경을 곤두세운 채 삼사 장 너비의 동굴을 걸어야 했다.

벽면에서는 언제 무엇이 튀어나올지 모른다. 아니, 금세라도 동굴이 무너져 이곳이 바로 그들의 무덤이 될지도 몰랐다.

조급한 심정 같아서는 경공을 최대한 펼쳐 달려가고 싶었지만 동굴은 이리저리 꺾이고 바닥에는 날카로운 돌부리가 가득해서 발을 내딛는 것도 조심스러웠다.

벽면으로 물이 질질 흐르는 통로와 온통 얼어붙은 동굴을 지난 그들이 막 종유석이 빽빽한 석회석 동굴에 이르렀을 때, 뒤에서 급박한 소리가 들리며 쫓아오는 일단의 무리가 있었다.

"누구냐!"

동굴이 윙윙 울리도록 큰 소리를 친 것은 팽대붕이었다.

"쯧……."

"그러지 않아도 무엇이 튀어나올지 걱정스러운 판에."

사람들이 모두 지나치게 소리가 크다고 이맛살을 찌푸렸지만 팽대붕은 전혀 그것을 의식하지 못하는 모양이었다.

'배짱이 대해보다 넓다는 팽대붕마저 심중에 두려움을 가지고 있구나.'

일송 도장의 생각이 아니라도 사실 이 괴괴한 침묵만이 감도는 지하 수십 장 아래 동굴에서 두려움을 느끼지 않을 사람이 얼마나 될까.

'원시천존이시여…….'

문득 일송 도장은 자신이 수십 년 닦은 도라는 것이 우습게 여겨졌다.

이처럼 사람이라면 누구나 본능적인 두려움을 가지고 있으니 저 앞에서 당당하게 무리를 이끄는 만석의 심정은 어떨까.

언뜻 뒤돌아보는 만석과 눈이 마주친 일송 도장은 오히려 가슴이 철렁했다.

'허어, 저 사람은 전혀 두려워하는 기색이 없구나.'

만석의 눈은 웃고 있었으며 꽉 다문 두툼한 입술은 태산이 요동쳐도 꿈쩍도 않을 부동심을 담고 있는 것처럼 보였다.

앞장서서 달려오는 사람들의 몰골은 금방 중병이라도 치른 것처럼 매우 초췌해 보였다.

옷은 갈기갈기 찢어지고 그 틈새로 벌건 핏물이 번지고 있었으며 머리카락과 수염은 난삽하게 날리고 있었다.

그야말로 전장에서 겨우 목숨을 부지한 몰골을 한 세 사람. 그중에서 끝이 세 갈래로 된 장창을 거머쥐고 있는 오십대 중년인이 눈길을 끌었다.

"아니, 당신들은 신창송가의……?"

"그렇소. 나요."

그를 알아본 제갈수의 물음에 거친 숨결을 가라앉히며 대답한 신창송가 가주 송영원이 뒤돌아보며 두려운 신색을 떨치지 못하자 팽대붕이 대뜸 물었다.

“보아하니 뒤에서 악전고투를 치르신 모양인데 그들이 누군지 아시겠소?”

“죽림마원의 마도들이었소.”

“뭐, 뭐라고? 죽림마원?”

“그자들이 어떻게?”

실로 의외지만 달리 생각해 보면 이상한 일도 아니었다. 그들이라고 지하 동굴에 들어오지 말라는 법은 없는 것이다.

“뿌드득! 놈들의 숫자는 수십 명이 넘었는데 모두 초일류급으로 보였소. 놈들은 만나자마자 살수를 퍼부었고, 놈들의 무자비한 공격에 본 가의 가솔들 십여 명이 희생되었으니 이 원한을 어떻게 갚아야 할는지 새삼 치가 떨릴 뿐이오.”

송영원이 이를 갈며 분통해하자 그의 옆에서 다친 옆구리를 부여잡고 있던 그의 아들 송대운이 입술을 깨물며 뒤를 이어 말했다.

“죽림마원 놈들이 이 지하 동굴에 흉계를 꾸며놓은 것 같습니다. 중간에 금기린 대주를 만나지 못했다면 부친이나 저는 여러분의 앞에 서지도 못했을 겁니다.”

“오오, 그럴 수가?”

제갈수는 송대운의 말을 의심쩍어하는 기색이었지만 다른 사람들의 눈초리는 금세 험악하게 변했다.

“역시 죽림마원 마도들의 수작이었어!”

“맞아. 금 맹주가 그럴 리가 없어.”

차차창!!

정파인들이 각자 병기를 빼어 드는 섬뜩한 소리에 뒤이어 장내는 금세 살벌한 공기에 뒤덮여 버렸다.

그들은 거의 모두 초일류급 무인들. 선두의 마도인들을 노리는 그들의 눈초리는 강렬하게 타오르고 있었다.

"죽일 놈들!"

"저런 놈들을 믿었다니 한심한 노릇이로구나!"

괜히 싸움에 말려들지 않으려는 사파인들이 뒤로 물러서자 정파인들과 마도인들은 정면으로 대치하게 되었다.

그러나 누구도 먼저 도발을 할 생각이 없는 듯했다.

싸움을 시작하면 뒤로 물러날 자리가 없다. 실로 서로가 죽을 때까지 싸워야 하니 처음의 기세와는 달리 신중해질 수밖에 없는 것이었다.

그때, 뒤로 물러나 칠독마와 자그맣게 대화를 나누던 만석이 빠른 걸음으로 송영원을 향해 다가왔다. 병기를 뽑아 위협하는 정파인들은 안중에도 없는 듯 담담한 표정이었다.

"잠깐 기다리시오."

자신을 막아서려던 사람들을 제지하는 일송 도장에게 고개를 끄덕여 감사를 표한 만석이 송영원에게 말을 건넸다.

"한 가지 물어볼 것이 있습니다."

"그것이 무엇이오?"

송영원이 의아한 표정으로 반문하자 만석이 틈을 두지 않고 바로 물었다.

"여러분을 기습한 자들이 혹시 백의복면인들이 아니었습니까? 그중에는 복면의 이마 부위에 황금색 태양을 새긴 자도 있었지요?”

“그게 어떻다는 것인가?”

송영원이 심드렁한 표정으로 대답하자 만석이 희미하게 웃으며 말했다.

“소생도 그들에게 습격을 당해서 죽을 뻔했습니다. 그들은 죽림마원의 사람들이 아닙니다.”

“그자들이 죽림마원 놈들이 아니라고? 크허헛. 그걸 어떻게 믿는다는 말인가?”

“켈켈. 같은 편을 습격하는 미친놈들도 있나?”

생사마의가 괴상스럽게 웃으며 끼어들자 송영원이 안색을 찌푸렸다. 귀청을 찌르는 듯한 그의 음성에 실린 내력은 결코 자신의 아래가 아니었다.

“당신은 또 누구요?”

송영원이 감히 경거망동하지 못하고 신중하게 묻자 제갈수가 대신 대답했다.

“소제는 저 사람을 죽림마원의 생사마의로 알고 있소이다.”

“생, 생사마의라 했소?”

송영원이 의외의 일에 말을 더듬자 고이한이 흡족하게 웃었다.

“켈켈켈. 노부가 생사마의야. 아직도 노부를 기억하는 아이들이 많으니 마음이 뿌듯하구나.”

“으으음…….”

송영원이 한 걸음 뒤로 물러나며 제갈수에게 눈으로 무슨 일인지 물었다.

"송 가주가 죽림마원의 습격을 받았다고 하지만 일은 그리 간단한 것이 아닙니다."

이어 제갈수가 지난 일을 설명하자 송영원의 표정이 심각해졌다. 마도와 동행하는 것도 모자라 무림공적으로 몰린 만석의 인도를 받고 있다니.

송영원의 부리부리한 눈길이 언뜻 만석을 향했다.

평소 같으면 불문곡직 살수를 펼쳐야 한다. 무림공적을 보고도 모른 척하거나 도와주는 자들 모두 무림공적 취급하는 것이 정도무림의 불문율인 것이다.

그러나 장내의 정도인들은 모두 금태원과는 소원한 관계여서 지금의 절박한 처지에 만석의 일을 꺼내서 분란을 일으키고 싶지는 않았다.

"송 가주께서는 모든 사실이 밝혀질 때까지 기다려 주시지요."

팽대붕이 은근히 말을 붙였다. 평소에는 점잖아도 저돌신창(猪突神槍)이라는 별호처럼 일단 성질이 나면 이해관계를 따지지 않고 막무가내가 된다는 송영원의 성정을 미리 염두에 둔 말이었다.

"끄으음. 믿기 어렵긴 하지만 두고 보면 알겠지요."

성질 급한 팽대붕마저 나서자 송영원이 겨우 납득이 된 표정을 지었다. 이에 꺼내 들었던 병기를 제자리에 꽂아 넣는 정파인들이었지만 장내의 분위기는 담벼락에 막힌 듯 답답한 느낌을 주고 있었다.

'역시 정파와 사마방파는 물과 기름처럼 영원히 합칠 수 없는 존재라는 것이겠지.'

길을 가면서도 수시로 상대를 살피는 그들의 눈초리는 팽배한 경계심으로 불똥이 튀고 있었다.

"통로를 무너뜨려 뒤로 돌아가는 길을 막는다!"

조원형은 명을 기다리고 있는 청천대의 부대주 원길에게 지시를 내리면서 그로서는 드물게 흡족한 미소를 짓고 있었다.

'만석이란 놈이 살아남은 군웅을 이끌다니……'

의외의 결과였다. 당초 놈을 무림공적으로 몰아 척살하려던 계획은 어긋났지만 그 정도는 대세에 영향을 끼치지 못할 것이다.

백혼대의 활약상은 기대 이상이었다. 비록 정체를 알 수 없는 침입자로 인해 절반에 가까운 인원이 땅속에 묻혔지만, 지상에서 만석을 구하러 달려온 무적문이라는 허접한 무리는 전멸하다시피 했으며, 지하 통로에 들어갔던 이천여 명은 각종 함정과 백혼대의 기습에 걸려 대부분 궤멸되었다.

이제는 계획대로 독각화룡과 싸움을 벌이고 있는 소림, 무당 등의 무림 중심 문파 요인들 이십여 명과 만석이 이끌고 있는 정사마의 삼십여 명이 남아 있는 인원의 전부였다.

게다가 금가와 손을 잡은 남궁가와 신창송가 사람들을 양쪽에 투입시켜 뒤에서 일을 꾸미도록 한 것이다.

"넷. 알겠습니다!"

원길이 기운차게 대답하며 석실을 떠났다.

"우리가 있는 이 수로(水路)만 멀쩡하면 되는 것이지……."

원길이 명을 받고 떠나자 조원형은 새삼 혼잣말로 중얼거리며 세 평 남짓한 석실 안을 둘러보았다.

여러 날 동안 사람이 기거할 수 있도록 돌 침상 옆 단지에는 식수와 소금에 절인 마른 음식이 들어 있다. 실로 오랫동안 준비해 오던 일들이 마무리되어 가고 있었다. 그들의 음모가 세상에 알려진다면 길게는 삼백 년, 짧게는 백여 년에 이르는 모든 노력이 허사가 된다. 상황에 따라 남궁가나 신창송가 사람들도 모두 죽여 없애서 후환을 방지해야 했다.

환생교 천하!

환생교가 강호를 장악하게 되면 무림은 환생교를 지지하는 문파와 무림인들만 살아남게 된다. 썩어빠진 무림은 이후 환생교의 군림 아래 환골탈태하게 되는 것이다.

그랬다. 금성혼부터 무려 백여 년간이나 준비한 계획은 성공이 눈앞에 와 있었다. 이는 바로 하늘의 섭리에 따른 것으로 조원형은 확신하고 있었다. 이러한 대업을 이루는 데는 수많은 사람들의 희생은 당연하다. 그래 봤자 모래알같이 많은 사람 중에 겨우 한 줌밖에 안 되는 숫자일 뿐이었다.

"거미줄같이 얽힌 지하 동굴 아래에 지상으로 통하는 수로(水路)가 있다니, 이거야말로 하늘의 도우심이 아니겠는가? 크핫핫핫핫!"

지하 미로망을 일일이 떠올려 보던 조원형이 앙천대소했다.
물론 이 수로 역시 태양신군 금성혼이 후손들에게 알려준 곳
으로, 양쪽으로 갈라져 흐르는 지하수로는 남서쪽으로는 백여
리 밖의 폭포수로 통하고 다른 한쪽은 연못으로 나가게 되어
있었다.

게다가 수로 양옆의 석벽에는 자연 동굴들이 수십 개 있는
데, 바로 거기서 위의 통로들과 연결되어 있으니 실로 오묘한
자연의 조화였다.

그러나 그 모든 비밀 연결로와 수많은 통로에는 복잡한 기
관 장치를 설치해서 지하의 도해를 보지 않은 사람들이 이 거
대한 미로를 살아서 통과하기는 불가능에 가까웠다.

'하아. 이 일을 어찌한다……?'

금기린은 빙벽의 비밀 동굴에서 중인들을 내려다보며 안절
부절못하고 있었다. 밖에서 보기에는 반투명한 빙벽일 뿐이지
만 안에서는 바깥을 볼 수 있도록 교묘한 장치가 된 동굴이었
다.

부친과 사숙 조원형이 남궁기, 송영원 등 친밀한 가문 사람
들까지 모두 죽이려는 계획을 알게 된 것이 고민의 시작이었
다.

남궁기는 몰라도 그가 사랑하는 남궁소소까지 죽도록 놔둘
수는 없다.

그러나 금기린은 부친과 사숙에게 얘기를 해봤자 한낱 아녀자에게 혹해서 백년대계를 망치려고 한다는 질책을 들을 것이 뻔했다.

'그녀가 죽는다면……?

단지 이 생각만으로도 가슴이 철렁하고 무너져 내린다.

겉으로는 쌀쌀맞게 대하지만 금기린은 그것이 그녀의 자존심 때문으로 간주하고 있었다.

남궁세가가 금가에 의지해서 세를 키워왔다는 것은 공공연한 사실이었다. 금기린은 평소 누구보다 콧대가 높은 그녀가 자신에게 마음을 열어 보이지 않는 것도 이해할 수 있었다.

그러나 그녀를 구하려다 일이 잘못되기라도 하면?

금기린은 쉽게 마음을 정하지 못했다. 그녀의 문제라면 으레 우유부단해지는 자신이 미웠지만 그로서도 어쩔 수 없는 일이었다.

한편, 정사마로 이루어진 만석 일행은 조심스럽게 빙굴을 전진하고 있었다.

"젠장. 어째 독각화룡하고 점점 멀어지는 것 같아."

만석의 바로 뒤에서 우창출이 간혹 투덜거렸지만 그 말에 응답하는 사람은 없었다. 앞길은 오직 외길이었던 것이다.

"제길. 한번 미끄러지면 지옥 끝까지 가겠군."

이번에는 대열의 중간에 있던 패룡방주 미친개가 혀를 내두르며 말했다. 성정이 누구 못지않게 급한 그로서는 이렇게 조심조심 발을 떼는 것이 마음에 들지 않겠지만 어쩔 수 없는 노릇이기도 했다.

동굴의 바닥과 벽은 모두 두껍게 얼어붙은 데다 약간씩 경사가 져서 그 미끄러움이란 혀를 내두를 만큼 지독했다.

게다가 앞뒤에서 종잡을 수 없이 불어오는 바람은 뼛골이 시리도록 차가워서 모두들 공력을 끌어올려 몸을 데우고 있었다.

'으으음. 온몸이 얼어 터질 듯 고통스럽구나.'

만석은 대라무적공의 한가닥 온기에 의지해서 간신히 발을 옮기고 있었다. 그러면서 가끔 장난처럼 양쪽 동굴 벽을 두드리는 것을 잊지 않았다.

"놈! 고집 부리지 말고 노부의 도움을 받으라니깐?"

만석의 옆에서 길을 가던 생사마의가 시퍼레진 만석의 얼굴을 안쓰럽게 힐끔거렸다.

"아직은 견딜 만합니다."

만석이 애써 미소를 지으며 대답하자 우창출이 옆에서 혀를 찼다.

"나 같으면 덥석 도움을 받겠다. 도와줄 사람이 있을 때 도움을 받는 거 아냐?"

"나도 그렇게 생각하네. 천지가 온통 적일세. 괜한 고집에 망가지는 것은 자네 몸뿐이야."

별말이 없던 칠독마까지 나서서 승낙하기를 독려하자 만석은 당장 뭐라고 대답할 수가 없었다. 죽마고우들과 헤어져 텅 빈 마음을 이 기이하고 거친 사람들이 채워주려고 하는 것이다.

실로 마(魔)를 숭배하는 사람들답지 않은 태도요, 행동이었다.

"핫하. 고마운 말씀이지만 아직은 아닙니다. 비록 몸이 성치는 않지만 이만한 고통에 굴복하기는 싫습니다."

만석이 아무렇지도 않은 것처럼 가볍게 웃으며 대답했지만 빙굴은 가파른 오르막으로 이어지고 있었다.

금방이라도 꼭대기가 막힐 것처럼 좁아드는 동굴에 중인들은 바짝 긴장하고 있었다. 만약 위에서 기다렸다가 살수를 펼친다면 피할 사람이 드물 것이다.

"아무래도 이쪽이 아닌 것 같습니다. 다른 통로를 찾아보는 게 현명하지 않을까요?"

제갈탄이 숙부 제갈수에게 한 말이 동굴 속을 울렸다.

그러자 너나 할 것 없이 발을 뚝 멈추고 뒤돌아보는 만석의 얼굴을 살폈다. 만석이 은연중 이들의 우두머리가 된 것 같았다.

"틀린 얘기는 아닙니다. 하지만 이 길 외에 다른 통로는 없을 겁니다. 지금까지 양쪽 벽을 두드려 혹시 빈 곳이 있나 살펴봤지만 의심스러운 점을 발견하지는 못했습니다."

"아아, 그럼……?"

우창출이 저도 모르게 감탄사를 내뱉었다. 만석이 몇 걸음마다 동굴 벽을 두드린 이유가 나온 것이다.

“흥! 그렇지만 그걸 어떻게 장담해?”

제갈탄의 말에 팽용수가 맞장구를 쳤다.

“제갈 형의 말이 맞소. 우리가 어떻게 저자의 말을 믿겠소?”

“핫하하. 믿어달라고 부탁한 적은 없소만…….”

만석이 짐짓 이를 드러내며 웃었지만 얼굴은 굳어 있었다.

“여기선 아무런 대책이 없습니다. 또 다른 함정이 기다릴 수도 있고 암기가 쏟아질 수도 있을 겁니다. 이것이 두렵다면 여기서 돌아서 또 다른 출구를 찾거나 입구로 돌아가는 방법밖에는…….”

쿠콰콰쾅!

만석이 미처 말을 끝내기도 전에 어디선가 무너지는 소리가 모두의 귓전에 닿아왔다. 한 번의 폭음 외에 연속적으로 들리는 소리는 미로 곳곳이 함께 무너진다는 의미였다.

“저, 저건……?”

얼굴색이 변해서 귀를 기울이던 사람들 중에 팽대붕이 저도 모르게 소리쳤다.

“맙소사! 저건 우리가 들어온 통로가 무너지는 소리야.”

“뭣이? 그게 무슨 소린가? 들어온 통로가 무너지다니!”

패룡방주 미친개의 반말이 고깝게 들렸는지 팽대붕의 얼굴이 노랗게 변했다.

“함께 길을 간다고 해서 친구는 아니다! 어차피 뒤는 끊기고 앞길은 예측하지 못할 바에야 여기서 죽일 놈은 죽이고 갈 수밖에!”

"뭐야? 이자가 뚫린 입이라고 못하는 말이 없구나. 좋다! 어차피 원수가 나란히 길을 간다는 것도 말이 안 되는 것. 여기서 끝장을 보자!"

두 사람이 각자의 병기를 들어 상대를 겨냥하자 주위 사람들이 분분히 뒤로 물러났다. 하지만 워낙 좁은 동굴 구석에서 뒤로 물러나 봤자 무슨 소용이랴.

"개겹도인! 그만들 하시지요. 두 분이 싸우면 동굴이 무너질지도 모르는 일이오. 지금은 맘에 안 들어도 힘을 합칠 때란 말이오. 죽고 나면 정사가 무슨 소용이겠소?"

보다 못한 일송 도장이 노성을 지르자 두 사람이 움찔하며 손을 멈추었다.

"으으음!"

"크흠……."

두 사람이 서로를 죽일 듯 노려보면서도 발작을 못하자 생사마의가 앞으로 나섰다.

"에잉! 한심한 놈들. 한 문파의 수장이라는 자들이 어찌 그리 생각이 짧은가? 뒤가 끊겼으면 앞으로 나아가면 되는 거야. 여기 있는 사람들은 정사를 떠나 같은 배를 탄 입장임을 명심해야 해. 만약 앞으로도 같은 일이 벌어지면 그놈들의 불알을 떼어 뒷구멍에 붙여주지."

백 년 전에 이미 절정고수로 소문난 생사마의의 일갈은 즉각적인 효과가 있었다. 백 년이 지난 지금, 그 무공도 무섭겠지만 그라면 불알을 떼어 항문에 붙이는 것은 일도 아닐 것이다.

"좋다. 여기서 빠져나간 다음에 보자!"

"큭. 누가 할 소리를!"

두 사람이 마지못해 병기를 거두며 으르릉거렸지만 팽배했던 긴장감은 사라지고 있었다.

그때, 만석은 거의 십여 장 높이의 경사로를 올려다보고 있었다. 보기만 해도 매끄러운 빙벽이 어둠 속에서 하얗게 빛나고 있었으며 꼭대기는 지옥의 입구처럼 시커멓게 가라앉아 있었다.

'꼭 날 선 칼날을 대하는 것처럼 위험해 보이는구나.'

만석의 느낌대로 폭포수가 얼어붙은 것 같은 오르막길은 거의 수직에 가깝게 경사가 져 있어 발을 디딜 틈도 없었다.

'조금 어렵더라도 올라가는 것은 문제가 아니다. 과연 어떤 함정이 기다리고 있을 것인가?'

공력을 거의 사용치 못하는 만석과 달리 일행은 최소한 초일류 수준의 무인들이니 빙벽을 타는 것은 약간의 수고만 하면 된다.

'음? 이 열기는 뭐지?'

만석이 신경을 집중해서 열기의 정체를 감지하려고 할 때,

"워어. 그놈의 빙벽 참 높기도 하지. 위에서 펄펄 끓는 물을 부으면 사르르 녹을 테니 신경 쓸 것도 없는데 말이야."

우창출이 가파른 빙벽에 혀를 내두르며 투덜댔다.

'맞아, 바로 그거야!'

만석이 급히 생사마의를 돌아보며 나직이 말을 건넸다.

"위에서 불덩이나 뜨거운 물이 쏟아지면 막을 수 있겠습니까?"

"미리 준비하면 못 막을 것도 없지."

무엇을 느꼈는지 생사마의 고이한이 순순히 대답하자 만석이 빙그레 웃었다.

"위쪽 어딘가에 열화정이 있다면 누구나 써먹고 싶겠지요."

"그거야……."

고이한이 말을 흐리자 우창출이 신이 나서 끼어들었다.

"낄낄낄. 내 말이 맞지요? 놈들은 틀림없이……."

"쯧, 이놈아! 참 좋기도 하겠다. 덩치는 커다란 놈이 좋아서 헤벌쭉하는 꼴이라니. 볼썽사나우니 면상이나 치워라."

"니미랄. 아니 뭐, 덩치 큰 놈은 좋아도 웃으면 안 되나요?"

"아니, 이놈이 점점?"

고이한이 그 자리에서 펄쩍 튀어 오르며 우창출의 뒤통수를 냅다 후려갈겼다.

"이 버르장머리없는 놈! 네놈은 네 십대조 할아비에게도 상소리하며 대드냐?"

"아, 아니, 제가 언제……."

오지게 뒤통수를 두드려 맞았나 보다. 부리나케 뒤통수를 주무르는 우창출의 얼굴은 울상이 되어 있었다.

뒤에서 두 사람을 보는 사람들이야 그들의 유치스런 작태에 눈살을 와락 찌푸리고 있었지만 장내의 분위기는 어느새 평상시로 돌아가 있었다.

‘아무리 고수라도 긴장하면 제 실력을 못 내게 마련이다. 사람들이 지나치게 굳어 있었어.’

고이한의 생각을 눈치 채고 아웅다웅하는 두 사람을 응시하던 만석이 곧장 빙벽에 손을 대었다.

“자! 빙벽이 아니라 불벽이 앞길을 막은들 주저할 것이 무에 있겠는가!”

만석이 호기롭게 외치며 눈을 찡긋하자 고이한이 바로 뒤를 따라 빙벽에 손을 박았다.

중인들이 각자 빙벽에 손을 박고 중턱까지 올라가고 있을 때, 강렬한 열기가 확 뻗치면서 수증기가 왈칵 눈앞으로 밀려왔다.

“조, 조심해!”

“아흑, 뜨거워!”

위에서 폭포수처럼 콸콸하고 쏟아지는 것은 뜨거운 연기를 피워 올리는 용암 줄기였다. 쇳덩이가 타는 매캐한 냄새와 함께 무차별로 사람들을 덮치는 시뻘건 불덩이에 모두들 혼비백산하고 있었다.

“마의 어르신!”

만석이 큰 소리로 외치자 고이한이 입을 크게 벌리며 기합성을 토했다.

“멸혼장!”

고이한이 빙벽에 발을 깊숙이 박아 신형을 꼿꼿이 세운 채 양손을 위로 치켜 올리자 양손에서 방울 같은 작고 반투명한 원구(圓球)가 점점 크기를 더해가더니 삽시간에 수박만 한 크기로 변했다. 멸혼장이 절정에 달하면 생긴다는 기의 덩어리인 기환(氣環)이었다.

"자, 가라!"

고이한이 양 손바닥의 수박덩이 같은 반투명 기환(氣環)을 천천히 떠받치듯 밀어내자,

사아아아! 콰콰콰콰!

응축되었던 공기가 흐트러지는 소리가 나더니 기환이 갑자기 사방으로 터져 나가며 불줄기를 평행으로 막아서 갔다.

"와아……."

"저, 저럴 수가……?"

한창 빙벽에 머리를 박고 불똥을 피하던 중인의 눈이 찢어질 듯 커졌다.

폭포수처럼 머리 위로 떨어지는 시뻘건 불줄기를 막아선 반투명의 장막은 그야말로 장관이었다.

그러나 만석은 감탄할 겨를이 없었다.

빙벽을 타고 오르는 순간에도 적의 동정을 살피던 만석이 바로 뒤를 따르던 칠독마에게 눈짓을 하며 빙벽 윗부분의 한쪽을 가리켰다.

"저기에 숨어 있는 자가 있습니다."

타앗!

만석이 눈짓을 하자마자 그의 손이 품속을 들어갔다 나오더니 푸른 빛줄기가 폭사되었다. 칠독마의 독문무공인 나비형

암기로 펼치는 추혼비접(追魂飛蝶)의 일초였다.

크르륵!

목줄기를 그대로 관통당한 듯 가래가 끓는 소리에 뒤이어 위에서 시커먼 물체가 떨어져 내렸다. 그것도 한순간, 치이이 하는 옷자락이 타는 소리와 함께 떨어지던 물체가 불줄기 속에 흔적도 없이 녹아버렸다.

"아아아……?"

"어, 엄청나구나."

이번에는 송아라의 비명 같은 신음 소리에 이어 근처에서 제갈탄의 탄성이 들렸다.

'음?

우창출이 그 소리를 듣고 칠팔 척 아래로 시선을 돌리다 이맛살을 잔뜩 찌푸렸다.

삼십여 명의 일행 중 유일한 젊은 여인. 그것도 절색을 자랑하는 송아라에게 은연중 관심이 가는 것은 지극히 당연한 일이었다. 그런데 송아라의 보기 좋은 둔부 바로 밑에는 제갈탄의 머리가 삐죽 올라와 있어 별로 보기 좋은 모습이 아니었다.

"제기랄. 저 새끼가……?"

우창출의 눈이 살기등등해졌다. 상황만 허용한다면 당장 언월도로 제갈탄의 머리통을 부수고 싶은 것이다.

'저 자식이 왜 나를 죽일 듯 노려보냐?

제갈탄도 우창출의 살벌한 눈빛을 느꼈는지 눈을 치켜뜨고 마주 우창출을 노려보았다.

그때,

"이, 이놈아! 언제까지 이러고 있어야 하냐?"

고이한이 악다문 입술 새로 간신히 목소리를 짜내었다.

얼굴은 시뻘겋게 달아올라 금방이라도 터질 것처럼 보였고, 위로 치켜든 양팔은 부들부들 떨리면서 차츰 아래로 처지고 있었다. 아무리 심후한 내공을 가지고 있어도 쏟아져 내리는 불줄기의 압력을 견뎌내는 것은 분명 힘에 겨운 일이었다.

고이한은 이미 공력이 고갈되기 직전의 위태로운 모습을 보이고 있었다.

순식간에 장내의 분위기가 냉랭하게 변했다.

'젠장, 그리고 보니……?

우창출이 시선을 돌려 머리 위에 서 있는 고이한을 쳐다보았다. 위험은 사라진 것이 아니라 늦춰졌을 뿐이었다.

"제기랄! 이렇게 허무하게 죽어야 하나?"

우창출의 말은 사람들에게 불안한 파장을 퍼뜨리고 있었다.

"제, 제발……."

성질이 급한 팽대붕 부자는 물론, 평소에 침착하기만 한 송영원의 얼굴도 핼쑥하게 변했다.

"뿌드득. 금태원 이 개자식, 내가 살아나가면 필히 네놈을 지옥의 유황불에 던져 버릴 거야."

미친개가 이를 부드득 갈며 소리쳤지만 공포감에 잠긴 사람들은 불줄기만 멍하니 쳐다보고 있었다.

"제에기. 여기가 지옥이지 지옥이 따로 있나."

우창출이 공포감을 떨치려는 듯 소리를 질러봤지만, 화르륵대는 불길 소리가 그의 음성을 집어삼키고 있었다.

혀를 날름거리며 반투명한 기막(氣幕)을 잠식하던 불줄기가 점점 기세를 떨치고 있을 때,

"원시천존 개겁도인!"

장내에서 가장 침착한 일송 도장이 탄식 같은 도호성을 발했다.

"으으으으……!"

생사마의가 괴로운 신음을 토하며 입가에 피를 흘리기 시작하자 장내의 공기는 금방이라도 쾅! 소리를 내며 터질 듯 고조되었다. 생사마의가 흘리는 땀방울이 비 오듯이 떨어져 내리고 있었다.

"크윽. 끝이야."

제갈탄의 비탄에 젖은 목소리가 막 중인의 귓전을 두드릴 때,

"모두 빙벽을 뚫고 위로 올라가십시오!"

만석이 소리 높여 외치자 정신이 번쩍 난 사람들이 환호성을 내질렀다.

"맞아! 그러면 간단한 것을."

누구의 목소리인지는 관심 밖이었다. 모두들 자신이 선 자리에서 빙벽을 뚫기 시작했다.

파바바박!

두꺼운 얼음이 파헤쳐지는 소리와 함께 빙벽을 최소한 칠

팔 척을 파고들어 간 사람들이 막 한숨을 돌릴 때, 고이한이 잽싸게 두 손을 내리며 만석이 파고들어 간 빙굴로 몸을 날렸다.

쿠우우우, 파사사사!

고이한이 빙굴 속으로 몸을 감추자마자 불줄기가 쏟아져 내리며 빙벽이 녹아내리기 시작했다.

크아아악!

그러나 어디나 동작이 굼뜬 사람들은 있기 마련. 상대적으로 반응 속도가 느렸던 몇 사람이 녹아내리는 빙벽과 함께 사라져 버렸다. 빙벽의 꼭대기에서 막 삼사 장 너비의 암동(巖洞)으로 발을 내딛던 사람들이 깜짝 놀라 뒤를 돌아보았지만, 보이는 것은 시뻘건 불줄기가 빙벽을 녹이면서 내는 뿌연 연기뿐이었다.

"크으윽! 여기까지 와서 죽어버리다니……."

"허어. 진정 개죽음이라 하더니 이렇게 허무할 수도 있단 말인가."

각각 부하들과 제자들을 잃은 패룡방주 수룡왕 미친개와 공동 장문인 일송 도장의 뼈아픈 한탄이었다.

이렇듯 두 사람이 망연자실하고 있었지만 주위 사람들은 이상스런 느낌에 두 사람에게 신경 쓸 여유도 없었다.

처음에는 왠지 가슴을 짓누르는 답답한 느낌만이 들었다.

그러던 어느 순간 동굴의 곳곳에서 열기를 내뿜는 느낌에 중인들이 헉헉거리기 시작했다.

"제, 제기. 이건 또 왜 이렇게 덥냐?"

우창출이 제일 먼저 민감한 반응을 보였다.

상의를 모두 헤치고도 더위는 전혀 가시지 않았고 얼굴부터 시작해서 온몸에 땀방울이 숫아 흐르고 있었다.

"간신히 빙한지옥을 지났더니 이제는 초열지옥이란 말인가."

그때까지 입을 꾹 다물고 묵묵히 일행의 뒤를 따르던 팽대붕이 짜증이 잔뜩 돋아난 음성을 토해냈다.

"빙정과 열화지정이 함께 있다더니 그 영향인가 봅니다."

송영원이 재빨리 대답하자 미친개가 코웃음을 쳤다.

"흐흥! 그것만이라면 우리가 이렇게 고생할 이유가 어디 있겠어? 이게 다 그 미친 금태원이란 놈 덕분이지."

"아무리 그래도 그는 무림맹주요. 일이 확실히 밝혀질 때까지 함부로 입을 놀리지 마시오."

송영원의 아들 송대운이 참다못해 반박하자 미친개의 눈꼬리가 쭉 째지며 살기를 풀풀 날렸다.

"이 애송이가 누구 앞에서 훈계야? 그러지 않아도 부하들이 다 죽어서 기분이 더러운데 여기서 시체 한번 치워봐?"

"무엇이? 이자가 누굴 보고 시체 운운하느냐?"

노한 송영원이 창을 들어 미친개의 목을 찌르듯이 내밀자 미친개가 귀두도를 빼 들어 창날을 밀었다.

"이놈들아! 지금 싸울 때야?"

막 간단한 운기조식을 마친 고이한이 눈을 부라리며 소리쳤지만 미친개는 속에서 치받는 열불에 정신이 나가 있었다.

처음 우창출에게 호위대장 냉가위 등을 잃고, 이제는 겨우 몇 명 남은 수하들마저 모두 죽어버리자 미친개의 눈이 진짜 미친 것처럼 괴이하게 빛났다.

"크아아악! 모두, 모두 죽여 버릴 거야!"

미친개가 사납게 귀두도를 쳐드는 순간,

파파팍!

양쪽 벽 속에서 솔잎 같은 암기 수백 개가 일제히 중인을 덮쳤다.

"죽일 놈들!"

팽대붕 등이 어지럽게 도를 휘둘러 암기를 떨어뜨렸지만 미친개는 암기를 피하지 못했다. 미처 소리를 지를 새도 없이 미친개의 전신이 흐물흐물 녹아들어 갔다.

"어헉! 저, 저건 화골산?"

사람들이 떨어진 독침을 피해 비실비실 뒤로, 옆으로 물러났다. 화골산은 구하기 어려운 만큼 치명적인 독성을 가진 무서운 독이었다.

중인들이 보고 있는 가운데 미친개의 얼굴은 간신히 몇 점의 살점만 붙어 있었고, 몸은 이미 뼈다귀만 남았는데 쓰러진 몸 아래로 검푸른 진물이 작은 웅덩이처럼 고여 있었다.

"끄으음… 정말 지독하구나."

중인들은 모두 말문을 잊은 채 공포에 잠긴 눈으로 주위를 둘러보았다.

과연 앞으로 무슨 일이 벌어질 것인가? 그들의 눈빛은 두려

움으로 떨리고 있었다. 아무리 무공이 뛰어나도 본능적인 두
려움은 어쩔 수 없는 것이다.

"개접도인… 실로 끔찍한 노릇이외다. 근데 생사마의께서
보이지 않는군요."

일송 도장이 안색을 찌푸리다 문득 고이한이 없는 것을 깨
닫고 만석에게 시선을 주었다. 경황이 없어 고이한에게 감사
를 표하지도 못했으니 마음이 부담스럽기도 할 것이다. 그 마
음이 일송 도장의 말투에 드러나고 있었으나 그것에 시비를
거는 사람들은 없었다.

"우리를 숨어서 암습했던 자들을 쫓아갔지만 별 성과는 없
을 겁니다."

"켈. 네 말이 맞다. 쯧. 나에게 잡힐 것 같자 곧바로 독단을
깨물어 죽어버리더군."

만석이 미처 말을 끝내기도 전에 고이한이 혀를 차는 소리
가 들렸다.

"비밀 통로는……?"

제갈수가 기대에 찬 목소리를 내자마자 고이한이 그를 힐끗
째려본 다음 마지못해 대답했다.

"그놈들은 희생양에 불과했다. 놈들이 있던 비밀 통로는 막
혀 있었어."

"젠장, 미치고 환장하겠어. 이놈의 동굴을 전부 무너뜨리고
싶어."

제갈수의 뒤에서 팽대붕이 눈알을 부라리며 돌벽을 두드

렸다.

"크흐흐. 숙부님, 제발 돌아가요. 더 이상 못 가겠어요."

제갈탄이 울먹이면서 애원하자 그의 앞쪽에 있던 송아라와 혜량 신니의 얼굴에 비웃음이 서렸다.

'흥! 잘난 체하며 내게 수작이나 부리더니 꼴좋구나.'

송아라가 찬바람이 이는 표정을 짓다가 이삼 장 앞의 만석을 향해 눈을 돌렸다.

"이젠 어떻게 하실 거죠?"

생각에 잠겨 있던 만석이 그녀의 물음에 퍼뜩 눈을 들어 그녀를 보았다. 두 사람의 눈이 거의 정면으로 마주쳤지만 송아라는 만석의 눈을 회피하지 않았다.

'아아! 눈 속에서 화톳불이 활활 타오르는 것 같아.'

실상 그녀는 마치 자석이 지남철을 만난 듯 만석에게서 눈을 뗄 수 없었다.

'으으음. 정말 빨려드는 것처럼 매혹적이구나.'

만석은 만석대로 그녀의 눈 속에 피어난 황홀한 무지갯빛에 빠져 있었다.

"커흠. 그래, 어떻게 할 셈인가?"

침묵이 길어지자 답답한 듯 생사마의가 끼어들었을 때, 우창출은 절망감을 맛보고 있었다.

나이 서른. 만석과 송아라의 눈빛이 무얼 의미하는지 모를 수가 없는 나이였다.

"제기랄! 아예 찰떡처럼 찰싹 달라붙지 그러냐?"

우창출이 부러움 반, 아쉬움 반으로 이죽거렸다.

'이런! 지금이 어떤 상황인데 이렇게……?

만석이 속으로 자책을 하면서 눈길을 돌리자 송아라는 괜스레 마음이 허전해졌다.

'어머, 내가 왜 이러지?

어렸을 때 딱 한 번 느껴보았던 기이한 감정. 그 기이한 감정이 그리움이었다는 것은 장성한 다음에야 알았다. 그리고 그 기이한 감정을 느끼게 해준 장본인이 눈앞에 있는 것이다.

그녀의 얼굴이 사르르 붉어지더니 이윽고 목덜미마저 발갛게 변했다.

'어머, 얘가?

자신의 뒤로 후다닥 몸을 감추는 사질을 보고 혜량 신니는 한동안 얼떨떨해졌다. 보타산에 있을 때 누구보다 남자에 관심이 없던 송아라였다. 그런 그녀가 무림공적으로 몰린 마도의 인물인 만석에게 호감을 느끼고 있다니. 실은 그녀로서는 만석이 송아라의 가문인 천무세가의 하인 출신이라는 것을 모르고 있었다.

"퇴로는 막혔으니 우리가 갈 길은 오직 하나밖에 없습니다."

자기 자신에게 다짐을 주듯 단호하게 소리친 만석이 앞으로 발을 내딛자 고이한이 바로 그의 뒤를 따랐다.

"하기야, 그 길밖에 없구나."

서로 눈치를 보던 사람들이 너도나도 뒤를 따랐다.

이제는 겨우 열댓 명 남짓. 그동안에도 십여 명이 죽어갔고 사파인들은 전멸해 버렸다.

과연 이들 중에 몇 명이나 목적지에 도착할 것인가?

'그러나 마지막으로 누가 남든 나에게 죽어야 할 거야.'

송영원은 재삼 결의를 다졌지만 그의 눈빛은 불안감으로 흔들리고 있었다.

혹시 금태원이나 조원형에게 속은 것은 아닐까? 벌써 여러 번 죽을 고비를 넘기면서 어쩔 수 없이 드는 생각이었다.

중도에 그가 습격을 받을 때 만난 금기린은 아무 염려 말고 만석들을 죽이라고 했지만, 자신을 습격한 것이 바로 금태원의 숨겨진 수하들이라면 얘기가 전혀 달라진다.

그 일은 곧 명백히 밝혀지겠지만 문제는 자신도 벌써 여러 번 죽을 고비를 넘겼다는 것에 있었다.

'혹시 나와 내 아들도 함께 죽일 작정인가?'

일행의 맨 끝에 선 송영원은 두세 사람 앞에서 제갈탄과 뭔가 대화를 나누고 있는 아들 송대원을 응시했다.

'나는 죽어도 내 아들만은 절대로 안 돼!'

심중의 불안감을 떨치려고 머리를 세차게 흔들던 송영원의 눈길이 절로 만석을 향했다.

'죽림마원이나 마도의 인물들과 친해 보이지만 마도의 인물은 아닌 것 같다. 그런데도 마도의 주구로 점찍어 무림공적을 만들다니, 여기에도 금태원의 흉계가 있을지도 몰라.'

생각해 보면 무림공적 만석이 만년빙과를 구하기 위해 먼저 지하 동굴로 향했다고 해서 앞뒤 가리지 않고 달려온 사람들이었다.

'그런데 지하 동굴은 너무 넓고 복잡했다. 준비된 수많은 함정이 있었고 정체를 알 수 없는 자들이 기습을 했어.'

생각하면 할수록 의심만 눈덩이처럼 불어난다. 애초에 금가와 손잡고 무림제패를 꿈꾼 일이 얼마나 어리석은 일인가?

'살아남아야 한다. 일이야 어쨌든 살아남아서 뒤를 도모하자.'

그러기 위해서는? 일행의 중심은 만석들이었고, 그들의 뒤에 있는 것이 상대적으로 안전할지 모른다. 또한 만석의 기지와 임기응변, 그리고 생사마의의 고절한 무공은 더욱 그렇게 생각하게 했다.

그렇게 생각하자 불안해서 견딜 수가 없는 심정이 된 송영원이 급히 앞으로 나가 아들의 손을 잡아끌었다.

"아버님……?"

"위험을 감수해야 한다면 차라리 앞에 나가 직접 맞닥뜨리는 것이 장부다운 일이다. 저 대견이란 녀석에게 뒤질 이유가 없단 말이야."

송영원이 대충 만석 핑계를 대며 아들을 앞으로 데려가자 제갈탄의 얼굴이 묘하게 변했다.

'송 가주께서 마도 쪽으로 가다니!'

선두는 만석을 비롯한 마도인(魔道人), 중간은 사파, 그리고 마지막에 정도의 인물들이 위치하기로 암묵적으로 약속이 된 것이나 마찬가지였다. 다만 지난번에 미친개 등 사파 인물들이 모두 죽어 정마 간의 완충지대가 사라져 버렸지만 그럼에도 중간에 사이를 많이 띄워서 되도록 근접을 하지 않았던 양도였다.

그런데 송영원 부자가 마도 근처로 가면 그 경계가 사라져 버리는 것이다.

"우리도 앞으로 가자."

제갈탄의 바로 앞을 가던 혜량 신니가 역시 마도 방향으로 나가자 송아라가 곧바로 뒤를 따랐다.

이렇게 되니 정도 쪽에는 일송 도장과 팽대붕 부자, 그리고 제갈수와 제갈탄만 남아 있게 되었다.

"숙부님, 저들이 왜……?"

"쯧. 목숨 앞에는 자존심도 없구나."

제갈수가 알 듯 모를 듯한 소리를 하자 이제는 바로 앞이 된 팽용수가 뒤를 돌아보았다.

"그게 무슨 소리요?"

"훙! 생각해 봐라. 지금 상황에선 저 대견 만석이란 자와 마도 놈들 가까이 있는 것이 안전하다는 것이다."

"그럼……?"

숙부의 말에 제갈탄은 그제야 머리가 확 트이는 것을 느꼈다.

그들은 살아남기 위해 같은 정파보다는 마도와의 동행을 택한 것이었다.

"허억, 허어억!"

잠시 덜해졌던 열기가 다시금 기승을 부리자 너나 할 것 없이 헉헉대며 길을 가는 사람들이었다.

"제기, 이건 완전히 동굴 전체가 녹는 것 같구나."

우창출의 투덜거림은 곧 사실이 되었다.

동굴의 사방 암석들이 녹아드는 것처럼 뜨거운 열기가 끼쳐 들고 있었다. 가죽 신발 바닥이 타는지 누릇한 냄새가 공간을 가득 채워 숨을 쉴 때마다 꼭 독기를 흡입하는 것 같았다.

'으음. 실로 견디기가 어렵구나.'

벌써 수백 장을 왔을 것이다. 그럼에도 초열 동굴은 끝날 줄을 몰랐다.

"이거 이러다가 몸이 녹아버리는 거 아냐?"

우창출이 천장에서 떨어지는 암석 녹은 물을 피하면서 투덜 거렸다. 천장의 암석을 녹인 물이 군데군데 떨어져 돌바닥에 구멍을 숭숭내고 있었다.

칙칙거리며 바닥에 떨어지는 바위 녹은 물은 지독한 냄새를 가지고 있었다. 숨 쉬기도 곤란한 데다 어떤 때는 한꺼번에 떨 어져서 피부가 데지 않은 사람들이 드물 정도였다.

"아, 뜨거!"

팽대붕이 자신도 모르게 소리치고는 신경질적으로 동굴 천 장을 올려다보았다. 동굴을 깨부수면 속이 다 시원할 텐데, 하는 표정이었지만 그는 꾹 참을 수밖에 없었다. 위에서 떨어지는 바위 녹은 물을 피하랴, 사면에서 뻗쳐 오는 엄청난 열기를 견디랴, 몸의 기력이 고갈된 상태였다.

'뜨겁다. 더 이상 견디기 어렵다.'

만석의 정신은 점차 혼미 속에 빠져들고 있었다. 눈앞이 어른거리는 것은 뜨거운 열기로 인한 수증기 때문만이 아니었다.

붉게 달아오르기만 하던 시신경이 기능을 상실하는 조짐이 보여지고 있었다.

'그래, 눈을 뜨고 있어봤자 잘 보이지도 않으니 차라리 눈을 감아버리자.'

만석은 눈알이 튀어나올 것처럼 화끈거리는 눈을 감았다. 이제는 감각으로 암석 녹은 물을 피하고 발을 옮겨야 한다.

그러나 눈을 감고 온몸의 감각을 일깨우니 열기가 더욱 강렬하게 느껴지고 있었다.

참자, 참자, 참아야 해!

만석이 속으로 수십 번을 되뇌이며 마음을 안정시키려고 애썼다. 그러나 몸속이 펄펄 끓는 것 같고 몸이 오그라들어 마른 꼬챙이가 된 느낌이 계속해서 만석을 못 견디게 했다.

'음? 녀석이 아무래도 이상해.'

생사마의가 눈을 감고 걸음을 옮기는 만석을 안타까운 눈길로 보았다. 위에서 떨어지는 열수(熱水)는 자신이 손을 휘저어 앞으로 튕겨내고 있지만 신체에 몰려드는 열기는 내공으로 밀어내지 않으면 안 된다.

그런데 만석은 내공을 끌어올리지 못하는 상태인 것이다.

'허억!'

휘이청!

만석은 하마터면 넘어질 뻔했다. 간신히 돌바닥을 딛고 있는 다리는 맥이 풀린 지 오래였다.

그러나 쉬어가고 싶어도 그럴 수도 없었다. 위에서 열수는 쉬임없이 떨어지고 있었고 동굴 벽을 타고 흘러내리고 있어 편안하게 쉬기는 다 틀린 것이다. 아니, 쉬려고 서는 순간 더 이상 발을 떼지 못하게 될지도 모른다.

'만석아, 만석아. 네가 겨우 이 정도밖에 안 되느냐.'

만석이 힘이 없는 자들을 위해 만들겠다던 무적문 천하.

그러나 이 순간 모든 것을 포기하고 싶은 마음이 드는 것이다. 체력이 거의 바닥을 보이고 마음이 종잡을 수 없이 혼란스럽다. 만석은 타는 듯한 갈증을 느끼며 서서히 정신을 잃어가고 있었다. 이제는 한계에 도달한 것이다.

그때,

"놈! 열기를 거부하려고만 하지 말고 받아들이려고도 해봐."

그러면서 명문혈로 들어오는 청량한 기운이 만석이 놓으려고 했던 정신을 일깨웠다.

'그래, 바보 같으니. 왜 열기를 거부하는 데만 온 심력을 기울였단 말인가.'

만석은 머릿속이 해연히 맑아지는 느낌에 가슴이 떨려왔다.

'만물은 일체이며 둘이 아니다. 열기와 냉기가 둘이 아니라 하나이니 내가 덥다고 느끼면 더운 것이요, 춥다고 느끼면 추운 것. 모든 것이 마음에 달려 있구나.'

만석은 범종처럼 머리를 울려오는 엄청난 소리에 몸을 부르르 떨었다. 전율! 그렇다. 이 한증막 같은 뜨거움 속에 한줄기 시원한 바람이 불고 있었다.

그것은 처음에 머릿속에서부터 시작되었다가 점차 혈맥을 타고 단전으로 내려갔다.

단전에서 희미한 기운이 꿈틀하는 것 같더니 점차 폭류 같은 기운으로 발전해 갔다. 몸속을 기분 좋게 달구는 기운. 그것은 대라무적공이 움직이고 있다는 신호였고, 그에 따라 몸을 태울 듯 밀려오던 열기는 몸속에서 전신의 모공으로 배출된 기운에 동화되어 잔잔한 흐름으로 바뀌었다.

대라무적공의 한가닥 기운만 있으면 한서(寒暑)에 크게 구애받지 않는 몸으로 바뀐 것이다.

"됐다! 놈, 성공이야!"

만석의 터질 듯 달아올랐던 얼굴 피부가 평상시의 색깔로 가라앉자 고이한이 자기 일처럼 기뻐했다.

"엉? 뭐가요?"

그들의 뒤에 섰던 우창출이 얼떨결에 묻자 만석은 그저 희미하게 미소 지은 반면에 고이한은 소리 높여 웃었다.

"케케케! 재수가 좋은 놈은 뭐가 달라도 다르다니까!"

극한의 상황에 처했을 때 오히려 깨달음을 얻는다는 것은 어쩌면 운일 것이다. 그러나 그 운도 개인의 능력에따라 좌우된다는 것은 당연한 이치였다.

"젠장. 아, 자세히 말씀해 주셔야 저도 알 거 아닙니까?"

"그놈 끈질기게도 묻는구나."

"아, 그렇지 않구요. 만석에게 좋은 일이 생긴 것 같은데 나만 모르다니, 이건 불공평하다 이겁니다."

"나도 몰라."

그들의 이야기를 듣고만 있던 칠독마가 심드렁하니 말을 뱉었다.

"켈켈켈켈! 칠독의 말이 정답이다. 실은 만석이도 스스로의 몸에 일어난 변화를 잘 모를걸? 그렇지 않냐?"

만석은 빙긋 미소만 지었을 뿐이었다. 그러나 그 모습에서 새로운 경지에 오른 자의 여유가 느껴지고 있었다.

"저게 무슨 소리죠?"

송아라가 앞의 대화를 듣고 머리를 갸웃하며 묻자 혜량 신니가 눈을 찡긋하며 대답했다.

"대견 시주의 얼굴을 봐라. 뭔가 변화가 일어난 것이 보이지 않느냐?"

"홋호호. 그보다는 사숙님의 말투가 첨보다 엄청나게 바뀌었네요."

말은 그렇게 하면서도 그녀의 눈이 만석에게 집중되어 있었다.

 ‘어머? 가마솥 안에 든 것같이 뜨거운데 땀 한 방울도 안 흘리네?’

 그러나 제갈탄은 전혀 다른 의미로 정신이 혼미하기만 했다.

 저 앞에서 수런거리는 대화는 전혀 눈에 들어오지 않았다.

 송아라는 땀에 흠뻑 젖은 옷이 몸에 착 달라붙어 달덩이 같은 엉덩이 선을 고스란히 드러내고 있었다.

 꾸울꺽!

 제갈탄의 목젖이 절로 움직여 침을 삼켰다. 타는 듯한 갈증.

 ‘아아, 당장 쫓아가 덮치고 싶어. 크흐흐. 그리고 옷을 찢어 발겨서는……’

 상상만으로도 엄청난 흥분과 전율이 찾아온다. 제갈탄은 살을 태우는 열기도 잊고 송아라의 미묘한 몸의 움직임에 따라 눈알만 굴리고 있었다.

 ‘크으. 이놈이 어디다 한눈을 팔고 있나?’

 제갈수는 뒤에 아무도 없다는 것이 다행스러웠다.

 가문의 소가주였던 제갈천이 시신으로 발굴되었으니 어쨌든 가문을 이어나갈 장자는 바로 제갈탄이 될 수밖에 없었다.

 실로 놈의 호색함이란 머리통이 굵어질 때부터 유명했지만 아직도 전혀 변할 줄을 모른다. 제갈수는 놈의 행동에 경각심을 줄 필요가 있었다.

“이놈아! 지금 죽느냐 사느냐 하는 판국에 계집의 꽁무니나 쫓고 있다니. 아직도 정신을 못 차리고. 에잉!”

제갈수가 화를 버럭 내자 졸지에 현실로 돌아온 제갈탄은 갑작스럽게 느껴지는 뜨거운 열기에 그만 머리가 아뜩해졌다.

손발을 떨며 몸이 뻣뻣하게 마비된 제갈탄이 빠르게 뒤로 주저앉았다.

쿵!

제갈탄이 돌바닥에 넘어지자 푸시시 하는 소리와 함께 그의 엉덩이 부분의 겉옷이 타는 냄새가 났다.

“이, 이런!”

제갈수가 깜짝 놀라 제갈탄을 붙들고 진기를 주입시키려고 했지만 이미 기맥이 막힌 모양인지 진기를 받아들이지 못하는 것이었다.

“조심하시오! 잘못하면 그대로 전신불수가 될 수도 있소.”

일송 도장이 다급히 서두르는 제갈수를 말렸다. 기맥이 막힌 상황에서는 함부로 진기를 주입시키거나 몸을 주물러 대면 오히려 큰일이 날 가능성이 있었다.

“아무래도 의원이 있어야 할 것 같소.”

팽대붕도 발을 멈추고 한마디 보탰지만, 여기에 의원이 어디에 있다는 말인가? 아차, 생사마의!

난처해하던 정파인들의 눈이 일시에 고이한에게 쏠렸지만 그는 만석에게 뭔가를 얘기하고 있었다.

“마음을 편안히 가지도록 해라. 내공이 운기가 안 되는 것은 아직도 막힌 것이 만만치 않다는 의미야.”

“알겠습니다. 조금 답답하긴 하지만 아까보다는 비교할 수 없을 만큼 나으니 이 정도로 만족합니다.”

“케케케. 그놈, 말만은 시원하게 한다니까?”

생사마의가 켈켈거리며 웃다가 묘해진 공기를 깨달았다. 그러고 보니 정파인들은 누군가를 둘러싼 채 고이한을 응시하면서 난처한 표정을 짓고 있었다.

“누군가 다친 모양입니다.”

보다 못한 만석이 나직이 말을 걸었지만 생사마의는 코웃음을 치고 있었다. 보름의 시한이 지나 자신이 먹인 독약이 발작하는 것이었다.

“쿵! 이젠 아예 노골적으로 손을 벌리는구나.”

‘이미 알고 계셨구나.’

“아미타불. 제갈 소협이 쓰러져서 정신을 차리지 못하는 모양이네요.”

불문의 고승답게 혜량 신니의 얼굴에는 안타까움이 서려 있었다.

“부탁드립니다. 제 조카 놈이 잘못되면 형님을 볼 낯이 없습니다.”

제갈수가 이때를 틈타 큰 소리로 외치자 생사마의가 얼굴을 와락 찌푸리더니 만석에게 슬쩍 말을 건넨다.

“근데, 이놈아. 너 제갈천이란 놈에게 돈은 받았나?”

“참, 어르신네도. 만날 기회가 있어야 돈을 받든지 말든지

할 거 아닙니까?”

“그러니 이놈아! 아직 빚도 못 받았는데 또 외상을 줄 수는 없지 않냐?”

‘이건 틀림없이 나에게 들으라고 하는 얘긴데……? 근데, 형님이 언제 생사마의에게 빚을 졌나?

그러나 그의 머리가 아무리 명석해도 듣지 못한 일을 알 수는 없는 일. 제갈수가 재빨리 생사마의에게 다가가며 물었다.

“저, 무슨 말씀인지 제가 알 수 있겠습니까?”

‘역시 약삭빠른 놈이라니까?

제갈수가 얄미웠는지 고이한이 만석에게 눈짓을 했다.

“이건 네놈에게 맡긴 일이니 네가 알아서 해라!”

제갈수는 냉정하게 외면하는 고이한이 미웠지만 지금은 그걸 따질 때가 아니다.

“대체 무슨 일인가?”

어쩔 수 없이 제갈수가 만석에게 묻자 만석이 짐짓 난처한 표정을 지었다.

“이건 제갈 대협께서 해결할 수 있는 문제가 아닙니다. 제갈천 가주 본인이 있다면 모를까…….”

“허어, 그 사람. 아, 그야 얘기를 들어봐야 알 일이 아닌가. 어서 내게 말을 해보게.”

더욱 똥줄이 탄 제갈수가 성급하게 대들었지만 만석은 난처한 표정을 지우지 않았다.

“어허, 지금 사람이 죽어가고 있네. 설마 이제껏 고난을 함께한 일행을 그냥 죽도록 내버려 두진 않겠지? 그건 서로 가는 길을 떠나 무림인으로서 기본적인 도의(道義)일세.”

실로 가당찮은 논리긴 했지만 여기 있는 사람들이 일행임은 틀림이 없었다.

“죽이려고 난리 칠 때는 언제고 이제 와서 무림도의를 따지냐?”

우창출이 입술을 씰룩이며 시비를 걸었지만 제갈수는 그를 힐끗 쳐다만 보았을 뿐, 별다른 반응을 보이지는 않았다.

하지만 만석은 제갈수가 우창출을 보는 눈길에서 찌를 듯한 살기가 스쳐 지난 것을 알고 있었다.

‘과연, 정파인들은 자신의 체면을 상하게 한 자를 철천지원수 취급해서 죽으면 무덤까지 쫓아가서 보복을 한다더니.’

천무세가 출신의 만석이라 밥보다 명분과 체면을 중시하는 정파인들의 행태는 익히 알고 있었다. 특히 민활한 머리를 자랑하는 제갈수는 그 정도가 심해 보였다.

‘머리 쓰는 자를 믿지 말라는 스승님의 말씀이 틀린 것이 없구나.’

그렇게 생각하자니 주노의 주름진 얼굴이 더 한층 그리워지는 만석이었다.

‘후우, 지금은 어디서 고생을 하고 계시는지… 서신대로 이미 돌아가셨다는 말인가……’

만석은 순식간에 뇌리를 오가는 잡다한 상념을 떨구었다. 그러면서 시치미를 뚝 떼고 제갈탄의 생명을 구해준 것이 바로 생사마의라는 것을 말해주었다.

"제갈 공자의 목숨을 구하느라 마의 어르신께서는 수십 년 간 모아두었던 귀한 약재를 다 써버렸다는 겁니다. 그래서 제 갈 공자가 어르신의 은혜도 갚을 겸 금자 천 냥을 치료비로 드 리겠다고 했는데, 제갈가주께서 급히 떠나시는 바람에……."

뒤의 말은 들을 필요도 없었다. 금자로 천 냥이면 제갈세가 의 일 년 예산에 해당되는 큰돈이었다. 그러나 이제는 제갈세 가의 유력한 후계자로 부상한 제갈탄이니 어쩌면 지나친 금액 이 아닐지도 모른다.

제갈수가 그 거액을 준다고 약속할 수는 없었지만 당장 제 갈탄의 목숨이 경각에 달려 있었다.

"끄으음… 제가 약속은 드리지 못하지만……."

제갈수가 막 말을 꺼내자마자 고이한이 손사래를 쳤다.

"퀠! 저 녀석은 죽어도 벌써 죽었을 목숨이 그동안 덤으로 살아온 게야. 녀석이 지금 죽는다고 해도 아쉬울 것이 없어."

만석의 말이 사실이라면 틀린 얘기는 아니었다.

"하지만 어르신께서 한번 살린 목숨이니 지금 그냥 죽어버 린다면 그 공로가 사라지는 것이 아닌가요? 그러니 다시 한 번 살려서 은혜를 갚을 기회를 주는 것이 어떨까요?"

보다 못한 혜량 신니가 다시 개입하자 제갈수가 고맙다는 눈길을 보내며 애원한다.

"그렇습니다, 어르신. 제발 조카를 살려주십시오. 금 천 냥 은 어떤 일이 있어도 소생이 알아서 갚겠습니다."

“어잉? 네가 갚겠다고?”

“예, 예. 물론입니다.”

“그걸 어떻게 믿어?”

“그야 제갈가의 이름을 걸고…….”

“크크. 말로만 하는 약속은 나중에 모른다고 하면 그만이야.”

“그럼, 소생이 어떻게 해야…….”

제갈탄의 안색은 벌써 시커멓게 죽어가고 있었다.

제갈수는 이젠 상대가 죽림마원의 마두니, 자신의 체면이니 하는 것은 제쳐 두고 애걸할 수밖에 없었다.

“좋다, 네놈이 정 약속을 한다니, 그럼 이거나 먹어라.”

고이한이 품속에서 꺼낸 것은 새똥을 뭉친 것 같은 밤알만한 크기의 환약이었다. 손때가 타서 반질거리는 것이 보기만 해도 속에서 올라올 것 같았다.

“이, 이게 뭡니까……?”

얼굴 색깔이 변한 제갈수가 한 걸음 뒤로 물러나며 주춤거리자 고이한이 환약을 얼른 품속에 도로 집어넣었다.

“싫으면 말아라.”

그리고는 만석을 재촉한다.

“한참 쉬었으니 그만 가자.”

‘으으음. 아무래도 독약 같은데…….’

말 한마디 하는 짧은 시간에도 제갈수의 안색이 여러 번 바뀌었다. 그러나 아무리 머리를 굴려봐도 상대는 백 년 전의 교활한 마두다. 더 이상 선택의 여지가 없었다.

"아, 알겠습니다. 먹으면 되는 거 아닙니까? 그렇지만 무엇인지는 알아야……."

"이놈아! 이거 비싼 거야."

고이한이 그러면서 아깝다는 듯이 환약을 도로 꺼내면서 한마디 보탠다.

"육 개월짜리야. 해약은 만석 놈에게 줄 테니 나중에 돈하고 교환하면 돼."

'크윽. 졸지에 육 개월짜리 목숨이 되어버렸구나.'

날카롭게 째려보는 고이한의 눈을 피해 수작을 부릴 엄두도 못낸 제갈수가 환약을 받아 꿀꺽 삼키니 환약이 절로 녹아 목구멍으로 흘러들었다.

'으으. 진짜 똥물을 삼킨 것처럼 맛이 더럽구나.'

제갈수가 눈을 질끈 감고 몸서리를 칠 때, 고이한은 만석에게 전음을 날리고 있었다.

"놈! 네가 제갈가에 갚아야 할 원한이 있다고 해서 내가 수를 부렸으니 알아서 해라."

만석이 그에게 잠자코 눈으로 고마움을 표했지만 생사마의의 저의가 의심스럽기도 했다. 세상에는 공짜가 없는 것이다.

'고맙긴 하지만 난 그런 술수를 부릴 생각이 전혀 없습니다.'

만석의 속심이었다.

만석의 표정과는 아랑곳없이 부산스럽게 제갈탄의 등을 두

드리고, 입속에다 뭔가를 집어넣은 생사마의가 등을 쭉 펴며
중얼거렸다.

"요놈도 육 개월짜리야."

그의 말뜻을 알아들은 중인들은 일순 눈살을 찌푸렸지만 얼
른 고개를 외면하고 못 들은 척했다. 뭐라고 불평을 하기에는
생사마의가 두려웠다.

사람들은 다시 묵묵히 발걸음을 재촉하고 있었다.

"아아… 저건……?"

송아라가 탄성을 지르며 눈을 크게 떴다.

초열지옥 같은 통로를 나와 그들이 맞닥뜨린 것은 너비를
알 수 없는 지하 호수였다.

암흑 속에 잠겨 있는 동굴 천장은 그 끝을 짐작할 수가 없었
고 호숫가에는 건드리면 살이 베일 듯한 날카로운 암석들이
지천으로 박혀 있었다.

눈에 보이는 양쪽 벽면은 시커먼 가지를 촉수처럼 늘어뜨린
뒤틀린 나무들이 표면을 빽빽이 채우고 있었다.

금방이라도 가지가 움직여 중인을 덮칠 것 같은 느낌에 제
갈수가 옆에 있던 돌을 던져 봤지만 덩굴은 아무런 반응을 보
이지 않았다.

"응? 아닌가?"

"조심해라. 저놈이 말로만 듣던 식인목(食人木)일지도 모른
다."

만석이 그의 말을 듣고 가까이 손을 내미니 가지가 꿈틀하면서 달려들었다.

"어맛!"

갑자기 동굴 벽 전체가 움직이는 느낌이 들며 가지들이 마구 엉켜 요동을 치자 중인들은 혼비백산해서 뒤로 물러나고 말았다.

"휴우. 도대체 한순간도 마음을 놓지 못하겠구나."

혜량 신니가 장탄식을 발하자 안색이 노랗게 변한 중인들이 우두커니 그 자리에 서서 어쩔 줄을 몰라 했다.

배는 고프고, 이상한 열기와 한기를 함께 동반한 호숫가의 공기는 사람에게 이상한 갈증을 느끼게 했다.

"속에서 갈증이 나서 미치겠어."

팽용수가 자기도 모르게 쭈그려 앉아 호수 물을 손바닥에 담았다.

"허억, 이게 뭐야?"

그러던 팽용수가 경악에 찬 소리를 질렀다. 그의 목소리에는 진득한 공포가 담겨 있었다.

"왜, 왜 그러느냐?"

팽대붕이 안색이 대변해서 아들을 잡으려고 하자, 만석이 그를 밀치며 소리쳤다.

"손대지 말고 뒤로 물러서시오!"

"크아아악!"

그러는 새에 팽용수가 한 손을 다른 손으로 감싸 쥐며 비명을 질렀다.

그와 동시에 콧구멍을 뭉개 버릴 것 같은 악취가 중인들의 코를 찔렀다. 잠시만 맡고 있어도 정신이 온통 나가는 느낌에 주춤거리며 뒤로 물러서던 사람들 몇몇이 암반 위에 엉덩방아를 찧었다. 팽용수의 손바닥은 순식간에 시퍼렇게 물들었고 금세 얼굴마저 퍼렇게 변하더니 칠공이 퍽 하고 터지면서 검은 물이 줄줄 흘러내렸다.

쿵!

이윽고 망연히 치뜬 팽대붕의 동공 속에 금방 해골로 화한 아들의 시신이 채워졌다.

"크아아아!"

공포심과 아들을 잃은 절망감으로 후들후들 떨던 팽대붕이 옷을 마구 찢으며 발광을 했다.

"놈! 나이가 아깝다!"

고이한이 큰 소리로 꾸짖으며 팽대붕의 마혈을 신속하게 점하였다. 그 모습을 부들부들 떨며 지켜보던 사람들이 망연한 눈길로 호수를 보았다.

"끄아아! 이것은 지극독수(地極毒水)?"

소동을 틈타 앞으로 나선 칠독마가 목소리를 쥐어짜는 듯한 괴상한 소리를 지르면서 펄쩍 뛰어 물러서더니 얼른 입 안에 가루약을 털어 넣는 것이다.

"무엇이? 지극독수라면?"

송영원이 경악하자 사람들의 눈이 일시에 그에게 쏠렸다.

"수만, 수십만 년 동안 지하의 수많은 이물질이 녹아 물속에 가라앉으면 물의 결정체가 중수(重水)로 변한다고 하오. 그런데 단순히 무겁게 변할 뿐 아니라 거기에는 엄청난 독기가 생성된다고 들었소. 그 독수가 단 한 방울이라도 인체에 닿으면 바로 녹아버린다는 것이오."

중인들은 그제야 팽용수가 녹아버린 이유를 알게 되었다.

"개겁도인, 개겁도인……."

일송 도장이 중얼거리며 도호를 외울 때, 만석이 칠독마에게 손을 내밀었다.

"해약이 있으면 모두에게 나눠주십시오. 어차피 호수를 통과해야 합니다."

"나도 내가 가진 약이 이 지극독수를 해독한다고 장담하지 못해."

"큭. 여기 있다가는 굶어 죽습니다. 이래 죽으나 저래 죽으나 마찬가집니다."

만석이 씁쓰레하게 웃었다. 겪으면 겪을수록 놀랍고 무서운 곳이었다. 하지만 칠독마의 말투는 그리 걱정스럽게 들리지 않았다.

"크크. 이거 평생 심혈을 기울인 해약이 여기서 다 없어지는구만."

칠독마가 툴툴거리며 해약을 나누어주었지만 그걸 먹는 사람은 없었다. 또 독약일지도 모른다는 의심 때문이었다.

'내가 먼저 먹어야 다들 따라 먹겠구나.'

사람들을 죽 둘러보던 만석이 서슴없이 약을 복용하자 우창출이 낄낄거리며 웃었다.

"젠장. 다 죽어가는 판국에 독약을 먹일 사람이 누가 있어?"

이어 우창출도 약을 먹자 송영원과 사람들이 뒤따라 약을 먹었고, 내공을 운기하느라 장내는 잠시 침묵에 빠졌다.

"어르신……?"

그러나 생사마의는 약을 받을 생각도 없이 물속을 들여다보고 있을 뿐이었다.

"켈켈. 노부는 필요없다. 그런데 물살이 엄청나게 거세구나."

약을 먹었으니 이제 물속으로 뛰어들어 헤엄을 쳐야 한다.

그런데 철썩, 처얼썩 대며 호숫가를 치는 검푸른 물살은 그것만으로 위협적이었다.

물살의 힘을 못 이기게 되면 물살이 칠 때마다 검게 드러나는 물 바위들의 예리한 모서리에 부딪칠 가능성이 높았다.

그리되면 아무리 무공으로 단련된 단단한 육체라도 한순간에 동강이 날 것이었다.

만석이 고이한의 말을 듣고 두려워하는 중인들을 둘러보았다.

"모두 허리띠를 풀어서 서로의 몸을 연결하십시오."

제각각 거센 물살에 대응하다가는 그대로 끝장날지도 모른다.

"그렇게 합시다. 우리에겐 선택의 여지가 없소이다."

일송 도장이 앞으로 나서자 사람들이 서둘러 허리의 가죽띠를 풀었다.

"어떻게 하려고 그러느냐?"

고이한이 묻자 만석이 희미하게 웃었다.

"어르신께서 중간에서 수고를 해주십시오. 허리가 가장 중요합니다."

만석이 일행 중 내공이 높은 일송 도장을 맨 앞에, 그리고 송영원을 제일 뒤에 세웠다. 그리고 만석은 일송 도장의 뒤에 자신을 묶었다.

이미 깨어난 팽대붕은 사람들이 자신을 묶는 것을 망연한 표정으로 보고만 있었다.

"자, 준비되었으면 모두 뛰어듭니다! 입을 열면 마실 것은 독수밖에 없으니 입을 굳게 다물고 코로만 숨을 쉬어야 합니다."

"겁을 내면 혼자 죽는 게 아니라 모두가 죽습니다!"

만석이 신호를 보내자 일송 도장이 화답하는 식으로 뒤를 이어 소리쳤다.

만석이 신호를 보내자 일송 도장이 거침없이 물속에 뛰어들고 곧바로 사람들이 뒤를 따랐다.

'허어억!'

'크윽. 죽을 뻔했다.'

사람들은 절로 벌어지는 입을 막으려고 안간힘을 쓰고 있었다. 물속은 겉과는 전혀 비교도 할 수 없는 엄청난 급류가 휘

돌아 치고 있었다.

급류는 계속해서 소용돌이를 만들어 줄에 묶인 일행을 잡아 끌려고 요동쳤다.

잔뜩 공력을 운기한 사람들이 끌려가는 신형을 간신히 느리게 만들었지만 바위에 부딪치는 것은 도리가 없었다.

삽시간에 온몸에 생긴 상처로 몸속의 피가 핏줄을 벗어나 꾸역꾸역 밀려 나갔다.

"허억, 허어억!"

쉴 새 없이 내뿜는 거친 숨소리는 생명이 빠져나가는 소리였다.

"이이익!"

줄의 중간에 위치한 생사마의는 일행 중 가장 지독한 사투를 벌여야 했다. 앞이나 뒤가 급류에 밀려도 중심만 잡아주면 큰 위험은 없었다. 게다가 막상 물속에 뛰어들자 정신을 차린 팽대붕의 도움도 무시할 수 없었다.

"후우우우……."

얼마나 급류를 따라 내려왔을까? 굽이를 돌아간 일행은 그제야 긴 한숨을 내쉬며 몸을 안정시킬 수 있었다.

물은 더욱 깊어지면서 격류가 잔잔한 파랑으로 잦아들고 있었다. 물속의 그 날카롭게 곤두서 있던 바위들 또한 평평해지면서 사람 두엇이 올라갈 수 있는 공간이 있었다.

"자, 모두 물 바위 위로 올라가서 잠시 쉬어야겠습니다."

만석이 말을 꺼내자 부리나케 바위 위로 올라가 좌정하는 일행이었다.

"근데 허리띠는 어떡하지?"

"뭘 어떻게 해? 모두 풀어!"

누군가 잠긴 목소리로 묻자 생사마의가 딱 끊어 대답했다. 그러나 줄을 푸는 사람은 없었다. 모두 만석의 입술만 바라볼 뿐이었다.

"어르신 말씀처럼 모두 줄을 풀어도 되겠습니다."

만석이 즉시 고이한의 말에 동의하자 그제야 서로의 몸에 묶인 줄을 풀고 지혈을 하느라 부산해졌다.

"에에잉! 진짜 죽을 고생을 한 사람이 누군데……."

만석의 맞은편 바위 위에 올라앉은 고이한이 아이처럼 심통을 부리자 만석이 빙긋 웃으며 대답했다.

"어르신의 노고를 모르는 사람들이 누가 있겠습니까? 그만 화를 푸시지요."

"누가 뭐라고 했냐?"

"예, 예. 저는 아무 말도 들은 게 없습니다."

"쯧. 벌써 관 속에 들어갈 나이에 이 무슨 고생이야?"

고이한이 입속으로 중얼거리며 시선을 돌렸을 때, 이번에는 만석의 옆에 올라앉은 우창출이 투덜거렸다.

"젠장맞을. 이거야, 지옥도 이런 지옥이 없을 거야."

"그래도 이만하기 다행입니다."

몸속을 조금씩 유통하는 진기의 흐름을 관조하던 만석이 조용히 대답했다.

잠시 심신을 추스른 사람들은 다시금 물속에 뛰어들었다.

차츰 폭이 좁아지면서 구불구불 흘러가는 물결 위로 잔 파랑이 일다 가라앉았다.

지금까지와 달리 동굴 천장의 곳곳에서 언뜻언뜻 불길이 보이고 있었다. 잔잔한 호수 물에 비쳐 든 발간 불빛은 사람들에게 색다른 감흥을 주고 있었는데 그 모습은 마치 모든 위험이 사라진 것처럼 보였다.

온몸에 사근사근 닿는 부드러운 물결 위로 어슴푸레한 불빛이 차곡차곡 녹아들고 있었다.

'아아아……!'

송아라는 아련한 불빛과 물의 선율 속에 유영하는 자신이 전설의 인어처럼 느껴졌다.

물속을 헤치는 팔과 다리는 물고기의 지느러미처럼 물결을 가볍게 가르며 나아가고 있었다.

살며시 눈을 감던 그녀의 눈 속에 서너 사람 앞에서 헤엄치고 있는 만석이 들어왔다. 단단한 근육으로 뭉친 벗은 상체가 힘차게 움직이며 붉게 물든 물을 헤쳐 나간다.

역동하는 만석의 근육 위로 물방울이 튀어 올라 부서져 내리는 모습은 환상적인 아름다움을 자아내고 있었다.

"아아… 정말 아름다워."

그녀가 도톰한 입술을 벌려 한숨처럼 감탄사를 뱉어냈다.

사내의 벗은 몸이 이토록 아름답게 느껴진 적이 있었던가?

'제기랄! 저 계집은 뭐가 좋아 헤벌쭉 입을 벌리고 있냐?'

급류를 벗어나 위험이 해소되자 송아라의 옆에서 떨어질 줄 모르던 제갈탄의 눈에 질투의 화염이 타오르고 있었다.

사람들이 처음 만석의 말에 따를 때부터 질시로 가슴을 태웠던 제갈탄이었다. 마침 물기를 흠뻑 머금은 옷이 송아라의 몸에 찰싹 달라붙어 겉으로 드러난 그 터질 듯한 몸매를 감상하고 있었는데 그녀의 시선은 만석에게서 떨어질 줄 모르는 것이다.

'계집년. 내 언제고 네년을 홀딱 벗겨 기어 다니게 할 거야.'

생각만 해도 온몸의 신경이 짜릿하게 달아올랐다.

그런데…….

'크윽. 그러고 보니 개불알을 달고 뭐 하지?

아무리 음탕한 생각을 해도 불알이 서기는커녕 사타구니에 축 늘어져 대롱거리는 느낌은 제갈탄을 절망에 빠뜨리고 있었다.

'에휴, 아무래도 저 늙은이를 꼬셔서 진짜 물건을 달아야 하는데. 그게 안 되면 발딱 서기라도 해야 되는 거 아냐?'

별 잡스런 생각으로 정신이 자꾸만 산만해지니 자동적으로 물결을 헤치던 손발이 멈칫거리고 있었다.

송아라가 점점 멀어진다고 느낀 순간,

"크아아악!"

제갈탄이 발을 잡아 뜯는 통렬한 아픔에 비명을 내지르고 말았다.

“뭐, 뭐야?”

제갈탄의 오른쪽 앞에서 헤엄치던 제갈수가 소스라치게 놀라 조카를 돌아보았을 때, 제갈탄은 마구 발버둥 치며 물속으로 잠겨들고 있었다. 처음에는 다리에 쥐가 난 줄 알았지만 그것이 아니라는 것은 곧 밝혀졌다.

제갈수에게도 물속을 거칠게 헤치며 달려드는 물체가 있었던 것이다.

“어헉! 괴, 괴물이다!”

제갈수가 허둥지둥 장을 내밀어 수중 생물의 머리 부위를 치자, 끼에엑! 하는 괴상한 소리와 함께 괴물이 떨어져 나갔다.

그러나 잠시 떨어졌던 괴물이 잠시 후에 다시 덮치면서 제갈수는 괴물과 혈투를 벌여야 했다.

“헐! 저건 철갑식인어?”

역시 견문이 높은 생사마의 고이한은 한눈에 괴물의 정체를 알아보았다.

그의 외침과 더불어 일제히 몸을 돌린 사람들이 물속을 잠수해서 괴물을 맞이해 갔다.

순식간에 인간과 식인어의 혈투가 벌어지고 있었는데 식인어의 공격은 끈질기게 이어졌다. 몇 마리의 식인어가 허연 배때기를 드러낸 채 물 위에 떠 있었지만 물속에서 중인을 공격하는 식인어는 숫자를 짐작하지 못할 만큼 많았다.

“탄아! 이놈아, 정신 차려!”

왼다리가 무릎부터 완전히 뜯긴 제갈탄은 혼줄이 빠져나가는 듯한 엄청난 고통에 정신이 혼미해 있었다.

카아악!

"이 괴물, 죽어라!"

물속에서는 병기의 날카로움도, 장력의 위력도 제대로 발휘되지 못했다.

그저 일 장여 크기의 나선형의 식인어에 달라붙어 배때기에 손을 쑤시고, 병기를 아가리 속에 처박아 치명상을 입힐 수밖에 없었다.

검붉게 보이는 물은 모두 핏물이었다. 온몸에 피칠갑을 한 중인들은 죽여도 죽여도 끝없이 달려드는 식인어에게 곤욕을 치르고 있었다.

그러던 어느 순간,

우드득! 꽈드득!

뼛골이 부서져 소름 끼치는 소리와 함께 식인어의 공격이 일시에 멈췄다. 한 놈이 죽은 동료의 몸을 뜯기 시작하자 식인어들이 일시에 죽은 동료에게 달려들어 뼈와 살을 뜯어 먹느라 광분하고 있었다.

모든 진력을 소비한 사람들이 저항하지도 못하고 물결에 휘말려 떠내려갔다.

"으으음. 뭐, 뭐지?"

만석은 몸을 흔드는 손길에 혼몽한 정신을 깨우려고 애썼다.

“놈, 어서 일어나라. 여긴 먹을 것이 지천이다.”

먹을 것이란 말에 극심한 배고픔을 느낀 만석이 눈을 뜨려고 애썼지만 눈은 쉽게 뜨이지 않았다.

“눈을 뜨려고 애쓸 필요 없다.”

고이한의 음성이라고 느낀 순간, 입술에 차갑고 매끌한 감촉이 닿자 만석이 자기도 모르게 입을 벌렸다.

“켈켈. 쌉싸름한 맛이 날 게다.”

만석의 입 안에 들어온 미끈한 놈은 몇 번 씹기도 전에 목구멍을 기어들었다.

꿀꺽!

걸죽한 죽 같은 것을 몇 번 받아먹자 갈증과 허기가 해소된 것을 느낀 만석이 기력을 차리고 눈을 떠보았다.

“여, 여긴 어디지요?”

“켈. 동굴 속이지 어디겠냐?”

“물, 물소리가 안 들리는군요.”

눈은 떴지만 사위는 컴컴하기만 했다. 빛 한 점 새어들지 않는 어둠 속은 고요하게 가라앉아 있었다.

“물은 지하로 빠져나갔다.”

정신이 든 만석이 머리 밑으로 손을 돌려 물먹은 이끼처럼 매끌거리는 물체를 잡아보았다.

“만년석균이다. 체력을 회복하는 데는 그만이지.”

‘왜 다른 사람들의 목소리가 안 들리지?

주위에 아무런 동정도 없음을 느낀 만석이 막 입을 열려고 할 때, 고이한의 음성이 먼저 들렸다.

"여긴 너와 나, 두 사람밖에 없다."

"예? 그럼……?"

"모르겠다. 우리가 이렇게 살아 있으니 다른 사람들도 살아 있겠지."

무심하게 들렸지만 왠지 허탈하고 맥이 빠진 음성.

고이한도 다른 사람의 생사에 상심하고 있다는 증거였다.

크와아앙!

그때 머리 위 먼 곳에서 지축을 울리는 괴성이 들렸다.

"저것은 바로……?"

만석이 목을 빼고 위를 쳐다보자 고이한이 슬며시 웃었다.

만석의 표정은 이제야 다 왔다는 안도감뿐, 전혀 놀란 기색이 없다.

'하여간 그놈 배포 하나는 천하제일이라니까!'

전에 했던 생각을 다시 떠올리면서 고이한이 은근히 만석을 떠보았다.

"이놈아, 이젠 어떻게 하려느냐. 저 가파른 절벽 꼭대기까지는 최소한 삼백 장은 넘을 듯싶구나."

"큿. 아무리 멀어도 가야지요. 저기 가려고 그 어려움을 감수한 것 아닌가요?"

많은 사람이 죽었지만 만석은 그가 할 수 있는 모든 능력을 다했다. 그러나 마지막에 만석의 곁에 남은 것은 고이한이 유일했다. 과연 우창출과 칠독마는 어떻게 되었을까? 아니, 은밀한 눈길로 만석을 지켜보던 송아라는……? 이럴 줄 알았으면 처음부터 아는 척이나 할 걸 왜 모른 척했을까.

"에잉, 한심한 놈! 목적지까지만 가면 죽어도 좋다는 말이냐?"

"그, 그건……."

"놈! 어서 좌정을 하고 마음을 비우도록 해라."

"부탁드립니다."

만석은 두말을 하지 않았다. 고이한에게 무리한 일이라면 거절해야 마땅했으나 지금은 아니었다.

"켈켈켈. 다행히 만년석균이 있어 쉽게 기력을 회복할 수 있었으니 이 얼마나 큰 천행인 줄 아느냐?"

아무리 내공이 화신의 경지에 이르러 끊임없이 공력이 솟아나도 언젠가는 고갈될 때가 있다. 지하 동굴에 들어와 내공을 회복할 여유도 없이 겪었던 수많은 고난이 바로 그런 때였다.

하지만 천행으로 만년석균이 있어 고이한은 쉽게 본래의 내공을 회복했고, 만석의 막힌 기맥을 뚫기에도 적합한 조건이 형성된 것이었다.

"운기하는 중에 잡념이 들어가면 최소 주화입마로 평생 누워서 살아야 한다."

"구태여 겁은 안 주셔도 됩니다."

"놈! 노파심이 아니다. 너의 뇌리 속에는 수많은 의념이 서로 상충되고 있을 것이다. 기뻐하는 마음, 슬퍼하는 마음, 걱정하는 마음, 조급한 마음을 모두 버리고 일체 무념을 구해라."

만석이 그의 말에 따라 눈을 감고 의념을 한군데로 집중해서 사이사이 끼어들려는 잡념을 물리쳐 갔다.

"지금 내 말이 꿈결 속에서 들리는 것 같으면 머리를 끄덕여라."

잠자코 있던 만석이 차분히 머리를 주억거리자 고이한의 얼굴에 밝은 미소가 언뜻 깃들었다.

'켈켈. 그놈, 마음이 복잡할 텐데도 쉽게 무념의 상태가 되었구나.'

생각과 동시에 만석의 뒤에 앉은 고이한이 오른손을 뻗어 만석의 명문혈에 밀착시켰다.

"내가 보내는 기운을 받아들여 막힌 기혈로 인도해라."

고이한의 목소리는 백 장 밖에서 들리는 소리처럼 아득하게 들렸지만 만석의 뇌리에 또렷이 박혀들고 있었다.

"네 기혈은 단단하게 막혀 있어 뚫리는 순간 엄청난 고통이 뒤따를 것이다. 그 고통을 극복하려 하지 말고 자연스럽게 받아들여라."

조금씩 기혈 속을 흘러드는 것 같은 기운이 격류로 변했을 때, 만석의 온몸은 무섭게 들끓고 있었다.

한 번, 두 번… 그리고 세 번…….

그 엄청난 기운이 만석의 막힌 혈도들을 하나씩 타통할 때마다 만석은 극심한 고통으로 거의 정신을 잃을 지경이었다.

"놈! 끝이다!"

순간! 천지를 꿰뚫는 듯한 굉렬한 소리가 만석의 뇌리를 관

통했다.

찌저저저적!

온몸의 세포가 알알이 터져 흔적도 없이 사라지는 느낌과 함께 몸이 구름 위에 두둥실 뜨는 황홀한 기분에 만석이 깊게 숨을 들이켰다.

기분 같아서는 손쉽게 오를 것 같았던 절벽은 점점 무게를 더하여 만석의 심신을 괴롭히고 있었다.

"허억, 허어억!"

숨소리는 거칠어지기만 하고 팔다리에서는 힘이 빠져나간다. 가슴은 터질 듯하고, 들이켜는 공기는 뜨거운 열기로 화해 뱃속을 통째로 태워 버리는 것 같았다.

그렇게 만석이 간신히 백 장을 올랐다 싶었을 때,

"절벽에 바짝 붙어라!"

만석의 삼사 척 아래에서 올라오던 고이한이 긴장된 목소리로 주의를 주었다.

파파팟! 타다닥…….

험난한 동굴 벽을 타고 오르는 그들 앞에 이번에는 이글거리는 화염이 쏟아져 내리고 있었다.

'보통 불과는 차원이 다르다!'

만석은 절벽에 떨어진 불덩이가 암석을 순식간에 태우는 것을 보고 가슴이 섬뜩했다. 저 엄청난 열기를 동반한 불덩이에서 튕겨 나온 작은 불똥만 맞아도 몸이 숯처럼 타버릴 것이다.

실로 열화정에서 나온 불은 인간의 몸으론 견딜 수 없는 것이다.

불비가 내리는 절벽을 올라 간신히 몸을 암반 위에 올린 두 사람이 깊은 숨을 내쉬며 장내를 둘러보았다.

"허어어, 저럴 수가!"

두 사람은 절로 터져 나오는 탄성을 막을 수가 없었다.

그들의 앞으로 겨우 방원 십여 장 크기의 반월형 공간을 지나 시뻘겋게 타오르는 화염 웅덩이의 우측으로 두 사람이 겨우 통과할 만한 구불구불한 길이 나 있었는데, 거기에는 엄청난 크기의 괴물이 두 다리로 버티고 서서 중인들을 공격하고 있었다.

"정말 엄청나군요. 세상에 저런 거대한 괴물이 있을 줄이야."

만석이 그만 혀를 내둘렀다.

딱정벌레같이 시커먼 철갑을 두른 십여 장 크기의 거대한 몸뚱어리, 몸길이만큼 크고 두터운 꼬리에는 날카로운 돌기가 나 있었고, 몸의 삼분지 일이 될 듯한 거대한 아가리 속에서는 연신 수장 길이의 화염이 솟구쳐 사람들을 공격하고 있었다.

바닥에는 화염에 타고, 몸이 묵처럼 으깨진 시신들이 끔찍스럽게 나뒹굴고 있었는데, 막 한 사람이 괴물의 꼬리에 맞아 화염 속으로 떨어지고 있었다.

"으음. 저 사람은 곤륜의 맹호라는 진명?"

만석이 불빛에 순간적으로 드러난 얼굴을 보고 침음성을 삼키자, 고이한이 무겁게 고개를 끄덕이며 대답했다.

"지금 여기 있는 사람들은 대부분 팔파일방, 특히 괴물을 공격하는 사람들은 모두 소림사의 승려들 같구나."

"그렇군요. 무 대사, 그리고 저 사람은 소림철신장 지행 대사고 나머지는 소림십팔나한 중 몇 사람인 듯합니다."

파파팡!

그들이 말하는 사이에도 소림 승려들의 공격은 계속되고 있었다. 그들이 잠시 괴물에게서 눈을 떼서 주변을 둘러보니 무당 장문인 태진자와 청허자, 그리고 개방 방주 취선자 등이 괴물의 뒤로 나 있는 통로만 흘깃거리고 있었다.

"켈. 그런데 과연 약삭빠른 정파 놈들답게 서로 눈치만 보고 괴물을 공격할 생각도 없는 모양이구나."

고이한이 막 비웃음을 터뜨렸을 때, 그들의 이삼 장 옆에서 노성이 들렸다.

"그게 무슨 소리입니까? 귀하가 누군지는 몰라도 함부로 얘기하지 마시오!"

"켈, 노부가 잘못 말한 것은 또 무엇이냐? 네놈이 적당한 이유를 대지 못하면 너부터 죽여주마."

청년 도사의 얼굴이 묘하게 찌푸려졌다.

이번에 무림대회에 출전했다가 사건에 휘말린 공동삼수 중 막내인 천풍(天風)이었다. 나이 이십오 세로 금기린과 능히 비견되는 후기지수로 널리 알려져 있었다.

도관이 벗겨져 산발에 가까운 머리에 핏물로 얼룩진 도복 차림이었지만 헌앙한 기우는 풍류공자를 연상케 한다.

'이 기운은 마기(魔氣)?'

꼽추에 사이하게 생긴 나이를 알 수 없는 노인. 전신에서 풍기는 기운은 사람을 움츠러들게 하는 괴이한 기운이었다.

한눈에 이를 알아본 천풍이지만 그는 전혀 주눅이 들지 않았다.

"이제 보니 마도의 주구! 세상이 혼란스럽다고 하지만 사마의 무리들이 설치는 꼴을 어찌 보랴!"

"무, 무엇이? 이 어린 놈이 망발을 하는구나!"

일촉즉발의 긴장. 그러나 두 사람이 다투는 것을 보고도 사람들의 관심은 화룡에만 집중되어 있을 뿐이었다.

그때,

"무림공적 놈이 겁도 없이 이곳에 등장하다니, 참으로 황당하구나!"

그들을 힐끗거리던 당문주 당형문이 얼굴을 바락 붉히며 소리쳤다. 무당파 소속으로 보이는 중년 도인과 얘기를 나누다 다투는 소리에 돌아보니 만석이 눈에 띈 모양이었다.

"무엇이? 저 무식하게 생긴 애가 지금 뭐라고 입을 나불거리는 거냐?"

대뜸 욕설을 하고 나선 것은 생사마의였다. 엄청난 나이 차이로 봐서 당형문이 누군지 알지도 못했지만 안다고 해도 가만있을 생사마의 고이한이 아니다.

이렇게 되자 고이한과 천풍 사이의 긴장은 절로 해소되었다.

"네놈은 누구기에 무림공적의 일에 함부로 끼어드느냐?"

성질도 급한 그가 가만히 있을 턱이 없었지만 사실 속으로
는 찜찜한 마음은 있었다.

나이를 알 수 없는 볼품없는 꼽추노인이었지만 그에게서 풍
기는 이상야릇하고 기이한 기운은 당형문에게 경각심을 안겨
주었다. 그렇기에 평소의 성질머리라면 진작에 출수할 만한
일에 말로만 성질을 내는 것이었다.

"클클클. 오래 살다 보니 별 웃기는 아이가 다 있구나. 그래,
아직도 정파에 저런 뼈다귀가 뻣뻣한 놈이 있다니. 내 당장 시
험해 보리라!"

생사마의가 양손을 걷어붙이고 기세등등 앞으로 나서자 마
르고 깐깐하게 생긴 노도사가 팔을 휘휘 저으며 끼어들었다.

"개겁도인! 지금은 서로 다툴 때가 아니외다. 저 괴물 때문
에 이러지도 저러지도 못하는 상황이 아니오? 그러니 먼저 저
괴물부터 해치운 다음에 따로 시비를 가립시다."

그의 말은 두 사람을 진정시키는 효과가 있었다.

쪽빛의 도복과 머리의 백색 도관 등으로 그가 무당, 그것도
장문인 태진자라는 것을 한눈에 알아본 생사마의가 괴상스럽
게 웃었다.

"클클클. 어린 도사 놈이 나서서 굳이 뜯어말리니 나이 든
죄로 양보나 할까?"

"귀하가 누구신지 알 수 있겠습니까?"

태진자가 다행스럽다는 표정으로 정중하게 명호를 물었다.

"철모르는 아이에게 노부가 누군지 밝히면 무엇 하겠냐?"

한마디로 자신을 무시하는 꼽추노인이었지만 태진자는 함부로 발작하지 않았다. 그럴 만큼 수양이 얕지도 않았지만 말끝마다 자신을 아이라고 칭하는 노인이 예사롭지 않게 보이는 것이었다.

"엇헛헛. 그야 언제라도 마음이 내키시면 알려주시기를."

태진자가 애매한 표정으로 염소수염을 쓰다듬으며 헛웃음을 지었다.

"에잉! 장문인께서 말리시니……."

당형문이 못마땅한 표정을 숨기지도 않고 고개를 돌렸을 때, 두 사람 사이에 끼어드는 목소리가 있었다.

"상황이 급하다고는 하나 이 자리에 무림공적과 사마의 무리들이 있는데 어찌 못 본 척하는 것이오?"

바로 지금까지 모습이 안 보였던 남궁기였다.

'음? 저자는 갑자기 어디서 나타난 것인가?'

다른 사람들은 남궁기의 개입으로 팽팽해진 공기에 촉각을 곤두세웠지만 만석은 그의 출현에 의문을 가졌다.

이 때문에 정과 사마는 서로 나뉘어 일촉즉발의 상태가 되어버렸지만 괴물과 소림파 승인들의 생사혈투는 계속되고 있었다.

"무림공적은 그렇다 치고 사마의 무리라니요?"

그쪽을 일별하던 당형문이 떨떠름하게 묻자 남궁기가 혀를 찼다.

"저자가 바로 죽림마원의 생사마의요. 백여 년 전 정마대전의 그 노물(老物)이란 말이외다."

"허어……?"

"그게 사실이오?"

여기저기서 경호성이 터지며 주변 사람들의 눈이 고이한에게 쏠렸다. 거대한 구렁이를 신봉하는 세상을 어지럽히는 자들.

"내가 거짓을 말하겠소? 저자에게 직접 물어봐도 부인하지 않을 것이오."

'이놈이 보자 보자 하니까, 내 상투 끝에 올라 희롱하려고 해?

고이한의 움푹 파인 눈자위가 파르르 떨렸다.

"그래, 노부가 바로 그 사람이다. 어떤 놈이라도 좋다. 나에게 덤빌 놈은 앞으로 썩 나서라! 내 그놈의 머리통을 항문에 쑤셔 박아주리라!"

한편 이렇게 되자 어정쩡한 위치에 처한 것은 태진자와 당형문이었다. 실은 저 화룡이란 놈을 상대하기에도 힘이 부족한 터였다.

무림에서 초일류고수 소리를 듣는 십여 명이 화염 구덩이에 떨어져 죽고, 화룡의 아가리에서 나오는 불길에 숯처럼 타버린 시신과 꼬리에 맞아 피떡이 되어 어지럽게 나뒹굴고 있는 상황이었다. 잘못하면 자신들도 저 꼴이 될지도 모른다.

"끄아아악!"

그때다. 화룡을 공격하던 소림십팔나한 중 한 명이 긴 비명 성을 내지르며 화염 구덩이로 떨어지고 있었다.

화아악!

그리고는 거의 동시에 화룡의 입에서 뻗쳐 나온 불똥이 중 인의 머리 위로 떨어져 내렸다.

"피, 피해랏!"

여기저기 바윗덩이에 붙어 활활 타오르는 불덩이가 중인들 의 공포심을 부추기고 있었다.

이렇게 되자 남궁기의 도발은 혼란 속에 묻히고 말았다.

'저 괴물 때문에 뜻대로 되지 않는구나.'

남궁기의 예리한 눈이 다시 괴물에게 향했다.

'그건 그렇고, 역시 소림파답게 오랫동안 버티는구나.'

남궁기는 속으로 감탄하면서도 만년빙과의 일을 떠올리고 있었다.

만년빙과는 완전히 숙성해서 떨어질 날이 얼마 남지 않았다 고 했다. 점점 향이 짙어지는 것을 봐도 그것은 당연한 얘기였 다.

화룡의 내단은 물론 만년빙과를 삼등분으로 나눠서 세 가문 에서 가져간다는 것이 금태원의 제안이었다.

그리고 만년빙과에 저 독각화룡의 내단을 함께 먹는다면 그 효능이란 상상을 초월할 것이었다.

그야말로 내공 면으로 봐선 무림 역사를 통틀어도 전무후무 한 경지에 오를 것이라고 금태원은 자신했다.

곧이곧대로 믿지는 않더라도 그것이 사실에 근접한다는 것은 저기 으슥한 곳에서 눈만 반짝거리고 있는 송영원의 탐욕스런 눈동자만 보아도 충분한 것이다.

'크흐흐. 일부러 소림과 무당을 앞세워 괴물을 자극한 것은 다 이유가 있는 것이지.'

제일 앞장선 양 파의 희생이 제일 컸었다. 때문에 원수를 갚으려고 죽을 둥 말 둥 달려드는 소림파 사람들이었고, 그 주위에서 괴물의 허점을 노리는 무당과 화산파 제자들의 눈은 증오와 원한으로 불꽃이 튀기고 있는 것이다.

'자, 이제 슬슬 분위기를 더욱 달구어볼까?

남궁기가 허리춤의 금검을 뽑아 들고 소리쳤다.

"자! 저 괴물 놈이 지친 듯 몸이 굼떠 보입니다. 모두 한꺼번에 달려들어 끝장을 내야겠습니다."

"맞습니다. 게다가 만년빙과의 향기가 더욱 진해지고 있어요."

송영원이 장창을 높이 들고 장단을 맞추자 만석과 고이한이 크게 놀라 마주 보았다.

"어르신, 다른 사람들은 안 보이지요?"

"그렇구나. 송영원 부자밖에 안 보인다."

급류에 떠밀려 만석들과 헤어진 사람들 중에 두 사람만 보이는 것이다. 혹시 다른 사람들도 어딘가에서 살아 있을 것으로 생각해 봤지만 송영원 부자가 이곳에 있는 것은 너무도 공교로운 일이었다.

“저 사람들 역시 남궁기와 마찬가지로 금태원과 모종의 결탁을 한 것 같습니다.”

“어쨌든 상황을 지켜보자. 하지만 저들이 저처럼 선동을 하고 나선 것은 이제 일이 막바지로 치닫고 있다는 것이구나.”

두 사람이 더욱 면밀하게 주변 상황을 살피고 있을 때도 남궁기의 외침은 계속되고 있었다.

“저 독각화룡에게 치명타를 입힌 자가 내단에 권리가 있소. 나중에 거저먹으려 들면 그자가 곧 여기선 공적이외다!”

남궁기가 소리 높여 외치며 괴물에게 날아들자 멈칫하던 중인들이 대부분 괴물에게 달려들었다.

남궁기는 바람이 이리저리 일렁이는 듯한 천풍신법을 밟으며 천뢰신검(天雷神劍)을 괴물의 뒤통수에 박아 넣고, 이에 뒤질세라 달려든 공동파의 천풍이 개천풍운검(蓋天風雲劍)을 시전하여 괴물의 가랑이 사이를 찌르자 갑자기 공간이 뻥 뚫리는 느낌과 더불어 강력한 검기의 구름이 쏘아져 나갔다.

“이이합!”

뒤질세라 호기가 치민 태진자가 면검을 앞으로 가볍게 떨구듯 하자 아지랑이 같은 기파가 뚜렷이 드러나며 반은 붉고 반은 푸른 불덩이 같은 기운이 쏘아져 나갔다. 태극혜검(太極慧劍)이 거의 십성의 경지에 이르러야 볼 수 있다는 청홍의 기파가 공간을 저밀 듯이 밀려 나갔다.

“좋다! 나도 가만히 있을 수 없지!”

이번에는 당문주 당형문의 손에서 금빛이 출렁하자 불구덩이에서 붉은빛을 받은 금편(金鞭)이 꿈틀거리며 비천하는 용의 형상이 괴물의 심장을 베어나갔다. 그의 절기인 금룡만리편(金龍萬里鞭)이 펼쳐진 것이다.

이어 화산파의 매화검수장 진천검 모현이 매화검법을 전개하자 은은한 매화 향기가 주위로 퍼지며 십여 개의 작은 매화송이가 허공을 휘휘 돌며 괴물의 옆구리를 파고들었다.

꾸에에에!

절정고수들의 합공에 담긴 놀라운 위력에 거대한 괴물이 몸을 이리저리 꿈틀거리며 고통성을 질렀다.

“아미타불! 악귀여, 지옥으로 떨어져라!”

잠시 괴물에게 떨어져 무우 선사와 무량 대사가 장을 떨치자 수백 개의 손 그림자와 거대한 불상의 그림자가 괴물의 앞뒤를 강타하였다.

무우 선사가 펼친 것은 천수여래장(千手如來掌)이요, 무량 대사가 사용한 것은 불영복마장(佛影伏魔掌)으로 소림사의 수없는 절기 중에서 가장 뛰어나다고 평가받는 절기였다.

실상 절정의 경지에 오르지 않으면 쓸 수가 없는 장법이기도 하였다.

실로 각 문파의 수장들이 펼치는 화려하고 강력한 수법에 장내는 번쩍거리는 섬광과 굉음만이 터져 나올 뿐이었다.

범인이라면 평생 한번 구경하기도 힘들다는 절기가 한꺼번에 터져 나오는 광경은 그야말로 장관이었다.

“켈켈켈. 이제야 볼만하구나.”

그 광경에 신바람이 났는지 고이한도 연신 괴소를 터뜨렸다. 한마디로 무인의 호기를 자극하는 장면에 그도 예외는 아닌 모양이었다.

캬아아아!

중인의 강력한 합동 공격을 받자 괴물이 거대한 몸뚱이를 발작적으로 떨며 고통스런 비명을 질러댔다.

그러나 그럴수록 괴물의 눈에서 시퍼런 안광이 더욱 짙어지며 지상으로 내리꽂혔다. 이어 괴물의 입에서 나온 불길이 장내를 온통 태울 것처럼 휘휘 뿌려지고 연신 철석거리며 거대한 꼬리가 석면을 강타하였다.

"조심해라! 놈이 광분하고 있다!"

고이한이 자기 일처럼 소리칠 만큼 장내의 공기는 급변하고 있었다.

괴물의 입에서 토해진 더욱 시뻘게진 불길이 주변에 닿을 때마다 삽시에 시뻘겋게 달아오른 암석이 뭉텅이로 떨어져 나갔다. 괴물의 거대한 꼬리가 한번씩 휘저을 때마다 폭풍 같은 거센 기운이 반석을 두드리니 그 단단한 심성암이 요란하게 갈라져 빙곡과 불천지로 떨어져 내렸다.

"켈켈. 근데 이상하구나. 놈은 아직도 전력을 다하지 않는 듯하지 않느냐?"

생사마의가 짜부라진 눈을 갸웃하며 만석에게 돌리자 만석이 빙긋 웃었다.

"그거야 당연하지 않을까요. 놈은 용이 되어 승천을 기다리

는 영물, 전력을 다하면 이곳 전체가 무너진다는 것을 알고 있
겠지요. 게다가 놈이 노리는 것은 만년빙과 아니겠습니까?"

"켈켈켈. 그건 그렇구나. 그런데 저런 엄청난 공격을 받고
도 놈은 멀쩡……? 커허억!"

말을 하던 생사마의가 괴상한 비명을 지르며 만석의 팔을
붙잡고 뒤로 펄쩍 물러났다.

과과과과!

괴물의 흉악스런 입에서 나온 불길이 한꺼번에 수십 장을
태워 버리자 미처 피하지 못한 사람들이 시커멓게 그을려 떨
어져 내리고 있었다.

"무, 무기야! 크흐흑!"

당형문을 필두로 각자 자식들과 제자를 잃은 사람들의 눈에
서 피눈물이 흐르고 있었다.

"으으악, 살려줘!"

치명상을 입은 매화검수 중 몇 사람이 공포에 질려 소리쳤
다.

빠지직!

괴물의 다리에 짓밟혀 뼈다귀가 부서지는 소리가 끔찍하게
들리고 있었다.

"아아아, 저, 저런!"

간신히 겁화를 피한 사람들이 발을 동동 구르며 목청껏 외
쳐 대는 소리로 통로는 무너져 내릴 듯했다. 그러나 그들이 슬
퍼할 새도 없었다.

더욱 광분한 괴물이 쿵쿵거리며 중인들을 깔아뭉갤 듯 다가
오고 있었다.

"괴물아, 죽어랏!"

당형문이 전력을 다해 교룡편을 휘두르자 분노에 이성을 잃
은 사람들이 일시에 괴물을 덮쳤다.

"눈, 눈을 공격합시다!"

남궁기의 외침에 일시 뒤로 물러났던 중인들이 뒤이어 희생
을 무릅쓰고 화룡의 눈을 집중 공격했다.

끄아아악!

불길의 빛 속에서 소름 끼치게 빛나던 한쪽 눈이 갑자기 파
열되어 시커먼 공동이 생겨 버렸다.

"성공이야!"

누군가의 외침에 뒤이어 한 눈을 상실한 괴물이 발광을 하
며 중인들을 공격해 왔다.

'이상하군. 사람들을 쫓아와서 끝장을 내버릴 것 같으면서
도 일정 거리를 벗어나지 않는다.'

만석은 괴물이 공격할 때마다 어떤 변화가 있는지 세세히
살폈다. 괴물의 입에서 불길이 토해질 때나 눈에서 빛줄기를
뿜을 때 불구덩이의 화염이 출렁하며 불길이 확하고 일어나는
것이 보였다.

"그래, 놈이 힘을 발휘하는 것은 바로 열화지정의 기운을 받
기 때문이야."

만석이 나직이 소리치자 고이한이 힐끔하고 돌아보았다.

“놈, 그게 무슨 소리냐? 괴물이 열화지정의 기운을 받는다
고?”

“그렇습니다. 괴물이 공격할 때마다 저 불구덩이의 화염이
뚝 떨어져 나와 괴물의 몸속으로 들어가는 느낌이 들지 않나
요?”

고이한이 눈을 크게 뜨고 괴물의 동태를 살필 때, 얘기를 들
은 천풍도 괴물에게 시선을 집중하고 있었다.

‘맞아! 저자의 얘기가 맞다. 그럼 저 괴물을 직접 공격하기
보다 뒤의 불길과 차단을 시킨다면?’

“이사형, 잠시만이라도 괴물과 불길 사이를 기로 막아설 수
있습니까?”

무당삼수 둘째 허허자 역시 만석의 말을 듣고 반신반의하다
가 천풍의 말을 듣고 즉시 고개를 끄덕였다.

“회풍장(廻風掌)을 쓰면 순간적으로 차단하는 것은 가능할
것이다.”

“알겠습니다. 사형께서 회풍장을 쓰는 동시에 소제는 놈의
목 밑을 호조절호수(虎爪絶戶手)로 공격하겠습니다.”

고이한이 그의 말을 듣고 이채를 띠었다.

‘과연 젊은 나이에 무당삼수라 불리는 이유가 여기 있구
나.’

만석은 내심 적이 감탄했다.

독각화룡의 몸은 모두 철갑 같은 견고한 비늘로 이루어져
칼이 들어가지 않는 것과 달리 목과 가슴을 연결하는 사이에

움푹 파인 곳은 비늘이 없었다. 괴물이 끊임없이 양팔을 교차해서 그곳을 막고 있었지만 천풍의 날카로운 눈은 그것을 눈치 채고 있었던 모양이었다.

두 사람의 눈이 동시에 돌아가 상대를 세세히 살피다 누구랄 것도 없이 동시에 빙긋 미소를 지었다.

"얼마나 불길과 화룡 사이를 차단할 수 있을지 몰라도 그것은 순간의 일. 실패할 가능성도 큽니다."

만석이 말을 하며 슬쩍 돌아보자 고이한의 눈이 고약스럽게 변했다.

"켈, 이놈아. 그럼 내가 저 어린 말코와 같이 불길과 괴물 사이를 막으란 말이냐?"

"핫하하하. 당연합니다. 지금 다른 사람들은 저 화룡을 공격하느라 틈을 못 내지 않습니까?"

"좋다, 이놈아! 그럼 너는 뭘 하겠느냐?"

"저 말입니까?"

만석이 눈을 찡긋하면서 고이한의 사타구니 사이를 가리켰다.

"엥? 버르장머리없이 뭐 하는 짓이냐?"

"화룡이 설마 거기에도 철갑을 두르진 않았겠지요."

"어헛, 그런?"

풍운 등 두 사람이 놀라워했다. 실로 평범하면서도 생각지도 못한 곳이었다. 급소라는 것을 알면서도 보통 지나치는 곳이 바로 그곳이었다. 특히 정파인들 사이엔 그곳을 공격하는 것은 거의 금기시되고 있지만 상대는 괴물이다.

얼핏 천풍의 얼굴이 곤혹스러움으로 굳었다가 금세 풀렸다.

마도로 몰려 무림공적이 된 만석을 실제로 만나보니 어느 구석으로 봐도 마도의 인물 같지는 않다. 하지만 죽림마원의 생사마의와 무척 친하게 보인다.

결국 만석은 정파와 거리가 먼 사람일 수밖에 없었다.

'이자 역시 무림을 어지럽히는 자들과 한패다. 언젠가는 제거해야 할 자!'

만석이 천풍의 내심을 아는지 모르는지 괴물을 주시하고 있다가 번뜩하니 몸을 띄우며 소리쳤다.

"이제 시작하시죠!"

귀신같은 몸놀림으로 괴물을 향해 날아오른 네 사람이 반으로 나누어 괴물의 앞뒤로 다가갔다.

이어 눈짓을 주고받은 허허자와 고이한이 화룡의 불길을 아슬아슬하게 피해 양손을 내밀었다.

그러자 허허자의 손에서는 바람이 윙윙거리며 모이는 느낌이 들더니 갑작스런 돌풍이 발생해서 괴물을 바깥쪽으로 밀었고, 고이한의 손에서 수박처럼 커진 원구(圓球)가 파앙 소리를 내며 불을 밀어내었다.

"헛! 저게 뭐야?"

갑작스럽게 괴물의 몸에서 불길이 사라진 느낌이 들자 괴물을 공격하던 중인들이 분분히 날아 바닥 위로 떨어져 내렸다. 그리고 때맞춰 양손을 호랑이의 발처럼 둥글게 말은 천풍이

유운신법(流雲身法)으로 날아 괴물의 목줄기를 할퀴어갔다.

카아아악!

목에서 핏줄기가 분수처럼 쏟아져 내리자 마구 발버둥을 치면서 천풍을 잡으려는 괴물이었다.

'됐다!'

만석이 괴물의 몸에서 기력이 많이 빠져나간 것을 느끼고 묵봉을 어지러이 휘저었다.

"천하삼십육검!"

끄아아악!

십여 명의 허리를 잇댄 듯 거대한 놈의 하물이 수십 조각으로 터져 나가자 만석이 봉신일체가 되어 괴물의 몸을 뚫고 들어갔다.

쿠콰콰쾅!

어지러이 발을 내디디며 발광하는 괴물의 몸짓에 따라 괴물이 막아섰던 통로가 무너져 내리기 시작했다.

이어 중인들이 서 있는 곳으로 그 무너지는 범위가 넓어지고 있었다.

"피, 피해라!"

"통로를 향해 달립시다!"

누구의 외침인지는 모른다.

중인들이 무너지는 통로를 향해 몸을 날렸다.

바깥에서는 정신을 잃고 발광하는 괴물로 인해 또다시 십여 명의 사람들이 무너지는 돌바닥과 벽면에 끼어 아래로 떨어져

내리고 있었을 때,

'이것이 무엇인가?'

만석은 몸을 녹일 듯 쏟아지는 괴물의 핏물을 뚫고 위로 솟구치고 있었다. 거대한 지렁이가 하늘 벽을 기어오르듯 끊임없이 수축을 되풀이하는 것은 괴물의 핏줄이었다.

'크읏. 이러다간 흔적도 없이 녹아들겠다.'

괴물의 어디쯤에 위치한지는 모른다. 그러나 꾸물텅거리던 괴물의 장기와 핏줄들이 팽팽하게 펴진 느낌이 들었을 때, 포도송이처럼 꽈리를 튼 붉은 꽃잎 같은 물체의 가운데에 과실처럼 열린 빛나는 둥근 물체가 만석의 눈에 들어왔다.

'혹시, 저것이 화룡의 내단?'

벌건 용암 더미 속으로 확산되는 광채로 인해 둥근 물체는 커 보였지만 가까이 올라보니 겨우 손 안에 들 정도로 작았다.

만석이 망설이지 않고 화룡의 내단을 잡아당겼다.

'크윽! 불더미를 손으로 잡은 것 같구나.'

손아귀를 온통 태우는 강력한 열기에 만석이 손에 모든 진력을 집중해서 열기의 침투를 막았다.

크아아아악!

이미 기력이 다된 괴물이 앞으로 넘어지며 거대한 뿔로 절벽을 박아대었다.

콰콰콰쾅!

이미 중인이 딛고 있던 통로는 사라지고 절벽마저 흔적도 없이 무너져 내릴 때, 만석이 그대로 솟구쳐 괴물의 벌린 입으로 뛰쳐나왔다.

"이런!"

급히 발 디딜 곳을 찾던 만석이 실망 어린 경호성을 터뜨렸다.

무너진 절벽과 불구덩이 사이에 걸친 괴물의 몸뚱이가 서서히 끝없는 공간으로 추락하고 있었던 것이다.

"큰일인걸. 이러다간 이놈과 운명을 같이하게 생겼구나."

괴물의 몸속을 타고 오르며 몸을 녹이려는 강력한 열기에 대항하느라 만석의 몸에서는 한 점의 진기도 없었다.

"크윽. 제기랄, 이대로 끝장인가?"

만석이 중인들이 사라진 통로를 저울질해 보았지만 거기까지는 삼사 장이 넘는 거리. 평소 같으면 쉽게 뛰어넘겠지만 지금은 어림도 없는 소리였다.

만석의 얼굴에 절망의 그림자가 얽혀들고 있을 때, 그의 팔을 낚아채는 손길이 있었다.

"크크크, 멍청하게 서 있으면 누가 구해주나?"

까마귀가 우짖는 것 같은 웃음소리와 함께 만석의 몸이 둥실 들려 건너편 통로에 올려졌다.

"운산 형님, 무사하셨군요."

그를 본 만석이 냉큼 일어나 운산의 양손을 잡고 흔들었다.

"그렇지 않아도 어디 계신지 궁금했는데 정말 이렇게 멀쩡한 걸 보니 모든 근심 걱정이 한꺼번에 해소되는 듯합니다."

만석이 죽었던 육친이 살아 돌아온 것처럼 반가워하자 운산의 눈에 언뜻 뿌연 물막이 어렸다.

"예끼, 이런 웃기는 친구 봤나? 평소에는 전혀 기억도 안 하다가 이렇게 얼굴을 보니 그제야 생각한 척 생색을 내는군."

"핫핫하. 아무려면 어떻습니까? 난 운산 형이 내 눈앞에 서 있는 것만 봐도 가슴이 뿌듯한걸요."

"클클. 말이라도 고마우이. 그건 그렇고 자넨 꼴이 영 말이 아니야."

운산이 만석의 어깨를 잡으며 안쓰러운 표정을 짓자, 만석이 짓궂게 웃었다.

"하하. 누가 보면 오랫동안 헤어졌던 연인이 만난 것처럼 알겠습니다?"

"엉? 아무려면 어때? 남자 간의 우정이 여인과의 사랑보다 못하란 법이 있나?"

"그게 그런가요?"

"그게 그런 거지 뭐."

"와하하하하! 클클클클클!"

잠시 서로의 손을 잡고 회포를 나눈 두 사람이 아래쪽의 시커먼 공간을 내려다보았다.

"후우. 하마터면 괴물하고 지옥으로 동행할 뻔했구나."

만석이 착잡한 눈길로 까마득한 공간으로 떨어져 내리는 괴물의 몸뚱이를 응시했다.

만석이 화룡의 명복을 기리는지 잠시 눈을 감고 있다가 천천히 눈을 뜨며 운산을 향해 입을 열었다. 매우 무거운 어조.

“빚을 졌군요.”

“제길, 그게 빚을 진 사람의 표정이야?”

“운산 형의 도움이 저에겐 커다란 부담입니다. 그러니 가볍게 말씀드릴 수가 없군요.”

“진짜 멋대가리없는 친구라니까? 내 말은 그냥 고맙습니다, 하면 끝날 얘기야. 나중에 내가 죽을 지경이 되면 자네가 구해줄 거 아닌가?”

“물론입니다. 그거야 당연하지요.”

“그럼, 됐어. 그것으로 된 거야.”

운산이 만석의 어깨를 툭툭 치다가 얼핏 만석의 손에 든 것을 보고 눈을 크게 떴다.

“아니, 근데 자네 손에 든 것은 뭔가?”

만석이 이제는 식어서 호두 껍질처럼 딱딱해진 화룡의 내단을 착잡하게 내려다보더니 불쑥 운산에게 내밀었다.

“이거 화룡의 내단입니다. 식은 것 같으니 형님이 드시지요.”

“아, 아니야. 이걸 왜 나한테……?”

전설의 영물인 화룡의 내단이다. 그러나 운산은 말도 안 된다는 표정으로 고개를 흔들었다.

“저런 바보 같은 놈!”

만석과 운산이 부리나케 고개를 돌려보니 고이한이 몸을 잔뜩 구부린 채 만석을 쏘아보고 있었다.

“아니, 어르신, 살아계셨군요.”

만석이 반색을 하자 고이한이 만석의 몰골을 보고 혀를 찼다.

"혈인(血人)도 너 같은 혈인이 없겠다. 꼭 지옥의 야차를 보는 것 같아. 그런데 대체 머리끝부터 발끝까지 피를 뒤집어쓰고 뭐 했느냐?"

만석이 슬며시 웃으며 대답했다.

"놈의 부랄을 잘라내면서 내친김에 그놈의 몸속으로 뚫고 들어갔습니다."

"오호라! 그래서 화룡의 내단을 구했다 이거지?"

"예. 그런데 이 내단을 운산 형에게 주면 안 되는 이유라도……?"

"놈! 지금은 식어서 별것도 없어 보이지만 막상 입 안에 들어 녹으면 엄청난 열기로 몸을 태워 버릴 거야."

"아아……!"

두 사람이 입을 모아 감탄하자, 고이한이 한마디 더 했다.

"보물은 임자가 있는 법이야. 괜한 욕심은 파멸을 가져올 뿐이다. 수많은 사람들이 죽었는데 네 손에 내단이 들려 있음은 무엇을 말하는지 알겠지? 네가 내단의 주인이란 말이다. 그러니 이왕 내단을 구한 김에 만년빙과도 함께 취해서 복용하도록 해라."

만년빙과를 구하는 것이 길가의 과실나무에서 과일을 따는 것처럼 쉽게 얘기한다. 만석이 그의 말에 빙긋 미소를 지으며 대답했다.

"훗. 화룡의 내단도 우연히 손에 넣게 되었지만 만년빙과에 대한 욕심은 없습니다. 그건 그렇고 다른 사람들은 어떻게 되었습니까?"

"크흥! 다른 놈들에게 신경 쓰면 뭘 해? 다만, 천풍이나 허허자 녀석은 살아남았는데 네놈이 없어서 여기 나와본 거다."

"고맙습니다, 어르신."

만석이 진정으로 감사를 표했다. 말은 쉽게 하지만 그가 만석을 찾느라 노심초사한 것은 보지 않아도 알 만했다.

"놈, 쓸데없는 소리 말고… 그건 그렇고 네놈은 웬일이냐?"

생사마의가 말의 방향을 돌리자 운산이 머리를 긁적이며 떠듬떠듬 대답한다.

"크… 다리가 멀쩡한 놈이 석실에 틀어박혀 있으려니 좀도 쑤시고, 또 저 친구 일도 궁금해서……."

"끙! 웃기는 놈. 겁이 나서 어딘가에 처박혀 있다가 이제야 기어나왔겠지."

"그, 그게……."

'크흠. 놈이 잠꼬대를 하면서도 만석이 놈을 찾더니…….'

고이한은 꼼짝 말고 석굴에 처박혀 있으라는 자신의 말을 운산이 거역하자 마음이 조금 언짢아졌다.

"그래, 이젠 어떻게 할 셈이냐?"

그가 못마땅한 기색을 숨기지도 않고 삐딱하게 묻자 운산이 정색을 했다.

"앞으로는 이 친구와 동행하고 싶습니다."

"뭐야? 이놈아! 그럼 우리 죽림마원의 일은 어찌하고……."

"그럼 죽림마원의 마두?"

여인의 뾰족한 반문에 그제야 다른 사람이 있다는 것을 자각한 생사마의의 눈초리가 험악하게 빛났다.

"크흐. 이제 보니 여기선 처음 보는 까까머리 계집들이군."

아미의 월영 신니는 고이한의 골머리를 헤집는 듯한 사이한 눈초리에 주춤하고 뒤로 물러섰다. 그녀의 널찍하고 인자스런 얼굴이 곤혹스러움으로 물들고 있었다. 수십 년 적공(積功)이 저 마두의 눈길에 순간적으로 무너진 것에 대한 놀라움이었다.

'아미타불, 저자를 상대하자면 길보다 흉이 많겠구나.'

누구라도 정면으로 죽림마원의 인물들과 대면하면 놀라움과 함께 커다란 두려움을 느낄 것이다.

노인이 보통 사람과 다른 이상한 기운을 흘릴 때도 의심스럽긴 했지만 그때는 전혀 경황이 없었기에 지금의 놀라움은 더욱 컸다. 하여간 말살해야 할 무림의 흉적들. 월영 신니가 입술을 꼭 깨물고 척결의 의지를 굳혔을 때, 그녀의 뒤에 머리 하나는 더 큰 이십대 여승이 머리를 갸웃하며 만석을 살폈다.

'그럼, 무림공적이라는 저 사람도 죽림마원 출신이란 말이야!'

그녀의 머리가 절로 복잡해졌다.

만석이 정파의 무공을 익혔으면서도 마도에 빠져 무림공적으로 몰린 사실은 알지만 설마 무림을 말살하려고 했던 죽림마원의 사람일 줄이야!

여자치고는 육 척이 넘는 커다란 체구였지만 얼굴은 연꽃이 활짝 핀 것처럼 작고 아름다웠다. 그녀가 바로 아미파의 후기 지수 중 최고로 쳐준다는 철수관음 수운(水雲)으로 대장로 월영 신니의 적전제자였다.

"백 년 전 무림을 도탄에 빠뜨렸던 흉적들! 본니가 지옥에 떨어지는 한이 있더라도 너희들을 동반하리라."

그녀가 삼엄한 기세를 풍기며 사 척 길이의 삼지창으로 취한 기수식은 바로 복호신창(伏虎神槍)이었다.

창신(槍身)에서 서릿발처럼 날카롭고 냉엄한 기운이 서리서리 발산되자 고이한이 해연히 놀라며 자세를 바로 했다.

"호오? 그건 복호신창? 네가 바로 아미신창이라는 월영이로구나."

월영 신니가 겉으로는 겨우 사십대로 보여도 실제 나이는 팔십이 넘는 노승이었다. 고이한이 대충 알 만한 연배였다.

'음? 저 마두가……?

월영 신니의 무표정한 눈 속에 약간의 놀라움이 스쳐 지났다.

창으로 기수식만 취했는데도 상대는 바로 자신의 무공을 알아본 것이다.

"홍! 죽어 관 속에 썩어 있을 늙은이가 눈은 아직도 멀쩡하구나. 너의 눈을 가상히 여겨 단창에 너의 목을 베어줄 테니 고마워하여라."

“켈켈켈. 코흘리개 계집아이가 못하는 말이 없구나. 내 백
오십 평생에 저렇게 버릇없는 아이는 첨이야.”

“흥! 백오십? 사람 나이가 무섭지 귀신 나이가 무슨 상관이
랴. 사마의 주구! 내 너를 죽여 부처님의 뜻을 만천하에 펴리
라!”

그녀가 점점 더 기세를 돋우자 주변은 싸늘한 광망에 숨 쉬
기도 곤란하였다. 그건 아직 몸이 회복되지 않은 만석이 더욱
자심하였다.

뒤로 몇 걸음 물러나 간신히 들끓는 기혈을 가라앉힌 만석
이 막 발작하려는 고이한을 말리며 말했다.

“신니께서는 백 년 전의 일로 마의 어르신을 핍박하지만 지
금은 그때 일을 따질 만큼 한가한 시기가 아니지 않습니까?”

“흥! 네놈도 마찬가지다! 무림공적에 죽림마원의 무리들과
어울리니 백번 죽어도 그 죄를 갚지 못하리라!”

“쳇. 보자 보자 하니 저 계집 중이 혼자서 깨끗한 척하네?
아, 그렇게 결백하고 무림정의를 내세우고 싶으면 금태원에게
나 가서 따져 보시지?”

보다 못한 운산이 매섭게 쏘아보자 참지 못한 월영 신니가
빠르게 신형을 띄웠다.

“이 마졸! 죽어랏!”

그녀가 가볍게 창을 들어 앞으로 찌르자 세 가닥의 창날에
서 각기 흑, 청, 적색의 기운이 피어나 운산의 미간을 향해 뻗
쳐 갔다.

"헛! 이 계집이."

복호신창 십이식 중 유운본색(流雲本色)의 수법으로 운산이 크게 놀라며 월영 신니의 공격을 피했지만 그녀의 공격은 거기서 끝이 아니었다.

그녀가 창을 몇 번 찌르니 번갯불 같은 기운이 폭사되면서 주변의 온통 서릿발 같은 기운에 꽁꽁 묶이는 듯했다.

복호신창의 절초인 천라섬(天羅閃)으로 추호의 사정도 봐주지 않는 살수였다.

"어헉!"

이번엔 미처 피하지 못한 운산이 막 단검에 전력을 기울여 떨치려고 할 때,

"비켜라!"

큰 소리와 함께 고이한의 손에서 수박 덩이 같은 반투명 기운이 뚜렷하게 형체를 드러내더니 곧바로 천라섬을 맞이해 갔다.

쿠콰!

두 사람의 초식이 한데 부딪쳐 엄청난 굉음과 함께 강력한 힘의 여파가 거세게 주변을 때리자 황망히 뒤로 물러서는 사람들이었다.

"어흐윽!"

그러나 손해를 본 것은 월영 신니인 듯했다. 그녀의 안색이 백지장처럼 하얘지더니 비틀거리며 뒤로 물러났다.

발을 딛는 곳마다 깊은 족적이 파이며 급기야 그녀가 뒤로

엉덩방아를 찧자,

"사부님!"

철수관음 수운이 황급히 그녀에게 달려가 뒤를 부축했다.

"돼, 됐다!"

수운의 부축하는 손길을 물리친 그녀의 눈빛이 퍼렇게 변해서 생사마의를 쏘아보았다.

"비겁한 늙은이 같으니! 역시 사마의 무리들은 창피를 모르는구나! 더러운 놈들."

"마의 어르신께서는 두 사람 중 누구도 다치는 것을 바라지 않았소. 우리끼리 이렇게 한가하게 싸울 때가 아니라는 것입니다."

무감각한 시선으로 말을 한 만석이 천천히 발을 떼며 중인들이 향한 곳으로 들어갔다.

한편 뜨겁고 다른 한편 차가운 안개 더미는 악마의 혓바닥처럼 길게 늘어져 만석의 얼굴을 더듬는 것 같았다.

'제길, 기분이 별로 안 좋구나!'

쿠와아앙!!

만석은 안개 속으로 들어가자마자 들리는 소리에 깜짝 놀라고 말았다.

"이게 무슨 소립니까?"

"화룡이란 놈이 도로 올라온 모양이구나."

만석이 화룡의 등에 달렸던 붕새의 날개 같은 것을 떠올리며 바삐 걸음을 옮기자 사람들이 조심스럽게 만석의 뒤를 따랐다.

콰콰쾅!

너무도 두터운 안개 더미로 아무것도 보이지 않는 상태에서도 싸움은 계속되고 있는 모양이었다.

발아래가 들썩거리며 흔들리는가 하면 갑자기 엄청난 얼음 더미와 함께 수천, 수만 개의 깨진 돌덩이가 날아온다.

"크아아아악!"

그리고 누군지는 모르지만 섬연한 비명 소리가 연이어 울리며 사람의 온몸에 소름을 끼치게 만든다.

'어떡하지? 남궁 소저가 위험해.'

금기린은 비밀 통로 속에서 손에 땀을 쥐며 남궁소소의 정황을 살피고 있었다.

안개가 너무 짙어 누가 누군지 구분이 잘 안 되지만 그가 있는 빙벽 안쪽의 비밀 통로에서는 괴물의 공격에 우왕좌왕하는 중인들의 형체가 대충 보이는 것이었다.

"어마맛!"

그녀가 괴물의 공격을 피하다가 발을 헛디딜 때마다 금기린의 심장은 절인 콩알처럼 오그라들고 있었다.

금기린의 옆에 있는 금태원은 장내의 상황을 살피느라 그의 표정을 보지 못했지만 조원형은 가끔씩 그런 금기린을 보고 눈살을 찌푸리고 있었다.

'으음. 기린이가 남궁 소저에게 너무 마음을 빼앗기고 있어.'

남궁세가주 남궁기는 일부러 앞에 나가 괴물을 공격하는 척하면서 중인들이 괴물을 공격하도록 유도를 하고 있어 딸의 상황에 주의를 기울일 틈이 없어 보였다.

'대체 이자들은 언제 나오려고 뜸을 들이고 있다는 말인가.'

금태원은 점점 시기가 무르익을수록 조바심을 내고 있었다.

만석과 생사마의가 등장한 것을 봐서 수수께끼에 휩싸인 죽림마원의 원주 역시 이곳으로 들어왔을 것이다.

게다가 무적초자의 후인이 있다면 그쪽에서도 뭔가 행동으로 나와야 정상이었다. 금태원이 공개적으로 독각화룡과 만년빙과의 존재를 발설한 이유에는 특히 그들을 잡겠다는 의도도 숨어 있었던 것이다.

'혹시 그자들 역시 벌써 오래전부터 이곳의 존재를 알고 있지 않았을까?'

얼마 전부터 금태원과 조원형을 괴롭히는 문제였다.

수를 헤아릴 수조차 없는 미로에 수많은 함정을 설치했지만 이곳과 통하는 다른 비밀 통로가 없을 것이란 보장도 없었다. 그만큼 지하 미로는 광범위하게 퍼져 있었고 사람의 상식으로는 이해하지 못할 현상도 곳곳에서 벌어지고 있었던 것이다.

'으음. 저놈도 얼마 버티지 못할 텐데…….'

금태원이 우려스런 눈길을 조원형에게 보냈을 때, 그도 마침 금태원을 보고 있었다.

비슷한 생각을 하고 있음인지 조원형의 얼굴색도 어두워 보였다. 그러나 눈짓만 주고받을 뿐 두 사람은 침묵했다.

모든 수단을 다한 막바지다. 할 말이 있을 턱이 없었다.

크어어헝!

눈이 먼 화룡은 중인들의 끊임없는 공격에 거의 죽어나가기 직전이었다. 화룡의 거대한 몸에서는 뜨거운 핏줄기가 폭포수처럼 휘 뿌려지고 있었고, 거친 숨소리는 금방이라도 숨이 넘어갈 듯 위태로웠다.

그때,

'아아, 저것은?'

십 장 높이의 허공일 것이다.

뒤죽박죽 혼란스런 장내에 후각을 온통 마비시키는 황홀한 향기가 자욱하게 번져 나가기 시작했다.

"저, 저, 저건!"

누군가의 경악성이 짧은 공명음을 울린 직후 장내는 이상스런 정적 속에 잠겨들었다.

아무것도 없는 공간 속에 둥실 떠 있는 주먹만 한 열매는 중인들의 열렬한 시선에 부끄럼을 타는 듯 발그레한 빛무리를 뿜어내고 있었는데, 푸른 광택을 발산하는 세 개의 잎사귀를 시녀처럼 거느리고 허공 속을 유유히 노니는 듯하였다.

커헝!!

끝없이 계속될 것만 같던 정적은 독각화룡의 벼락같은 괴음에 깨어났다.

쿠콰쾅!

마지막 발악인지 입에서 이제까지의 배가 넘는 화염이 뿜어져 나왔고, 십여 장 길이의 긴 꼬리가 중인을 덮쳤다.

끄아아악!

또다시 괴물의 공격에 노출된 몇 사람이 피떡이 되어 날아가는 순간,

"안 돼!"

금기린이 돌발적으로 부르짖으며 비밀 통로 밖으로 쏘아져 나갔다.

"저, 저?"

어지간히 당황한 금태원과 조원형이 미처 다른 동작을 취하지 못하고 얼굴만 마주 보았다.

남궁소소가 화룡이 내뿜은 화염에 휩싸인 채 빙벽에 부딪치자 금기린이 다급히 그녀를 받아 땅바닥에 누였다.

"소, 소소!"

크아앙!

두 눈이 보이지 않는 화룡의 흉측한 발이 막 금기린과 남궁소소를 동시에 깔아뭉갰다.

"아, 안 돼!"

이번에는 금태원이 뛰쳐나가면서 전력을 다해 쌍장을 밀었다.

이어 반딧불 같은 작은 빛무리가 뭉쳐 둥글게 확산되더니

괴물에게 정면으로 부딪쳐 갔다.

푸시식! 콰아앙!!

팽창했던 공기가 구멍 속에 빨려드는 것 같은 김빠지는 소리와 함께 엄청난 굉음이 지하 광장을 들었다 놓았다.

콰아아아! 끄아아악!

헤아릴 수 없는 얼음과 화염의 덩어리가 폭우처럼 쏟아져 내리는 순간, 괴물의 거대한 그림자가 뒤로 튕겨져 날아가고 있었다. 실로 경천동지의 엄청난 위력.

"크아악! 끄으윽!"

여기저기서 다시 한 번 고통에 찬 비명들이 터지는 순간, 누군가 크게 부르짖는 소리가 들렸다.

"저건, 태, 태양신공!"

"그, 그럼?"

'대단하구나! 과연 저자의 공격을 정면으로 대적할 수 있는 무인이 있을까?'

처음 들어보는 금태원의 무공이었다. 만석은 왠지 암울해진 마음에 고개를 젓고 있었다.

겨우 몇몇 살아남은 중인들의 경악과는 아랑곳없이 금기린의 위기를 구한 금태원이 다급히 괴물을 향해 신형을 날렸다.

숙성한 만년빙과가 잎사귀에 달려 있는 시간은 겨우 일각이지만 그 시간은 이미 거의 다 지나간 상태.

먼저 불 웅덩이 방향으로 날아가는 괴물의 뱃속 내단을 취하고 곧바로 만년빙과를 따서 복용해야만 했다.

두 가지를 함께 먹지 않으면 온몸이 잿더미로 화하거나 얼음 덩어리로 부서져 죽는다.

"이놈아! 내가 독각화룡의 내단을 취해서 줄 테니 네놈은 바로 뱃속에 꿀꺽 삼켜라!"

만석이 갑작스런 초로의 전음에 움찔하고 놀랐을 때,

이어 만석은 자신의 뒷덜미가 채여 허공에 붕 뜨는 느낌을 받았다.

"놈! 시간이 없다. 어차피 네놈이 먹어야 해. 네놈은 사부님이 선택한 놈이야."

'어헛!'

더 이상 놀라고 자시고 할 새도 없었다.

"없고 없으니 하늘 아래 무엇이 있다고 하랴! 마음을 비우고 하늘을 보라."

"무무공공천(無無空空天)!"

마지막 말은 무초의 입술을 뚫고 천공 중에 커다란 울림으로 떠돌았다.

퍼억! 끼에에에에!

소리는 크지 않았으며 괴물의 비명도 울다가 지쳐 잦아드는 아이의 울음처럼 미약했다.

"이놈아! 어서 먹어!"

골속에 울리는 소리와 함께 자기도 모르게 벌려진 입 사이로 뜨거운 물질이 질질 흘렀다.

뭔가 뜨겁고 미끌거리는 것이 목구멍에 들어차는 순간, 목젖이 화끈하게 데이는 느낌이 들며 뱃속이 불타오르는 느낌이 들었다. 그러나 막상 단순히 뜨겁기만 할 뿐 강렬한 열기는 느껴지지 않는다.

'이건 또 뭐야?'

이미 만석의 품속에는 노랗게 굳은 화룡의 내단이 있었다. 어이없는 초로의 착각이었지만 만석은 당장 뭐라고 말할 수 없었다. 그만큼 상황은 절박했던 것이다.

"어림도 없다!"

금태원이 급박하게 태양장을 펼치자 공간이 크게 휘는 느낌이 들며 초로의 무무공공천과 정면으로 충돌했다.

태양빛과 투명한 기운이 한군데 부딪쳐 팍삭 하는 미약한 공명음을 만들자 눈부신 기류의 소용돌이가 점점 범위가 확산되면서 불구덩이와 빙벽을 나누어 강타했다.

"부디 나의 죽음을 헛되게 하지 마라!"

그 직후 머릿속을 온통 울리는 공명음과 더불어 만년빙과가 만석의 눈앞에서 춤을 추고 있었다.

청아한 향기가 콧속에 꽉 차서 황홀한 느낌에 전신이 무기력한 느낌이 들었을 때, 화려한 빛무리가 터져 나가며 주위가 갑작스레 환해지자 만석은 아찔해서 눈을 감고 말았다.

"커어억!"

만석이 자기도 모르게 입을 크게 벌리고 비명을 질렀다. 뭔가 극한대의 차가운 물체가 만석의 입속으로 풍덩 뛰어들더니 목젖을 온통 얼리는 것 같았다.

"으아아아악!"

만석이 엄청난 힘으로 소용돌이치는 기류에 휘말려 바람에 날린 가랑잎처럼 어둠 속의 공간으로 떨어져 내렸다.

그와 함께 화염의 늪이 온통 들끓어오르더니 빙벽을 날름거리며 집어삼켰다.

화르르르!

빙벽이 뭉텅이로 떨어져 내리며 무너지는 소리가 지하 광장을 울리기 시작했다.

"크아아악! 아아악!"

누구의 비명 소리인지 모른다. 아니, 장내에 있는 중인 모두 혼비백산해서 목청껏 비명을 질렀다. 지금 할 일은 다만 비명을 지르는 일뿐이라는 듯.

빙산이 마구 쿠당탕거리며 무너져 내리고 있었다.

"아아아악!"

"살려줘!"

아비규환의 지옥. 피할 데도 없었다. 우왕좌왕하던 사람들의 머리 위에서 쏟아지는 빙정의 파편과 함께 강력한 열기를 동반한 화염 덩어리가 골편으로 분시되어 허공중에 비처럼 뿌려지고 있었다.

살이 타는 메스꺼운 냄새가 가시기도 전에 빙편에 맞은 육신이 금세 얼어붙어 바스러졌다.

"끄아아악!"

아마도 마지막 비명인가 보다. 지하 광장이 송두리째 꺼지면서 화염 줄기와 빙편이 한꺼번에 무저갱 속으로 쏟아져 내렸다.

"그만 죽여라!"

배일도와 관대형, 그리고 유식한은 더 이상 버틸 수 없었다. 옷은 갈가리 찢겨져 간신히 치부만 가리고 있었는데, 핏물로 목욕한 듯한 온몸에선 피가 솟구치듯 흘러나오고 있었다.

빽빽한 자상과 열상(裂傷)은 그들을 혈인으로 만들기 족했다.

"웃기는 새끼들. 우릴 그렇게 애먹여 놓고 쉽게 죽으려 하면 우리가 섭섭하지."

이미 무릎을 꿇고 상체마저 세우기 힘겨운 세 사람 앞에 연신 비릿한 음성이 파고들었다. 꼬챙이가 골수를 휘젓는 듯한 소름 끼치는 음성에 배일도가 입술을 크게 벌리며 웃었다.

"크크크. 개새끼. 저 뺏뺏한 물건들이 없었으면 벌써 염라대왕 앞에 죄를 빌고 있을 놈이 기고만장한 꼴이라니. 정말 눈 뜨고 못 봐주겠다!"

배일도가 주위를 포위하고 있는 백의복면인들을 노려보며 소리쳤다.

빠드득!

"튀에! 네놈들을 죽지 않을 만큼만 회를 떠서 생매장해 주지. 어디 그래도 큰소리치나 보자!"

이를 거세게 갈아붙이면서 귀두도를 든 원길의 몸도 성치

않아 보였다. 특히 얼굴에 그어진 자상은 핏물 속에 희끄무레
한 뼈가 드러나 있었다. 입을 열어 핏덩이를 내뱉은 원길이 칼
을 배일도의 옷에 비비며 피를 닦는 시늉을 하자,

"부대주님, 그만 하세요. 빨리 이곳 일을 마치고 천중산을
둘러싸라는 지시를 못 들었나요?"

두견이 보다 못해 나섰다. 자신이 백여 명의 백혼대원을 끌
고 오지 않았으면 정반대의 상황이 벌어졌을 것이다.

"네놈은 나서지 마라! 얼마 안 걸릴 거야!"

"크흐흣! 네 멋대로 해봐라. 내가 눈 하나 깜짝하나."

배일도가 눈을 찡긋거리는 시늉을 했지만 실은 그의 한쪽
눈이 있는 곳에는 핏물만이 엉겨 붙어 있었다.

"흐흐흐. 나도 마찬가지거든? 임마, 네놈이 내 눈알을 후벼
파도 난 손가락 하나 까딱 안 한다 이거야!"

그러는 유식한의 왼쪽 팔은 어깨부터 잘라져 없었다.

"새끼들, 병신된 게 뭐가 자랑이라고 떠드냐! 나처럼 두 다
리 다 없으면 후들거리고 떨 필요도 없어."

그리고 보니 관대형은 두 다리가 무릎부터 보이지 않았다.

"이놈들이 형제 같은 부하들을 다 죽였어. 절대 그냥 죽일
수 없어. 자근자근 씹어 먹을 거야."

원길이 관대형의 앞에 쭈그려 앉더니 그의 눈을 노려보았
다. 관대형이 코웃음을 치며 침을 뱉는다.

"개자식. 내가 네놈의 살을 조금씩 발라줄 거다, 기다려라!"

원길이 먼저 관대형의 가슴살을 우악스럽게 붙잡더니 날카

로운 칼날을 대었다.

"크흐훗. 어디 네놈의 아름다운 비명 소리를 감상해 볼까?"

"크카카카! 이 지랄 같은 새끼가 꿈은 크구나. 내 네놈의 더러운 행위를 똑똑히 보아두었다가 귀신이 되어 갚아주기로 하지. 네 마음대로 해봐라!"

"크크. 네놈은 그럴 기회도 없을 거야. 먼저 네놈의 두 눈을 오려 버릴 테니까."

원길이 관대형의 가슴에서 손을 떼어 그의 눈을 막 찌르려고 할 때,

쿠콰콰콰!

엄청난 굉음과 함께 수백 장의 지면이 한꺼번에 꺼져 버렸다.

第四章

지하수로의 숙명

"크으으!"

몸을 적시는 지하수가 너무 차가워서였을까?

무릎 높이의 지하수에 처박힌 만석이 꿈틀거리며 깨어나고 있었다. 통로는 겨우 두 사람이 엇갈려 지나칠 정도로 좁았다.

혼몽 속에서 많은 사람들을 본 것도 같았다. 큰 소리로 웃고 떠들면서 흥겨운 잔치를 벌인 것도 같다. 오랜만에 돌아가신 부친과 홍자려와 같이 밥상 옆에 둘러앉아 즐거운 시간을 보낸 것도 같았다.

"으으음!"

만석이 다시 한 번 신음을 흘렸다.

갑자기 뼈마디가 욱신거리는가 했더니 개미가 뼈를 갉는 것 같은 근지러움과 함께 참을 수 없는 고통이 엄습했다.

"큭. 너무 아픈 것을 보니 아직 죽지는 않은 모양이구나."

만석이 그제야 자신이 살아 있다는 것을 느끼고 천장 쪽을 올려다보았다.

"저기 뚫린 구멍으로 내가 떨어진 모양이구나."

생각하면 실로 끈질긴 목숨이었다. 그러던 만석이 움찔하며 주변을 살폈다.

'가만있자……?'

그러고 보니 이상했다. 정신을 잃는 순간에 빙벽이 와르르 무너지는 느낌을 받았었다.

그렇다면 곁에 암석이나 사람의 시신 등 잡다한 것들이 떨어져 있어야 했는데 주변엔 전혀 그런 흔적이 보이지 않았다.

"큭. 그러고 보니 초로 어르신께서 힘껏 밀친다 싶더니 다른 통로가 있었던 거야."

만석이 그제야 제대로 돌지 않는 머리를 흔들며 자리에서 몸을 일으켰다.

'응? 몸이 어째 가뿐한 느낌이 드네?'

그러고 보니 진기가 쫄쫄 흐르는 느낌이 든다. 막혔던 혈맥이 트여 진기가 몸속을 거침없이 휘돌고 있었다.

그러나 그것뿐이었다. 일반적으로 들었던 것처럼 혈맥이 터져 나갈 것 같은 용출되는 내력의 힘은 느낄 수 없다.

생사현관이 타통되고 진기가 끊임없이 몸속을 휘도는 단계, 써도 써도 마르지 않는 바닷물 같은 진기의 양을 느끼기보다는 몸속에 뭔가 작은 샘물이 있어 진기가 조금씩 솟아오르는 느낌이 들 뿐이었다.

"아차, 그러고 보니……."

크크크큭.

품속을 급히 뒤져 보려던 만석이 허탈한 웃음을 터뜨렸다. 화룡의 내단이 들어 있던 옷자락은 길게 찢어져 있어 내단이 어디로 사라졌는지는 알 수가 없었다.

화룡의 몸속을 뚫고 간신히 구한 내단이 사라져 버린 것이다.

'그것이 과연 화룡의 내단이었을까?

또 그렇게 생각하면 자신이 화룡의 몸속으로 들어갔던 것도 허망한 신기루가 아니었던가 하는 마음도 드는 것이다.

만석은 적이 실망하지 않을 수 없었지만 지금은 거기에 매달려 있을 때가 아니었다.

꼬로록!

배에서 밥 달라는 소리가 신경을 거슬러 올라 공복감을 더해주었다.

"여기에 떨어진 지 얼마나 지났을까……."

몸속에서 아무런 곡기도 없음을 깨달은 만석이 씁쓸하게 중얼거렸다. 최소한 사나흘은 굶지 않았을까?

"그나저나 이놈의 배고픔이란 시도 때도 없이 찾아오는구나."

만석이 배를 힘주어 문지르면서 투덜거렸다.

배도 고프지만 출구를 빨리 찾아야 했다. 같이 있던 생사마의와 운산은 어떻게 되었을까? 아니, 월영 신니나 심지어 천풍이 어찌 되었는지도 궁금했다.

모두 죽지 않았을까? 아니, 그렇지는 않을 거야.

만석은 애써 머리를 흔들었다. 자신이 살아 있으니 그들도 근처 어딘가에 살아 있으리라.

"이게 도대체 무슨 일인가?"

빙정과 열화지정의 상충 작용으로 힘없이 무너져 내린 지하 광장을 벗어나 비밀 통로에 들어선 금태원은 화가 나 견딜 수가 없었다.

갑작스레 튀어나와 죽어가던 화룡의 내단을 빼내고 끝내 만년빙과를 탈취한 자. 비록 금태원의 태양신공을 견디지 못하고 온몸이 바스러져 죽었겠지만 그 희세의 영물들은 끝내 그의 손에 들어오지 못한 것이다.

"개방의 전전대 대장로 대두개, 그자가 무적초자의 후인이었다니……."

조원형도 얼떨떨한 기분을 벗어나기 어려운 모양이었다.

대두개가 지하 세계에 빙정이 있다고 폭로한 것이야 오히려 기다려 왔던 바지만 그가 마지막에 전개한 무무허허공은 틀림없이 무적초자의 비기였다.

"그나저나 기린이는 어떻게 되었을지……."

조원형이 말끝에 금기린을 덧붙이자 금태원의 봉황 같은 눈이 노염으로 불타올랐다.

"그놈 얘기는 하지도 말게. 그 중요한 시기에 제멋대로 뛰쳐나가 계집이나 구하려 들다니. 내가 그놈을 겨우 그렇게밖에 못 키웠다고 생각하면 억장이 무너지는 것 같네. 백 년의 대계를 한순간에 망친 꼴이니 죽어서 조상님들을 어떻게 뵈올지……."

"하지만 사형, 지하 세계에 들었던 무림의 중요 인물들은 대부분 죽었다고 봐야 합니다. 그렇다면 결코 실패한 것이 아닙니다. 환생교 천하가 눈앞에 있습니다."

의기소침한 금태원의 말에 조원형이 바로 기운을 북돋았다.

"후우. 굳이 그렇게 나를 위로할 필요는 없네. 다만 조금 심란할 뿐이야."

자식을 잃은 부모의 마음이었다. 조원형은 바로 그의 관심을 돌려야 한다고 생각했다.

"화룡의 내단과 빙과는 아무래도 그 대견이란 놈이 꿀꺽한 모양입니다."

"으음… 자네도 그렇게 보았나?"

"그 늙은이가 자신의 목숨을 버리면서까지 놈에게 영물을 주었다면 그놈도 무적초자와 관련이 있다는 얘기가 됩니다."

"그래, 그렇겠지. 하여간 대견이란 놈이 일에 끼이고는 제대로 되는 일이 없군. 처음 활강시와 백혼대의 절반 이상이 희생된 것도 바로 그놈의 짓이 아닐까 하는 생각이 들어. 어쩌면 내 자식 놈의 판단이 정확했을지도 모르겠네."

자식은 생사를 모르고, 그토록 오랫동안 고대했던 내단과 빙과는 남의 뱃속에 있는 상태였다. 금태원은 자꾸만 미련이 남는지 앞으로의 대책에는 생각이 미치지 않는 모양이었다.

"어쨌든 만석이란 놈을 지옥 끝까지 쫓아야 합니다. 필요하다면 놈의 피를 취해서라도 영약의 기운을 조금이라도 흡수해야 할 것입니다."

"놈의 피를 먹으면 조금이라도 효력이 있을까?"

금태원이 눈이 번쩍 뜨이는지 바로 반문했지만 조원형의 눈 속에는 점점 경멸심이 자리 잡고 있었다.

'사형은 개인의 권력욕이나 욕심만 있지 본 환생교에 대한 믿음이 부족하다. 때문에 영물이나 기린이의 생사에만 관심이 있는 거야.'

그러고 보니 과거 스승인 수경 선생이 사형을 '작은 일은 함께 해도 큰일은 같이 할 수 없을 것이다' 라고 평한 말이 다시금 뇌리 속에 떠오르는 것이었다.

'아직은 그대로 놔둔다. 지금은 사형의 무공이 필요한 때. 그러나 결정적인 순간이 오면……'

조원형은 자신의 내심을 감추려는 듯 머리를 가볍게 조아리며 대답했다.

"물론입니다, 사형. 생각해 보면 기린이가 행방불명된 것도 그 대견이란 놈 때문입니다. 놈이 죽었다면 시신이라도 찾아야 합니다."

조원형이 서두르자 금태원의 눈빛이 다급해졌다.

'조금이라도 영약의 기운이 남아 있을 때 놈의 피를 흡수해
야 한다.'

"좋다. 놈이 지하수로에 떨어졌을 가능성이 크다. 놈은 물
론 만약 살아 있는 자가 있다면 그자가 누구라도 전원 그 자리
에서 척살하도록 하라!"

금태원이 정식으로 명을 내렸다.

"사형께서는?"

"난 기린이의 행방을 찾아봐야겠어. 녀석은 결코 단명할 상
이 아니야."

'또 그 소리구나. 본 교의 사활이 걸린 지금, 겨우 자식의 안
위에 연연하다니.'

조원형은 걸음을 재촉하면서도 금태원에 대한 불신을 키우
고 있었다.

'안 돼! 그 사람이 잘못되면 나도 죽어버릴 거야.'

몰래 두 사람의 대화를 들은 금혜지는 마음이 급해지는 것
을 느꼈다. 하지만 마음만 급할 뿐 다리가 빨리 나가지는 않았
다.

'아니, 혜지가 어디 가는 거지?'

막 부하들에게 명을 내려 만석을 쫓게 한 조원형은 통로의
굽이진 곳으로 발을 재촉하는 금혜지를 보고 떠올린 얼굴이
있었다.

'그래, 대견 놈이 살아 있다면 빙과와 화룡의 내단을 먹어

괴물이 되어 있을 것이다. 좋아, 소이 그놈을 이용해서 놈을 죽이는 거야.'

평소에도 금혜지를 대하는 소이의 눈빛에서 그녀에 대한 광적인 집착을 느낀 조원형이었다. 평소에도 쉽게 헤아리기 힘들 만큼 만석의 무공은 높았다. 지금은 거기에 영물들을 복용해서 그의 내공은 거의 극한에 달해 있을 것이다.

'우리의 피해를 최소화하는 최선의 길이다.'

조원형의 얼굴에 빙그레 미소가 돌았다.

무림맹 근처의 연못으로 나가는 길은 단 하나, 자신들이 사용하는 이 길밖에 없다. 그 외에는 지하 광장이 무너지면서 매몰되거나 지하수로로 빠질 수밖에 없는 것이다.

그런데 구불구불 이어져 남쪽 끝의 산중 마을인 철목촌(鐵木村)으로 빠져나가는 길은 거의 백여 리에 가까운데, 몇 개로 갈라진 사잇길은 끝에서 하나로 합쳐진다.

앞에서는 철목촌의 출구를 막고 뒤에서는 만석의 뒤를 쫓으면 놈은 빠져나갈 구멍이 없는 것이다.

'크흐흐흐. 네놈의 피는 내 것이다. 환생교 천하를 이루는 데 매우 소중하게 사용해 주지.'

입가에 비릿한 미소를 더욱 짙게 한 조원형이 날아갈 듯 지하수로로 달려 내려갔다.

"어디 먹을 것이 없을까……."

만석은 주린 배를 움켜잡고 지하수로를 이리저리 헤매고 있었다.

줍아졌다, 넓어졌다 너비가 일정치 않은 지하수로는 여러 갈래로 갈라져 있었는데 만석이 가는 곳은 그중 물의 양이 가장 적은 수로였다.

수로는 추웠다. 물은 겨우 발등 위에서 찰랑일 정도로 얕았지만 수온에 익숙해진 다음에도 가끔씩 스며드는 한기에 만석의 몸이 저절로 부르르 떨렸다. 아마도 보통 사람 같으면 단 일각도 버티지 못하리라.

"젠장. 당장 추위보다는 배고파서 미치겠구나."

춥고 배고프다는 것. 이것은 모든 생명체에게 가장 고통스러운 상황일지도 모른다. 게다가 끝이 없을 것 같은 정적에 싸인 수로를 혼자서 걷는다는 것은 사람으로 하여금 가슴을 치미는 묘한 불안감과 슬픔을 느끼게 했다.

그러나 만석은 묵묵히 수로를 걸어갔다. 굽이진 수로를 지나쳐 갈 때마다 바짝 경계심을 세운 것은 벌써 옛일. 이래서는 안 된다고 생각하면서도 자꾸만 주의력은 흐트러지고 있었다.

찌지지!

처음에는 구멍난 문창호지가 바람에 찢기는 듯한 이질적인 소리였다.

'이게 무슨 소리지?

가끔씩 미약한 바람이 앞뒤로 불다가 사그라지곤 하는 작은 수로일 뿐이었다. 그러다 보니 만석의 예민한 촉각에는 쉽게 걸리는 소리였다.

만석이 걸음을 빨리 놀려 막 모퉁이를 돌자,

찌익, 찌이익!

하는 기괴한 소리가 와락 만석의 귓전에 닿아왔다.

"이건 쥐 소리?"

만석이 왠지 섬뜩해진 느낌에 급히 수로의 굽이진 곳을 응시했을 때, 어둠 속에서 우글거리는 숫자를 헤아릴 수 없는 쥐 떼가 무언가를 분주하게 뜯는 느낌이 들었다. 푸르뎅뎅한 색감마저 풍기는 날카로운 이빨이 어둠 속에서 인광석처럼 빛나고 있었다.

만석이 보고 있는 사이에도 쥐들은 사람 같은 형체의 온몸에 새까맣게 달라붙어 한 점이라도 더 살을 물어뜯느라 광분하고 있었다.

"이런 요망한 것들!"

만석이 바락 소리를 지르며 가볍게 손을 휘젓자 격한 바람이 일면서 손바닥 크기만 한 쥐들이 일제히 비명을 질러대며 흩어졌다.

"으으음. 저건 사람……?"

그랬다. 그것도 두 사람이 포개진 채 쓰러져 있었는데 그들 사이로 삐져 나온 아래 사람의 옷자락은 여인의 것으로 보였다.

만석이 부리나케 인영의 모습을 살피다 그 자리에서 우뚝 행동을 멈추었다.

“…금, 금기린!”

거의 벌거벗다시피 한 두 사람 중에 한 사람은 바로 꿈에도 잊지 못할 금기린이었다.

“…으음…….”

만석이 두 사람을 떼어놓으며 침음성을 흘렸다.

가랑이를 벌린 채 정신을 잃고 있는 여인, 그리고 금기린의 몸은 그녀를 묘한 자세로 끌어안고 있었다. 덩치가 큰 금기린이 덮치다시피 끌어안고 있어서 그런지 여인의 희끄무레한 풍만한 알몸은 멀쩡하게 보였다.

“더러운 놈! 계집을 겁탈하다가 쥐 떼의 습격을 받았구나.”

만석이 그 여인을 확인하지 않고 소리부터 질렀다. 그만큼 만석은 흥분하고 있었다.

정신이 아직 남았다면 금기린으로서는 억울할지도 몰랐지만 그는 여전히 깨어날 줄 몰랐다.

만석이 격렬한 노여움으로 금기린의 뺨을 철썩하고 때리다 이상한 느낌에 다시금 손을 멈추었다.

손에 닿는 것은 살이 아니라 딱딱한 이빨이었다.

“이, 이건……?”

그제야 만석은 금기린의 한쪽 얼굴이 거의 완전하게 이빨이 드러난 상태라는 것을 눈치 챌 수 있었다.

“끄으으! 사… 살려… 줘… 나, 난… 죽고 싶지 않아… 제발…….”

얼굴을 치는 강력한 타격에 금기린이 간신히 정신을 차린 모양이었다.

보기 싫게 터진 입술이 크게 부풀어 올라 말을 알아듣기 힘들었지만 만석은 그의 말을 알아듣지 못해도 좋았다. 어차피 자신을 죽이려고 온갖 수단을 쓰던 사갈 같은 놈이었다.

게다가 놈이 아는지는 모르지만 그의 집안은 실혼인과 활강시를 이용해 세상을 혼란에 빠뜨리려 했고, 수많은 강호의 고수들을 이 지하 함정에 몰아넣어 죽인 악마의 집단인 것이다.

"금기린, 참으로 꼴좋구나! 그토록 남을 깔아뭉개면서 고귀하게 살았던 네가 굶주린 들쥐 새끼들의 한 끼 식사로 전락하다니!"

"크으으… 제… 제발……."

금기린은 큰 소리를 지를 기력이 전혀 없어 보였다.

끼끼끼!

갓난아이가 즐거운 일을 맞아 웃는 듯한 소리. 그 소리는 만석을 포위한 쥐 떼가 그를 위협하는 소리였다.

만석은 포위하다시피 흉측한 이빨을 드러내며 위협을 가하는 쥐 떼를 돌아보았다. 쥐 떼는 만석에게 커다란 위험을 느꼈는지 쉽게 달려들지는 않고 있었지만 그것도 잠시뿐일 것이다.

오랜만에 식량을 만난 쥐들은 인내심이 매우 얕을 수밖에 없다. 곧 목숨을 도외시하고 만석들에게 달려들 것은 자명해 보였다.

그것은 점점 높아지는 위협 소리와 곧장 뛰쳐 오를 듯 몸들을 웅크리는 자세만 보아도 당연한 것이었다.

'어떡한다?'

아무리 원수라도 한낱 미물의 이빨에 맡겨두는 것은 너무나 잔인한 일일 것이다. 그러나 만석은 망설이기만 할 뿐 뚜렷한 행동은 취하지 못하고 있었다.

"끄으응!"

그때 여인의 새된 신음 소리가 주저하는 만석의 귓가에 닿아왔다.

'아차! 여인이 있었지?'

그제야 여인에게 생각이 미친 만석이 그녀를 향해 눈을 돌렸을 때, 혼몽 중에 깨어난 여인의 흐릿한 눈동자와 만석의 눈이 마주쳤다.

"다, 당신은 대견 만석……?"

여인이 가까스로 입술만 움직여 말을 건넸다.

"…너는 남궁소소?"

그녀가 경황 중에도 안도의 한숨을 내쉬며 대답했다.

"네, 다, 다행히 절 기억하시네요. 어서 이 끔찍한 놈들을 모두 죽여주세요!"

이 절박한 상황에서도 그녀의 말투는 거의 지시조였다.

'계집! 아직도 사람을 부리는 버릇을 고치지 못했구나.'

만석은 속이 메스꺼워졌다. 먹은 게 없으니 나올 것도 없겠지만 속에 있는 것을 모두 게워내고 싶었다.

"아아, 그대 혼자만 살려주면 되겠소? 난 이자하고 원수지간이라서 말이오.”

“……!”

“둘이 같이 죽고 싶으면 그렇게 하시던지.”

만석이 실망했다는 투로 말하자 망설이던 그녀가 대번에 대답했다.

“어머머, 그럴 리가 있나요? 실은 소녀도 이자가 싫어요.”

그녀가 애써 처량한 표정을 지었지만 만석은 그녀의 앙큼함에 치를 떨고 있었다.

분노로 흐려진 이지가 깨어나니 느껴진 것이 있었다.

금기린과 그녀가 겹쳐 있는 자세를 보면 그가 몸으로 그녀를 감싸서 쥐 떼의 공격을 막으려 했다는 생각이 들었던 것이다.

그러고 보면 금기린은 목숨을 걸고 지키려 한 사랑하는 여인에게 버림을 받은 셈이었다.

“쯧! 불쌍한 놈…….”

“끄으으…….”

금기린은 몸을 뒤척이며 무언가에서 벗어나려는 시늉을 하고 있었다. 정신이 없는 가운데 아직도 쥐 떼에게 물어뜯기고 있다는 환상에 시달리고 있는 것처럼 보였다.

금기린이 몸부림을 칠수록 쥐들에게 흉하게 뜯긴 팔다리와 몸에서 검붉은 핏물이 왈칵거리며 솟아나고 있었다.

‘얼굴은 망가지고 사랑하는 계집에겐 배신을 당했다. 그렇다면 이자가 살아봤자 희망이 있을까?

그렇게 생각하면서도 만석의 손에는 어느새 묵봉이 들려져 있었다.

"좋다! 요망한 놈들아! 먼저 내 몽둥이 맛이나 봐라!"

만석의 묵봉이 빙 둘러가며 쥐새끼들을 난타하기 시작했다.

끼아악!

만석이 천하삼십육검을 응용해서 쥐 떼를 두드려 패자 지하 수로는 순식간에 쥐새끼들의 요란한 비명 소리에 덮여들었다.

"물론 네놈들도 먹고살자고 한 짓이겠으나 나를 만난 것이 불행이겠거니 하고 이해해라."

삽시에 수로 한쪽에 수북이 쌓인 쥐 떼의 시신을 둘러보며 만석이 무심하게 중얼거렸다.

"어이구, 그렇지 않아도 춥고 배가 고프구만, 쥐새끼들은 왜 이리 많이 잡아놨어?"

'응? 이 목소리는?'

운산이었다. 부리나케 뒤를 돌아본 만석의 눈길에 온몸이 너덜거리는 처참한 몰골의 운산이 보였다.

"운산 형님!"

"돼, 됐어! 피륙의 상처일 뿐이야."

만석이 한달음에 달려오자 운산이 기겁을 하면서 몸을 비틀었다.

죽은 줄로만 알았던 서로를 만난 두 사람은 감격스러울 수밖에 없었다. 잠시 격동의 시간이 지난 후, 만석이 물었다.

"어떻게 된 겁니까?"

"글쎄, 나도 모르겠어. 세상이 온통 무너지는 소리와 함께 정신을 잃었는데 깨어나 보니 저쪽 수로였어. 그러다가 막막한 김에 우두커니 앉아 있는데 자네의 목소리가 들리더라구."

"정말 천행입니다. 마의 어르신도 살아계셨으면 좋겠는데……."

만석이 고이한을 언급하자 잠시 두 사람은 말을 잇지 못했다.

과연 누가 그의 생사 여부를 점칠 수 있겠는가.

"그런데 이것들은 어떻게 할 셈인가?"

운산이 더러운 짐승을 보는 눈으로 묻자, 두 사람을 살피던 남궁소소가 몸을 바르르 떨며 소리쳤다.

"제, 제발 저를 데려가 줘요. 이대로 있으면 죽을 것 같아요."

사실이 그랬다. 겉모습만 봐도 그녀가 중한 내상을 입었고 한 다리는 피투성이라 부러진 것처럼 보인다. 시간이 흘러 정신이 거의 회복되면 견디기 힘든 통증과 더불어 오한이 밀려들 것이다.

그러나 만석은 다른 생각을 하고 있었다.

비밀 통로가 있다는 것은 이미 확인한 것. 게다가 지하수로는 자세히 보면 인공적인 흔적이 엿보였다.

그렇다면 이미 금태원의 추적이 시작되고 있다는 것이다.

그의 얼굴을 떠올리자 다시 한 번 태양신공의 엄청난 위력과 그에게 희생된 초로의 비참한 모습이 생각난다.

'나는 살아서 수로를 나간다. 그래서 반드시 자려에게 돌아가야 해.'

만석은 다시금 결의를 다졌다. 금태원 무리가 언제 어디서 출몰해서 만석을 죽이려 들지 모른다. 거기에 남궁소소를 데려갈 여유는 없었다.

"우리가 이렇게 살아 있는 것도 천운, 그대의 목숨도 하늘에 맡길 수밖에!"

실로 매정한 소리였다.

"운산 형님, 그만 갑시다."

"제발, 저를 데려가 줘요!"

만석이 몸을 돌리자 남궁소소는 그만 가슴이 무너져 내리는 것 같았다. 그녀가 혹시나 하고 금기린을 보니 다시 정신이 잃었는지 미동도 없었다.

'어머머, 끔찍해!'

남궁소소는 얼른 고개를 돌리고 말았다. 뺨 한쪽이 시커멓게 꺼진 금기린의 모습은 이젠 천하의 미장부와 거리가 멀었다.

만석이 대답도 없이 냉정하게 앞서 나가자 운산이 그녀를 힐끗 돌아보았다.

'제기. 난 미녀만 보면 왜 이리 마음이 약해지냐?'

머리칼이 얼굴에 붙어 상당 부분 얼굴을 가렸지만 그래도 남궁소소는 매력적이었다. 아니, 오히려 피가 홍건하게 묻어 있는 찢어진 옷과 흐트러진 모습이 사내의 동정심을 자극하는 것이었다.

“소저, 조금만 더 기다리면 금태원이 올 거요. 그러니……”

운산이 걱정 말라는 소리를 꿀꺽 삼키며 벌써 저만치 멀어져 가는 만석을 쳐다보았다.

‘제기. 살수인 나도 이 여인을 보면 마구 뭔가를 해주고 싶은데 대견 저 친구는 너무 냉정하단 말이야.’

“그, 그렇지만… 으흑… 제발……”

남궁소소는 점점 싸하고 밀려오는 통증에 가슴을 부여잡고 신음을 흘렸다. 누군지는 모르지만 어떡하든 저 왜소한 자의 관심을 잡아두어야 한다는 절박한 심정이었다.

“여기서 지체할 시간이 없어서… 조금만 고생하시오. 가능하면 저 금기린을 돌보는 척하는 게 좋을 거요. 그럼, 난 이만……”

‘쩝. 이럴 때는 못 이긴 척하고 손을 내밀면 제꺽 걸려드는데 말야.’

“자, 이거나 받으슈.”

운산은 품속에서 금창약을 꺼내 남궁소소에게 건넸다.

상처에 바르고 남은 양은 얼마 되지 않았지만 잠시나마 통증을 잊게 해줄 것이다.

“고, 고마워요.”

운산이 아쉬운 눈빛으로 떠나갔지만 그녀는 여기저기 상처에 금창약을 바르느라 바빴다.

"하아, 통증은 조금 덜해졌지만 이젠 어떡하지?"

남궁소소는 스스로 한심한 기분에 젖어들었다. 금지옥엽으로 귀하게 자란 그녀에게 이 상황은 낯설고 막막한 기분만을 안겨주고 있었다.

"흥! 이자를 치료하는 척하라고?"

이렇게 되자 신경이 더욱 쓰이는 것은 금기린의 존재였다.

'차라리, 이자를 죽여 버리고……?'

그녀가 이를 악물고 금기린을 노려보고 있을 때,

철퍽, 철퍼덕!

물길 위를 달려오는 발소리가 급박하게 들렸다.

남궁소소는 얼른 금기린을 붙들고 간호하는 척하며 곁눈으로 다가오는 사람들을 응시했다.

'어머, 저 사람들은 멀쩡하네?'

남궁소소가 그들을 바라보다 움찔하며 선두에 선 백의복면인의 눈을 피했다.

복면의 이마에는 금빛 태양을 그려 넣은 복면인은 매우 키가 컸다. 그의 눈이 미친놈처럼 이상스레 번뜩이다가 손에 든 피리를 입에 대려고 했다.

'호, 혹시?'

남궁소소는 가슴이 두근거렸다. 한눈에 봐도 복면인들은 실혼인처럼 눈에는 괴이스런 빛만이 떠 있었다. 그렇다면 선두의 복면인의 피리는 그들을 움직이는 도구 같았다.

"적이 아닙니다!"

그때, 그들의 뒤에서 약간 서두르는 음성이 들리자 태양 문양의 복면인이 눈알을 크게 한 번 끔뻑하더니 자리를 박차고 달려나갔다.

촤촤촤착!

그들의 뒤를 이어 달려온 금태원이 금세 쓰러질 것 같은 표정으로 금기린을 응시했다.

"기, 기린아……."

그의 눈에는 남궁소소가 보이지도 않는 모양이었다.

주춤주춤 아들에게 다가간 금태원이 금기린의 온몸을 지압하듯 두드려 막힌 혈맥을 소통시키자 금기린이 힘겹게 눈을 뜨고 부친을 올려다보았다.

"아… 아버지……."

몇 번이나 입술을 움씰거리던 금기린이 쥐어짜듯 가까스로 목소리를 내자 그의 얼굴을 가슴에 안은 금태원의 눈에서 주르륵하고 눈물이 흘러내렸다.

"오오, 이런, 이런……."

차마 자식의 얼굴을 마주 보지 못한 금태원이 하늘을 우러르며 눈물을 짓자, 이상스러움을 느낀 금기린이 얼굴을 더듬다 비명을 질렀다.

"아아아악! 얼굴이… 내 얼굴이… 아, 아버지… 이, 이건 꿈이지요? 그렇지요?"

괴상한 비명을 내지르며 울부짖는 금기린을 보는 금태원의 얼굴이 보기 싫게 일그러졌다.

“거… 걱정 마라… 네 얼굴은 이 아비가 책임지고… 본래대
로… 고쳐… 주마……..”

아들의 망가진 얼굴은 금태원의 억장을 무너뜨리고 있었다.

“아버지… 진짜, 진짜 그렇게 될 수 있을까요?”

“생사마의… 그자라면 네 얼굴을 본래대로 돌릴 수 있을 거
야.”

“아, 아버지. 생사마의라면……?”

“그래, 네가 알고 있는 그자다. 네 얼굴을 고치기 위해서는
그자의 손이 필요해. 악마, 악마와 손을 잡고서라도 너를 고치
고야 말 것이다.”

금태원의 눈물 어린 눈에 결연한 기색이 엉켜들었다.

“이런! 이러다간 놈들에게 붙잡히고 말겠어.”

멀리서 수로를 달려오는 급촉한 소리를 듣고 운산이 얼굴을
잔뜩 찡그렸다.

“죽기로 싸우면 산다고 했습니다. 형님은 걱정 마시고 뒤나
살펴보십시오.”

운산의 조바심에도 불구하고 만석은 담담했다.

어차피 빙글빙글 돌아가는 미로 같은 지하수로였다. 몸을
숨기면 그들을 못 피할 것도 없었다. 하지만 이젠 공력이 문제
가 아니라 배가 고파 기력이 탈진할 지경이었다.

또다시 십여 리의 수로를 돌아가던 그들 앞에 폭이 넓은 급
류가 기다리고 있었다.

“으음. 지하수로가 여기서 모두 합쳐지는 것 같네.”

“잠시 기다리십시오. 물속에 무엇이 있는지 감이라도 잡아야지요.”

혹시라도 수중 괴물이 거대한 입을 떡 벌리고 기다리고 있을지도 몰랐다. 절로 철갑식인어와의 혈투가 떠오르는 장면이었다.

“제기. 도대체 이놈의 지하는 위험투성이라니까?”

운산이 나직이 투덜거렸지만, 엎드려서 물속에 손을 집어넣고 수중 생물의 기척을 느끼던 만석이 빙긋 웃더니 대답한다.

“물고기라도 있었으면 좋겠는데, 기척이 없군요.”

“제기. 자네는 태평한 소리만 하는군. 저 뒤에서 쫓아오는 소리가 안 들려?”

운산이 심통을 부리자 만석이 가볍게 웃더니 소리친다.

“그럼 물속에 뛰어들면 되지, 무슨 걱정이오?”

두 사람이 막 급류로 뛰어들었을 때, 급촉한 발걸음과 함께 십여 명의 백의복면인들이 당도했다.

“조금 늦었구나!”

이마 부위에 태양을 그려 넣은 복면인이 이를 부드득 갈았다.

이지를 상실한 무리를 급류 속에 넣어봤자 커다란 손실만 입을 것이다.

삐삐, 삐이이이!

생각이 들자마자 그가 피리를 입에 대고 불어댔다.

　날카롭게 귀청을 후벼 파는 소리가 멀리멀리 파장을 타고 나가자, 다른 쪽에서도 비슷한 피리 소리가 들렸다.
　"됐다! 우리는 여기서 기다리면 된다."
　앞은 이미 철통같이 막혀 있으니 혹시라도 뒤로 다시 돌아올 경우를 대비하는 것이리라.

第五章

새로운 길을 따라

얼마나 급류에 떠밀려 왔는지 모른다. 급류는 엄청난 힘으로 두 사람을 밀어붙였지만 다행히도 얼마 전부터는 상대적으로 물살이 약한 가장자리로 몸을 옮길 수 있었다.

"푸우……!"

두 사람이 가장자리를 따라가다 물길이 막히는 것을 느끼고 수면 위로 떠올랐다.

그리고 바깥쪽에서 들어오는 듯한 희미한 빛줄기를 피부로 느낀 운산이 환호성을 질렀다.

"이, 이건 햇빛이야!"

서너 사람이 올라앉을 수 있는 물 밖의 작은 바위 위로 몸을 올리려던 운산은 짜는 듯한 신음성만 흘리며 만석을 돌아보았다.

“끄응. 온몸이 바짝 얼었어.”

손 하나 까딱할 수 없이 기력이 고갈되었지만 그의 눈만은 생동하고 있었다. 햇빛은 곧 희망의 상징이었다. 절망의 심연 속에서 희망을 본 운산의 기쁨이 만석에게로 전염되고 있었다.

“훗! 그렇게 좋소?”

“물론이지. 똥 밭에 굴러도 저승보다 낫다는 옛말도 있지 않은가.”

수시로 손에 피를 묻히며 살아온 살수 운산이었다. 그 운산이 살아서 한 조각 햇살을 받는 것에 감사하고 있었다.

만석이 바위 위로 손을 짚으면서 옆으로 몸을 굴려 올라갔다. 만석 역시 퍽이나 지친 상태. 그는 가능한 최소한의 힘을 들여 물 밖으로 나올 수 있었던 것이다.

“젠장! 몸에 힘이 하나도 없어. 내 손 좀 잡아주겠나?”

운산이 투덜거리자 만석이 웃으며 손을 내밀었다.

“말하는 것을 보면 멀쩡한 것 같은데 말이오.”

“쳇. 입만 살아 있는 거지 뭐.”

잠시 숨을 고르며 운기를 하던 운산이 깨어났을 때, 만석은 벌써 깨어나 물속을 노려보고 있었다.

“뭐 하는 건가?”

“쉿! 물고기 들겠소.”

만석이 손가락을 입술에 세우며 조용할 것을 당부했지만,

“뭐, 뭐? 물고기라고?”

눈과 귀가 번쩍 뜨인 운산의 목소리는 절로 높아져 있었다.

그러나 만석은 묵상에 잠긴 도인처럼 바위 위에 앉아 눈을 감고는 온 신경을 물속에 집중하고 있었다.

‘됐다. 확실히 옛날보다 늘었어.’

만석이 감각에 닿아오는 힘찬 움직임을 느끼고 무릎 위에 두었던 목봉, 묵아(墨兒)를 가볍게 들어 물에 내팽개치듯 찔러 넣었다.

파다닥!

“으헛! 크다!”

힘찬 지느러미질과 함께 물을 박차고 뛰어올라 그들이 자리한 바위 위로 떨어지는 물고기는 컸다. 대략 팔뚝만 한 크기.

“한 마리!”

푸드득!

“두 마리……?”

만석의 목봉질에 장단을 맞추어 외치던 운산이 가는 눈을 짜부라뜨리며 만석의 손을 넌지시 흘겨보았다.

만석의 손에는 두 번째 물고기가 얌전하게 꼬리지느러미를 파닥이고 있었다.

보기만 해도 먹음직스러운 종류 미상의 물고기였다.

‘거기에 비해서 이건……?

운산이 자기 무릎 앞에서 팔짝팔짝 뛰는 검붉고 흉악하게 생긴 물고기를 슬쩍 보더니 입술을 삐죽 내밀었다.

"나보고 이걸 먹으라고?"

만석이 자신을 말똥거리며 쳐다보는 백어(白魚)의 눈동자를 보더니 빙긋 웃었다.

"고놈 참 먹음직스럽구나. 정말 한입에 삼켜도 비린내도 안 난다는 말이 있더니 네가 바로 그렇구나."

어쩌고 하면서 냉큼 입 안에 넣고 씹는다.

"저, 저저……?"

만석이 물고기의 꼬리치는 하체 부위부터 머리통까지 먹어 치운 것은 금세였다. 그리고는 혀로 입술을 핥으며 운산의 무릎 앞에서 조금씩 꼼지락거리는 놈을 곁눈질하는 것이었다.

"아, 안 돼!"

운산이 괴이한 비명 소리를 지르며 혈린어(血鱗魚)를 움켜잡아 고기 살을 뜯기 시작했다. 아마도 이 물고기 한 마리에 목숨을 걸라고 하면 운산은 의당 그렇게 할 것이다.

운산이 게걸스럽게 혈린어를 뜯고 난 직후 뼈를 뱉어내며 눈을 희번덕거렸다.

틀림없이 먹을 것이 더 없는지 찾는 탐욕스런 눈초리였다.

그러자 만석이 피식 웃으며 고개를 저었다.

"십 장 주변에는 물고기가 없어요. 그건 그렇고 형님이 드신 게 뭔지나 아슈?"

"제기, 그걸 어떻게 알겠어? 그런 자네는 알아?"

만석이 정색을 하더니 손가락으로 운산의 배를 가리켰다.

"지금 형님의 단전에서는 엄청난 열기가 솟아오를 텐데, 아직도 못 느끼셨소?”

“어엉? 이건 물고기를 날것으로 씹어 먹어서 생긴 현상 아
냐?”

“핫하하하. 백년혈린어를 먹고도 태연자약한 것은 형님뿐
일 거요.”

“무, 무어? 배, 백년혈린어라고? …근데 그게 뭐 하는 건데?”

“아니, 모르신다는 말입니까? 금방 아는 것처럼 말씀하시고
는.”

“제기, 자네가 백년 어쩌고 해서 난 물고기가 저렇게 오래
사는가 싶어 놀란 것뿐이네.”

만석이 어처구니없다는 표정을 짓고는 고개를 돌리자 운산
이 만석의 팔을 붙들고 흔들며 물었다.

“이보게. 날 궁금하게 해놓았으면 알려줘야지, 그냥 모른 척
하면 어떻게 하는가.”

“정말 알고 싶소?”

만석이 마지못한 듯 고개를 돌리며 묻자 운산이 열심히 고
개를 주억거렸다.

“그래! 정말 궁금해 죽을 지경이네.”

“그럼, 죽으면 될 거 아니오.”

만석이 딱 끊어 말하더니 어쩔 수 없다는 양 한마디 한다.

“나도 들은 얘기요. 백년혈린어를 먹으면 일 갑자의 내공을
얻는다고 합니다. 그러니 어서 가부좌를 틀고 앉아 분출되는
열기를 혈맥으로 유통시키시오.”

“일, 일 갑자의 내공……?”

운산은 뒤로 자빠질 만큼 놀랐다. 만석은 일부러 백어를 먹는 척하면서 자연스럽게 운산이 백년혈린어를 먹도록 유도했던 것이다.

“저, 정말…….”

운산의 목소리는 감격으로 떨리고 있었다. 무림인이라면 목숨을 거는 영물을 만석은 아무렇지도 않게 내놓은 것이었다.

“고맙다는 말은 하지 마십시오. 목숨 값을 따지면 저는 고맙다는 말을 입에 달고 살아야 할 겁니다.”

“아, 알겠네. 내가 괜한 소리를 했구먼…….”

“핫핫, 형님도. 자, 시기를 놓치면 그만큼 효능이 떨어질 것이니 어서 운기를 하시지요.”

“그렇게 하지.”

이윽고 운기에서 깨어난 운산이 가볍게 눈을 뜨자 갑작스레 시퍼런 마광(魔光)이 눈에서 솟구치다 천천히 사그라졌다.

“아아, 개운하다!”

운산이 기지개를 켜듯 양팔을 주욱 펴면서 유쾌하게 중얼거리자 만석의 입가에서도 절로 밝은 웃음이 퍼졌다.

왜소하고 추레한 건 변함이 없었지만 운산의 얼굴부터 전신에 넘치는 활기는 그 모든 용모의 단점을 가릴 만큼 보기가 좋았던 것이다.

“이젠 어떡해야 하지?”

운산이 암반에 와 부딪치는 급한 물살을 보며 걱정스럽게 말을 건네자 만석이 풀썩 웃으며 대답했다.

"다른 길이 없다면 다시 급류로 뛰어들 수밖에요."

"제기. 그 수밖에 없나?"

"자, 갑시다!"

만석이 말을 마치자마자 물에 뛰어들자 운산이 혀를 찼다.

"제기랄. 그 친구 참 성격이 너무 급하다니까?"

벌써 여러 차례 이런 일이 있었음을 기억한 운산의 볼멘소리였다. 한번 결정하면 뒤를 돌아보지 않는다.

"에라, 모르겠다!"

운산이 도리없이 물속에 뛰어들었지만 그는 만석의 판단을 전적으로 믿고 있었다.

푸우우!

"까딱했으면 진짜 물귀신 될 뻔했어."

만석의 손을 잡고 툴툴거리며 평평한 작은 바위 위로 오르던 운산의 눈이 놀라움으로 홉뜨였다.

"이, 이게 뭐야? 이대로 가면 끝장이야!"

그랬다. 십여 장 밖에서 급작스러운 경사를 이룬 수로는 엄청난 굉음을 토하며 떨어져 내리고 있었다.

지하 호수를 형성한 동굴 밖에는 아마 천야만야한 낭떠러지가 기다리고 있을 것이다.

"크으윽. 막판에 간신히 살았나 했더니 저 낭떠러지로 쓸리면 박살이 날 거야.”

운산이 몸을 부르르 떨며 엄살을 부렸지만 만석은 그가 진짜 겁나서 하는 소리가 아님을 알고 있었다. 환영살마의 진전을 이어받아 살수가 되었다는 것은 죽을 고비를 수없이 넘겼다는 말과 일맥상통하는 것이다.

“떠는 척하지 마슈!”

만석이 버럭 소리를 지르는 것과 동시에 운산의 손을 홱 잡아당기면서 물속으로 뛰어들었다.

“끄아악. 난 물귀신은 싫어!”

“시끄러우니 입이나 닫아요!”

“합!”

얼른 입술을 닫아 물이 입속에 들어오는 것을 막은 운산이 만석이 끄는 대로 물속을 유영했다.

이미 보아둔 것이 있는지 급류를 거의 평행으로 헤치는 만석의 몸놀림은 거침이 없었다. 그러나 시간이 갈수록 만석의 몸이 물결에 떠밀리면서 힘이 부치는 느낌으로 보아 물속을 꽤 멀리 유영한 듯싶었다.

‘어헛! 어디까지 가는 거야?’

운산은 만석이 눈앞을 전혀 알아볼 수 없는 바닥으로 자신을 이끌자 정말 겁이 더럭 났다. 죽더라도 환한 곳에서 죽고 싶은 마음은 어둠을 두려워하는 사람의 본능일 것이다.

점점 바닥으로 가라앉던 두 사람의 몸이 물 밑의 좁은 공간 속으로 빨려 들어갔다 싶은 순간, 어느새 물 밖으로 얼굴을 내밀고 있었다.

  약간의 모래가 뭍을 이룬 작은 공간.
  만석이 숨을 거칠게 쉬며 누워버리자 운산도 함께 누워 말
이 없었다. 칠흑 같은 어둠. 아무것도 생성되지 않은 태곳적
어둠 속에 혼자 떨어진 느낌. 약간의 시간이 흐른 후, 그 느낌
이 두려웠는지 운산의 입이 절로 열렸다.
  "여긴 어디야?"
  "모릅니다. 다만, 이쪽에 왠지 또 다른 공간이 있을 것 같은
생각이 들더군요."
  "뭐, 뭐야? 그럼 무작정 이곳으로 왔다는 거야?"
  "크훗훗. 여기서 믿을 것이란 직감밖에 더 있겠습니까? 이
래 죽으나 저래 죽으나 마찬가지고, 출구가 저 낭떠러지 하나
뿐이라면 밖에서 그물을 치고 기다리는 자들에게 잡혀 죽겠지
요."
  '그러고 보니?'
  미처 생각지 못한 말에 운산의 얼굴이 누렇게 변했다.
  "제기. 죽을 고생만 하고 속절없이 잡혀 죽는 거 아냐?"
  "크큭. 난 죽는 게 두려운 것이 아니라 부끄럽게 죽을까 봐
걱정이오."
  "쳇. 죽으면 그만이지 부끄럽고 자시고 할 게 뭐가 있어?"
  "앗핫핫, 맞습니다. 그런데 중요한 것은 우리는 죽지 않았고
우리를 고생하게 만든 자들에게 대가를 치르도록 해야 한다는

거죠."

겉으로는 담담한 말투였지만 운산은 그에게서 하늘이 쪼개져도 변치 않을 결의를 보고 있었다.

"맞아, 금태원이 무림제패를 노리든 말든 그게 문제가 아니지. 우린 놈에게 빚만 갚으면 되는 거야."

"그러려면 먼저 이곳을 벗어나는 것이 급선무입니다."

"으으음. 근데 아무래도 불안해. 우리가 도착한 곳이 출구가 아니라 지옥의 입구 같단 말이야."

그랬다. 실은 훗날의 복수가 문제가 아니라 당장은 이것을 벗어나는 것이 급선무였다.

출구가 저 폭포수뿐이라면 그 출구는 적의 철통같은 방비로 막혀 있다고 봐야 했다.

지금까지 범인은 평생 맛볼 수 없는 고초를 겪었지만 아직도 끝이 보이지 않는다는데 두 사람의 불안감이 있었다.

"근데 형님, 한 가지 물어볼 게 있습니다만……."

잠시 지친 심신이 대부분 회복되자 만석은 그동안 내내 궁금했던 것을 묻고 싶었다.

"한 가지가 아니라 열 가지면 어때? 그게 뭔데?"

조심스럽게 물음을 건네는 만석이 이상스러워 보였는지 운산이 오히려 궁금한 표정을 지었다.

"혹시 무적초자란 인물에 대해서 들어본 일이 있습니까?"

"무적초자? 아, 그야 물론 들어본 적이 있지."

죽림마원을 재기불능으로 만들어 궤멸시킨 주인공 무적초

자. 그런데 예상과 달리 운산의 반응은 쉽게 나왔다.

“형님이 아시는 대로 말씀을 해주시지요.”

“클클클. 그자에 대해서는 한마디로 대답할 수 있어. 더러운 사기꾼이지.”

“그게 무슨……?”

만석이 운산의 황당한 대답에 일순 얼떨떨해하자 운산이 축 처진 눈을 와락 빛내며 말을 이었다.

“나도 스승님으로부터 들은 얘기니 확실히 알 수는 없지만, 금성혼이 나타난 자리에는 언제나 그 무적초자가 등장했다고 하더군. 그것도 무림맹과 혈투를 벌이고 다들 지친 상태에서 나타나서는 우리 죽림마원에 엄청난 타격을 입히고 사라지곤 했다는 거야. 그래 놓고는 나중에 절대천마 원주님과 사부님을 포함한 절대십마를 혼자서 상대하겠다고 전갈을 보내서…….”

이후에는 초로가 전해준 책자에 기재된 무적초자의 일화와 거의 대동소이한 내용이었다.

죽림마원의 평정산(平頂山) 본거지를 찾은 무적초자는 절대천마와 절대십마를 보자마자 도망쳐 버렸던 것이다. 이에 절대천마 등 열한 명이 무적초자를 쫓아 수천 리를 헤매다가 돌아와 보니 본거지는 쑥대밭이 되어버렸고, 거기에 남아 있던 수백의 정예 부하들은 이미 대부분 궤멸되어 버린 후였다.

“그렇다면……?”

“으드득! 자네도 알지 모르겠지만 사부님을 포함한 생존하

신 존장들이 수십 년을 조사해 보니 그것은 바로 금성혼을 필
두로 한 환생교의 짓이었어."

위로는 태양, 아래로는 거대한 구렁이를 신으로 섬기는 환
생교였다.

'운산 형과 생사마의 어르신의 말이 일치한다. 그럼 죽림마
원의 본거지인 평정산 호수에 있다던 구렁이들은 무엇인가?'

만석의 의문에 답하기라도 하듯 운산이 기괴하게 웃으며 말
했다.

"키키키. 놈들이 술수를 써서 본 죽림마원을 와해시킨 다음
에 한 짓이 바로 본 마원이 거대한 구렁이를 섬긴다고 퍼뜨리
는 일이었다고 하네."

'아하, 이런……'

만석은 속으로 탄식을 금할 수 없었다. 아니, 그가 지금까지
알아왔던 모든 것이 뒤죽박죽이 되어 뭐가 뭔지 알 수가 없는
것이다.

"우리 죽림마원은 인위적인 것을 모두 없애고 자연으로 귀
일하는 것을 교조(敎條)로 삼고 있다네. 그러나 인간 세상에 쌓
인 폐단과 인습을 혁파하는 것은 정상적인 방법으로는 불가능
하지. 때문에 우리는 마도(魔道)를 택했고 거기서 길을 발견해
내었네."

이후로도 운산의 말은 계속되었지만 만석은 쉽게 자신만의
생각에서 벗어나지 못했다.

그렇다면 무적초자의 제자인 초로는 왜 자신의 생명을 희생

하면서까지 만석에게 만년빙과를 주었던가?

그리고 무적초자와 그의 사제가 되는 금성혼의 관계는 어떻기에 서로 앙앙불락하며 싸우는가.

특히 이미 백 년 전에 죽림마원 등의 마도 세력을 일소하면서 일백 년이 지난 지금에야 자신들의 야망을 펼치려 하는지, 그 모든 것이 의문투성이였다.

"만석 아우?"

만석이 거의 넋이 나간 것처럼 생각 속에 침잠해 있자 운산이 의아성을 발했다. 그제야 생각 속에서 화들짝 깨어난 만석이 겸연쩍게 웃었다.

"핫하하, 아닙니다. 형님의 말씀을 들어보니 왠지 복잡한 생각이 들어서……."

말을 중도에 얼버무린 만석이 입술을 질끈 깨물었다.

'뭐가 어떠랴. 내 앞길을 무엇이 막든 개 패듯이 두드려 길을 열어갈 뿐 골머리를 썩일 것이 무엇이 있다는 말인가.'

복잡한 것은 가장 단순한 방법으로 헤쳐 나가면 된다.

만석이 묵아의 손잡이를 부서질 듯 움켜쥐자 딱딱한 촉감이 손아귀에 아프게 닿아왔다.

"그자들이 확실한가?"

"그렇습니다. 놈들이 출구로 향했다는 신호를 받았습니다."

폭포수 아래, 둘레 십여 장 정도의 깊은 소 옆 모래사장에는 조원형과 두견 등 몇몇이 서서 폭포를 올려다보고 있었다.

한낮의 강렬한 햇살이 무척이나 따가웠는지 조원형은 손을 이마 위에 올리고 눈에 그늘을 만들고 있었다.

"좋아, 놈들만 잡으면 모든 일은 끝난다."

두견의 보고를 받으며 입가에 미소를 짓고 있던 조원형은 잠시 금태원을 떠올렸다.

금태원은 무림맹의 거소로 돌아가 금기린을 돌보고 있을 것이다. 금태원이 관심을 가지는 것은 오직 하나, 생사마의의 생사 여부였다. 자식의 얼굴을 원래대로 돌리려는 부정은 당연했지만 지금은 길게는 삼백 년, 짧게는 백 년을 기다려 온 대계가 완성되는 시점이었다.

이미 무림을 이끌어왔던 중심인물들의 대부분이 지하에 파묻혔다. 일부는 익사해서 폭포수를 통해 떨어지기도 했고, 부상당하거나 정신을 잃은 자들은 보자마자 제거해 버렸다.

계획대로 무림은 대혼란의 시기를 맞이했고, 여기에 무림맹주라는 자리는 더더욱 환생교 천하를 이루는데 초석이 될 것이다.

'그런데!'

금태원은 그 중대한 위치와 역할을 망각하고 자식이라는 작은 일에 얽매여 있는 것이었다.

'필히 제거해야 할 자! 이미 지하의 일은 재림한 죽림마원의 음모라고 공식 발표를 했으니 놈들을 쫓는다는 명목으로 말을 안 듣는 자들을 쓸어버리면 곧 우리의 천하가 올 텐데.'

가끔 느끼긴 했지만 금태원은 환생교의 직전을 이었으면서도 교에 대한 믿음이 엷었다. 긴 세월 동안 지하에서 절치부심한 수만 교도들의 희생을 교주라는 자가 경시하다니. 이는 결코 용납할 수 없는 일이었다.

'백만 교도의 이름으로 금태원을 제거한다!'

조원형의 입가에 자신만만한 미소가 떠올랐다.

"다시 한 번 경계 태세를 살펴보고 만일의 경우에 대비해서 그자들을 근처에 끌어오도록!"

단호하게 지시를 하면서도 조원형은 여유가 있었다. 금룡대의 이백여 인원은 이미 폭포수 밑을 포위하고 두 사람이 폭포에서 떨어져 내리기를 기다리고 있다.

그러나 굳이 그럴 필요가 있을까?

그 다음에도 무적문이니 뭐니 하면서 무림맹에 침입했다가 지하에 떨어진 자들을 잡아놓은 것이다.

'크큭. 천둥벌거숭이 같은 무식한 놈들!'

배일도라 했던가? 그 목청만 큰 멍청이를 생각하면 조원형은 지금도 웃음이 나왔다. 대견 만석이란 놈은 지금까지 억수로 운수가 좋아 살아났다고 하지만 수하들의 목숨으로 위협하면 나 몰라라 도망칠 수 있을까?

거기다 그것이 끝이 아니었다. 실로 조원형 자신이 생각해도 완벽한 음모. 소이와 우거형을 이용한 계획이 준비되어 있는 것이다.

"형님!"

그때, 빠르게 그가 있는 곳으로 접근하는 인영이 있었다.

“오오, 영아! 어서 오너라.”

금룡대주인 동생 조영을 맞는 조원형이 반색했다.

무림 전역에 만석과 죽림마원의 흉계를 퍼뜨리는 일을 맡은 그가 예상보다 일찍 도착한 것이다.

“가까운 문파들은 벌써 백 리 밖에 도착했어요.”

무림맹에서 공식 발표한 대로 죽림마원의 음모에 사형제나, 스승, 부모, 형제 등등이 희생된 문파에서 분노에 차 달려오고 있는 것이다.

형과 달리 뾰족한 턱에 간사하게 생긴 얼굴, 잔머리 쓰는 것이라면 형보다 한 수 위라는 조영이었다. 이미 형의 계획을 듣고 천하 제이인자로서의 꿈을 꾸기 시작한 그의 얼굴에 활기가 넘쳤다. 그런 그가 오늘은 믿음직스러워 보여 조원형은 흐뭇하게 웃었다.

“그래, 좋아. 수고가 많았다.”

“헷헤헤. 무슨 말씀을요. 다 형님이 만들어놓은 일에 약간의 수고를 한 것뿐이지요.”

조영은 야비하게 웃었지만 평소와 달리 조원형은 그마저도 정답게 보였다. 형제가 힘을 합쳐 대업을 추진하고 있으니 못할 일이 무엇인가 하는 내심이 표정에 드러나고 있었다.

‘크크크. 한심한 놈들. 너희들에게는 생사마의, 우창출 등을 희생물로 준비하고 있지.’

조원형은 계획이 착착 맞아떨어진다는 생각에 기분이 너무도 흡족했다. 절로 터져 나오는 광소를 막느라고 그의 얼굴이 묘하게 찡그려졌다.

'응? 형님의 표정이 왜 저렇지?'

조영의 의아한 눈길을 슬쩍 비켜나면서 조원형은 새털 같은 흰 구름만 둥실 떠가는 푸른 하늘을 올려다보았다.

삼중, 사중의 물샐틈없는 계획. 분노에 차서 달려오는 중원 제파의 군웅들은 이유도 모른 채 죽을 것이다.

'아니, 죽림마원의 마수에 치를 떨면서 죽어가겠지.'

그렇게 되면 무림의 각 문파는 자파의 중심인물들을 잃은 데 그치지 않고 쓸 만한 인재는 대부분 사라지는 셈.

이것이 바로 환생교가 일백 년을 준비한 대계의 끝이었다.

'그런데, 대체 이 계집들은 어디로 갔지?'

그러던 조원형의 얼굴이 진짜로 찌푸려졌다.

예의 주시했던 북해빙궁주 빙매향 등의 행방이 지금껏 묘연했던 것이다.

'아냐. 지하 통로에 들어갔으니 지금쯤 어딘가 지하에 묻혀 있을 것이다. 그렇지 않다면 아직도 종적이 발견되지 않을 리가 없지.'

조원형은 애써 마음을 달래며 눈길을 내렸다. 그들이 설령 살아 있다고 해도 대세에는 전혀 관계가 없으리라.

"아아, 만석 오라버니는 어떻게 되었을까요?"

수로를 무너뜨릴 듯 험한 물결 소리 속에서 여인의 안타까운 목소리가 흘러나오는 곳은 수로의 출구에 가까운 비동(秘

洞)이었다.

"너무 걱정 말아라. 이 어미가 보기엔 위험은 있어도 단명할 상은 아니었단다."

빙한설의 말을 받아 대답하는 것은 북해빙궁주 빙매향이었다.

그리고 그녀의 옆에는 두 사람이 더 있었는데 바로 남해 보타문의 검후 혜량 신니와 송아라였다.

빙정과 열화정이 상충해서 지하대전이 무너져 내릴 때, 평소 교류가 있던 빙매향의 도움을 받아 목숨을 구했던 것.

"아미타불. 정파의 인물이 아닌 것이 애석할 뿐 정말 놀라운 청년이었어요. 본니도 그 시주는 분명히 살아 있을 것이라고 믿고 싶네요."

'어머, 사숙께서 웬일이야?'

송아라는 묘한 눈으로 그녀를 보았다. 입이 맵고 사람에 대한 평가가 박하기로 소문난 사숙이었다. 게다가 만석과 처음 만났을 때는 무림공적이라고 대놓고 죽이려고 하지 않았던가.

"홋호. 넌 왜 그리 내 얼굴을 뚫어지게 보느냐? 뭐 이상한 게 묻었어?"

송아라의 눈길이 따가웠는지 검후가 겸연쩍게 웃었다. 그녀 자신도 송아라와 비슷한 생각을 한 것 같았다.

"아, 아네요. 그런데 빙궁에서는 미리 금가의 음모를 알고 있었던가 봐요?"

사숙이 면구스러워하자 송아라가 자연스럽게 말을 돌렸다.

‘홋호. 이 아이는 볼 때마다 지혜로운 것이 우리 한설이가 배울 점이 많겠어.’

평소 까탈스럽기나 하고, 특히 만석을 만난 이후로는 그의 주변에 있는 예쁜 여자들만 보면 쌍심지를 돋우던 빙한설이 송아라에겐 보자마자 언니라고 불렀던 것을 기억한 빙매향이 입가에 부드러운 미소를 띠었다.

“호호호. 그랬어요. 그렇지만 이렇게 거의 무림을 말살하려는 거대한 음모를 꾸미고 있을 줄이야 어떻게 알았겠어요?”

송아라는 그녀가 뭔가 숨기는 느낌을 받았다. 하지만 지금은 거기에 연연할 때가 아니었다.

“역시 그랬군요. 그런데 동굴이 무너지자마자 처음부터 수로의 출구로 오신 것은 그 대견이라는 사람 때문인가요?”

“그래요. 금태원의 음모는 당장 어떻게 할 수 없는 일이었네요. 무엇보다 그 청년이 화룡의 내단과 만년빙과를 먹어치웠으니 그는 이제 싫어도 모든 일의 중심이 될 수밖에요.”

그녀는 딸 한설이 만석을 구하자고 졸라댔다는 말은 하지 않았다. 그럴 필요가 없는 것이다.

‘호홋! 그러지 않아도 잔뜩 주의를 기울이고 있었는데 화룡의 내단과 만년빙과를 먹었으니 어찌 내 손에서 벗어날 수 있겠느냐?

“아미타불. 대견 만석 시주가 그러한 영물을 먹었다면… 쯧쯧… 불측한 무리들이 그의 피를 먹자고 달려들지도 모르겠군요.”

“네, 걱정이에요. 얼마나 그 피가 효력이 있을지는 몰라도 강호의 속설이 그러하니…….”

빙매향이 깊은 한숨을 내쉬며 걱정하자 빙한설의 얼굴이 하얗게 질렸다.

“어, 어머니. 어떡해요?”

“홋호. 요런 맹추 같으니. 그래서 우리가 그를 보호하려고 목을 빼고 기다리고 있는 게 아니냐?”

“아참, 그렇네? 호호호. 어머니가 보호해 주신다면 안심이에요.”

그녀의 울상이 된 얼굴이 활짝 펴지자 이번엔 송아라의 콧잔등에 주름이 살짝 생겼다.

비록 간단한 운기조식으로 어느 정도 기력을 회복했다지만 앞길은 암담할 뿐이었다.

그렇다고 뒤로 돌아갈 수도 없었다. 그 머나먼 길을 돌아가 봤자 남아 있는 것은 막힌 통로밖에 없을 것이다.

두 사람이 침묵하며 생각에 잠겼지만 정면 돌파 외에는 길이 없다는 것은 분명했다. 답답한 노릇이었다.

“제기. 여기 있다가는 굶어 죽겠어.”

운산이 또 투덜거렸다. 그렇지 않아도 배와 등이 맞닿은 것처럼 허기가 극심했다. 게다가 동굴은 습습한 데다 한랭해서 어쩌면 얼어 죽을 가능성도 있었다.

“홋. 굶어 죽기 전에 얼어 죽겠습니다.”

뼛속으로 끊임없이 한기가 스며들어 내공을 운기하지 않으면 한시라도 견디기 어렵다. 문제는 며칠을 굶었으니 내공마저 정상적으로 소통이 안 되는 것이다.

"운산 형, 갑시다."

만석이 몸을 벌떡 일으켰다. 행동으로 옮기기로 했으면 뒷일은 생각할 필요가 없다.

"응? 어디선가 수런거리는 음성이 들리는 것 같구나."

빙매향이 귀를 쫑긋 세우는 표정을 하자 검후가 바로 반응을 보였다.

"그렇네요. 두 사람 같아요. 거리는 삼십여 장쯤 될까요?"

송아라와 빙한설이 저도 모르게 서로를 마주 보았다.

물살이 거칠게 흐르다 폭포수가 되어 떨어지는 굉음 때문에 목소리를 높여야 서로 말을 알아들을 수가 있었다.

그런데 삼십여 장 밖의 대화 소리를 알아듣다니.

"홋호호. 너희들도 열심히 공부를 하면 언젠가는 이렇게 된단다."

빙매향이 소리 내어 웃다가 신형을 박찼다. 창공을 선회하는 한 마리 제비처럼 그녀의 신형이 번뜩하니 장내에서 사라졌다.

북해빙궁의 절기인 천류비연(天流飛燕)의 경공이었다.

'과연 대단하구나.'

그녀의 뒤를 쫓던 검후 혜량은 감탄하고 말았다.

　실로 보타문의 연화표풍비(蓮花飄風飛)에 절대 뒤지지 않는 고절한 경신법이었다.

　‘음? 이 기운은?’
　막 물속으로 뛰어들려고 하던 만석은 향긋한 체취와 더불어 물찬 제비와 같은 그림자가 와락 다가옴을 느꼈다.
　만석이 허리의 묵아를 꺼내 막 천풍파를 시전하려고 할 때,
　“저예요.”
　귓속에 또렷이 박히는 음성이 들렸다.
　“아, 아니. 빙궁주님?”
　만석이 경계를 완전히 풀지 않고 목소리만 높이자 그의 옆에 내려앉은 빙매향이 인자한 웃음을 흘렸다.
　하지만 그녀의 눈동자 속에서는 놀라움이 가득 깃들어 있었다.
　만석이 기세를 막 떨쳤을 때 온몸을 옭아매는 듯한 엄청난 기운에 그녀도 잠시 진기가 단절되는 경험을 한 것이었다.
　“여기는 두 사람밖에 없나요?”
　묻지 않아도 될 질문을 하면서 그녀는 만석을 빠르게 훑어보았다.
　갈가리 찢어진 옷 사이로 깊고 얕은 상처들이 눈에 띄었지만 치명적인 부상은 없어 보였다.
　“그런데 궁주께서는 어디에 있다 나오신 게요?”
　혜량 신니의 회색 승포는 여기저기 찢겨져 있었지만 수수한

궁장 차림의 빙매향은 옷도 멀쩡했고 얼굴 또한 전혀 고생한 티가 없었다.

운산의 물음에 이어 만석도 약간의 의심스러운 눈길을 보내자 빙매향이 가볍게 대답했다.

"호호. 이 지하 비밀 통로의 존재는 우리도 아주 옛날부터 알고 있었지만 금태원 무리가 어떤 음모를 꾸미는지는 알 수 없었어요. 실은 그 음모가 무엇인지 알아보려고 본 궁주가 여기에 온 것이에요."

'역시 여러 세력이 이 지하 세계의 존재를 알고 있었구나.'

그녀의 말에서 자신의 짐작을 확인하게 되자 만석은 착잡한 마음이 들었다. 금태원이나 초로, 그리고 이번에는 빙궁까지.

실로 여러 군데서 이곳을 알고 있었는데도 백여 년이나 소리 소문없이 묻혀왔다는 것은 무엇을 뜻하는 것일까?

어떤 변명이나 사족을 붙여도 이들 모두가 강호의 안위나 많은 사람들의 목숨을 담보로 세력 싸움을 해왔다는 것이었다.

'훗. 그렇다면 북해빙궁도 무림제패를 욕심내고 있다는 것?'

무적초자에 대한 거의 전적인 신뢰가 깨어지다 보니 이 지하 세계를 알고 있던 세력 모두 흑심이 있었던 것으로 생각이 든다.

만석이 묵묵히 그녀의 얼굴을 보고 있자 빙매향이 고개를 저으며 말을 이었다.

“대견 소협은 내 행동이 마음에 안 드는 표정이군요. 하지만 이 일이 터지기 전에는 금태원의 음모에 대해 누가 어떤 말을 해도 믿지 못했을 거예요.”

“궁주께서 굳이 변명하실 것은 없습니다. 제가 속칭 협의지사가 아닌 바에야 지금 와서 문제를 삼을 이유가 없지요.”

만석이 선선히 넘어가자 빙매향이 살짝 미소를 짓더니 얼굴을 돌렸다.

“저분은?”

“아아, 참. 저분은 운산이라고 합니다. 우연히 만나긴 했지만 의기상통해서 제가 형님으로 모시고 있지요.”

“운산입니다.”

만석의 소개에 운산이 마지못해 고개를 숙였다.

“아, 이제 보니 운 대협이셨네요. 빙매향이에요.”

“아미타불, 반가워요. 본니는 혜량이라고 해요.”

서로 인사를 나누긴 했지만 처음 듣는 이름이었다. 빙궁주와 혜량 신니가 잠시 얼굴을 마주 봤지만 모른다는 것만 눈빛으로 확인할 수 있을 따름이었다.

겉으로 봐선 왜소하고 얼굴이 추레해서 누구에게도 경각심을 주지 않을 만큼 보잘것이 없어 보인다. 그러나 만석이 형님이라고 부른다면 그 또한 범상치 않을 것이고. 범상한 자라면 이 지하 통로에서 수많은 위험을 이기고 살아남지 못했을 것이다.

‘무엇보다 대견과 무척 친해 보인다.’

두 사람 사이의 친밀한 분위기를 쉽게 눈치 챈 빙매향이 내밀하게 눈을 빛내다 몸을 돌렸다.

"자, 여기서 떠나요."

그때 그녀의 표정을 주시하던 운산은 가슴속에서 뭔가 쿵 소리를 내며 떨어지는 것 같아 몸이 휘청했다.

사십이 넘은 빙매향의 황홀한 미소. 다른 사람에게는 중년 여인의 가벼운 웃음에 불과했지만 운산은 잠시 정신을 차릴 수가 없었다. 그러고 보니 가볍게 발을 박차는 그녀의 손짓, 몸짓 모두가 그에게는 매혹의 물결이 되어 그의 가슴속에 스며드는 것이다.

"운산 형, 왜?"

만석이 휘청하는 운산의 팔을 붙들자, 운산이 쑥스러운 미소를 지었다.

"아, 아닐세. 갑자기 다리가 풀려서 그래."

허겁지겁 변명을 하면서도 운산의 눈길은 빙매향의 얼굴을 스쳐 지나고 있었다.

'홋호호……'

그러나 그녀는 알 듯 모를 듯한 미소를 지으며 속으로 교소를 터뜨리고 있었다.

그런 두 사람의 표정을 흘깃 살피던 혜량 신니의 얼굴이 살짝 찌푸려졌다.

뭔가 이상한 느낌이 들어서일까. 그녀의 표정은 왠지 묘했다.

‘여기에 이런 곳이 또 있었다니.’

만석들이 빙매향이 있던 비밀 통로로 들어가며 혀를 내둘렀다.

바깥에서는 충충이 가로막은 돌벼락 때문에 내부를 알 수 없는 비밀 통로였다.

“어머, 만석 오빠!”

만석이 통로로 들어가자마자 빙한설이 비명 소리 같은 환성을 지르며 만석에게 안겨왔다.

“핫하. 정말 오랜만이구나.”

만석도 그녀의 반김이 싫지 않은지 잠시 그녀를 안고 둥글게 파인 석실 안을 둘러보았다. 만석의 안력은 절로 날카로워져 있었다. 동굴의 깊숙한 곳에서는 작은 샘물이 있어 퐁퐁 맑은 소리를 내는 느낌이 드는데 그 옆에 항아리 모양으로 파인 작은 구멍도 눈에 띄었다. 그리고,

‘아니, 저 여인은?

만석이 그 옆에서 안쓰러운 눈으로 쳐다보는 한 여인을 보고 눈을 빛냈다.

짙은 어둠 속에서 또렷하게 떠오르는 달덩이 같은 얼굴과 미려한 굴곡을 이룬 늘씬한 몸매. 송아라였다.

“정말, 정말 반가워요. 여기서 만날 줄은 미처 생각지도 못했군요.”

반가운 표정을 애써 숨긴 듯한 목소리. 그러나 만석은 그녀의 태도에서 반가움보다는 도도함을 느끼고 있었다.

'나를 알아봤다는 것인가?

단 한 번의 만남이었다. 하인 만석으로서는 까마득한 상전의 딸이니 기억이 나겠지만 그녀는 만석의 출신만을 염두에 두고 있을지도 몰랐다.

"반갑소."

그의 몸을 끌어안고 어쩔 줄을 모르는 빙한설을 슬쩍 몸에서 떼어낸 만석이 간단하게 대꾸했다.

'흥! 괘씸한 놈. 하인 놈 주제에 조금 이름이 났다고 오만하게 구는구나.'

송아라의 안색이 싸늘하게 굳었다.

그녀로서는 십 년 전 어린 시절의 첫 만남을 다시금 반추할 수밖에 없었다. 그때도 그녀를 소이라는 주방 하인에게 떠밀다시피 하고는 떠나 버렸던 것이다. 그리고 십 년 만의 만남. 처음 만석이 그녀를 알아보지 못하는 것 같아 섭섭했지만 만석의 인도로 어려움을 극복하면서 그에 대한 약간의 관심이 생긴 것은 사실이었다. 그런데 이 모멸감은 무엇이란 말인가.

"나를 따라 와요."

잠시 시간이 흐르자 빙매향이 앞장서 사람들을 이끌었다.

처음에는 막힌 벽으로 길을 안내하는가 했더니 돌벽에 돌출된 부위를 누르자 벽 한쪽이 밀리면서 두 사람이 엇갈려 지나갈 만한 통로가 드러나는 것이었다.

"아미타불. 대단하네요. 중간 비밀문을 설치해 놓았으면서도 인공을 가미한 흔적이 없네요.”

원래 솔직한 심성의 혜량 신니가 참지 못하고 감탄사를 터뜨렸다. 그녀의 말마따나 좌우 벽이나 천장, 그리고 바닥에서 튀어나온 돌부리는 사람이 손을 써 다듬은 흔적이 없었다.

“호호. 신니의 말씀대로 이곳의 자연지형을 이용해서 기관을 설치했지만 그도 얼마 되지 않았답니다. 이제 우리가 이곳을 벗어나면 다시는 사용할 이유가 없겠지요.”

그녀의 마지막 말은 약간의 아쉬움이 뒤섞여 있는 것 같았다.

‘쿳. 만년빙과와 화룡의 내단을 구하지 못한 것이 섭섭했던 것인가?

그러나 만석으로서도 만년빙과는 그의 막혔던 혈맥을 뚫어주는 역할에 그치고 말았다. 화룡의 내단과 만년빙과를 함께 먹어야 큰 효력이 있을 텐데 만석은 화룡의 내단을 먹지도 못했고 정신을 잃고 떨어지는 사이에 잃어버리고 없었다.

그러나 만석은 이처럼 몸에 활력이 넘치는 것만으로도 충분했다.

“자, 이제부터는 조심하세요. 가능하면 말소리를 내지 않는 게 좋겠어요.”

뱀의 몸통처럼 구부러진 길을 백여 장쯤 갔을까? 앞장서 있던 빙매향이 소곤거리듯 말했지만 그녀의 음성은 다섯 사람의 귀에 또렷이 들리고 있었다.

‘과연 지고한 내공을 가지고 있구나.’

만석은 그녀의 음성을 듣고도 전혀 표정의 변화가 없었지만 혜량 신니의 놀라움은 작지 않았다. 사실 여러 차례 느끼긴 했지만 보타산의 최고수라는 자신이 빙매향을 이길 수 있을까, 아니, 평수라도 이룰 수 있을까 생각해 보면 절로 고개를 젓게 되는 것이었다.

빙매향이 주의를 준 이유는 바깥에서 그물을 쳐놓고 기다리고 있을 금태원 등의 이목을 우려해서였다.

처음에는 건조한 느낌마저 드는 동굴 속이었다.

그런데 갈수록 조금씩 동굴의 사면에서 물이 흘러내리고 우렁찬 폭포수 소리가 들리는 것을 보면 그들은 폭포수 안쪽의 통로로 가고 있다는 반증이었다.

"어이쿠!"

운산이 어디에 정신이 팔렸는지 바닥을 흐르는 물길에 미끄러지며 소리치자 빙매향의 눈초리가 날카롭게 변했다.

'멍청한 놈! 아예 티를 내는구나.'

그녀는 운산이 발을 헛디딘 이유를 알고 있었다. 바로 그녀의 얼굴에 한눈을 팔다가 미끄러진 것이다.

'빙궁주가 저런 표정을?'

구불거리는 통로에서 맨 뒤를 따라오다가 마침 그녀의 얼굴을 정면으로 보게 된 만석의 눈빛에 강한 의문이 서렸다.

언제나 인자한 모습의 빙매향의 얼굴이 저처럼 싸늘해질 때가 있다니. 그야말로 빙정의 한기를 똑바로 쐬는 것처럼 몸이 바싹 얼어붙는 느낌이 들었다.

‘하기야 그렇기도 하겠지.’

들키면 모두가 온전치 못할 상황이다. 사실 아무런 관계도 없는 운산 때문에 자신이나 딸에게 위해가 간다면 누구나 그럴 것이다. 만석은 그렇게 이해를 하고 지나갔다.

그러나 만석의 바로 앞을 가던 혜량 신니의 눈빛은 만석과 또 달랐다.

‘이상하구나. 언제부터인가 운산 시주가 이상해졌어. 가끔 빙궁주의 얼굴을 보고 멍하니 있을 때가 있어. 설마 무슨 술수를 부린 것은 아니겠지?

그러나 그녀는 섣불리 단정 지을 수가 없었다. 나이로 보면 빙매향이 위이긴 하겠지만 몇 살 차이가 나지 않으니 두 사람 간에 정분이 나도 이상치 않다. 그것이 운산 혼자만의 짝사랑이라면 더욱 그러할 것이다.

차츰 폭포수의 물소리가 멀어지며 약간은 건조하면서도 후텁지근한 열기를 품은 공기가 다가오고 있었다.

세상을 온통 태워 버릴 듯한 열화지정의 열기를 겪은 사람들에게는 거의 느껴지지 않을 만큼의 미약한 열기였지만 만석은 출구가 멀지 않았음을 대번에 느낄 수 있었다.

바깥은 아직도 한여름의 열기로 뜨거운 한낮이리라.

‘아아, 드디어 바깥세상으로 나가게 되었구나.’

가슴이 제멋대로 쿵닥거리고 벅찬 감격으로 눈시울이 뜨거워졌다. 한 걸음, 또 한 걸음 나갈 때마다 생명의 활력이 살아나는 것 같고, 가슴속을 휘돌기 시작한 활력이 또 다른 발걸음에 힘을 나눠주고 있었다.

그런 만석의 느낌이 전염이 되었을까.

일행의 발걸음마다 활기가 차고 넘친다는 느낌과 더불어 빛의 알갱이가 부서지며 사람들의 눈 속으로 뛰어들었다.

그들이 나온 곳은 폭포의 반대편 절벽꼭대기였다. 암석이 겹겹이 쌓여 있어 가까이 올라오기 전에는 인기척을 눈치 챌 수 없는 곳이었다.

"하아, 정말 좋구나."

주변에 아무도 없음을 느낀 만석이 소리를 내어 중얼거리며 온 누리의 공기를 모두 흡입할 것처럼 숨을 깊이 들이켰다.

아직도 따가운 햇살, 오랜만에 보는 정오의 햇살이 만석들의 얼굴 위로 환하게 부서져 내렸다.

'이게 무슨 소리지?

처음에는 같은 패끼리 말다툼하는 줄로 알았다.

하지만 그 목소리는 귀에 익을 정도가 아니었다. 그야말로 심금을 울리는 고함 소리에 만석의 가슴이 쿵하고 내려앉았다.

"이 좆같은 새끼들아! 날 어디로 데려가는 것이여?"

이백여 장이 넘는 거리, 게다가 절벽 끝에서 땅바닥 사이로는 바람이 횡횡거리며 공간을 밀어젖히고 있다. 가까운 거리에서도 목소리가 흐트러져 음색을 알아듣기 힘든 거리. 그러나 만석의 귓전에는 바로 옆에서 말하는 것처럼 생생하게 들렸다.

'배일도! 틀림없다. 놈들에게 사로잡혀 끌려가는 모양이구
나.'

만석의 귀가 더욱 쪼뼛해지면서 눈빛에선 격렬한 화염이 불
타오르는 것 같았다. 만석의 전신에서 급작스러운 기세가 폭
출되자 양옆의 바위가 바스러지는 소리가 들렸다.

파싹!

바위의 일부가 모래로 화하는 소리에 빙매향이 만석에게 얼
른 눈짓을 보내며 전음을 보냈다.

"아는 사람인가요?"

그러나 만석은 개미처럼 작아 보이는 십여 명의 인영 가운
데를 눈을 부릅뜨고 노려볼 뿐이었다.

"이 개잡놈들아! 어서 죽여라! 대체 날 어디로 끌고 가는 거
냐?"

"에라, 이 눈깔 까진 새끼가 아직도 힘이 넘치는 모양이네?"

퍽!

말끝에 주먹으로 머리통을 후려치고 발로 짓밟는데도 입술
을 앙다문 배일도의 기세는 줄어들지 않았다.

"퉤에! 개새끼들. 어디 너희들 마음대로 해봐라. 나는 이대
로 죽어도 언제고 내 만석 사형이 네놈들을 모조리 목 없는 귀
신으로 만들어 버릴 것이여."

갈가리 찢겨진 옷 사이로 새로운 핏물이 꾸역꾸역 스며 나
오고 있었다.

입을 열어 말할 때마다 군데군데 빠진 이빨 사이로 왈칵대며 핏물이 흘러나와 제 모양을 잃은 부어터진 입술 양쪽으로 줄줄이 뱉어졌다.

그러면서도 만석을 언급하는 배일도의 음성은 자신감으로 가득 차 있었다.

"크크크. 그만 꿈을 깨는 게 어때? 네놈의 어린 사형은 지하에 파묻혀 지옥에서 네놈을 기다리고 있을걸?"

돼지면상을 한 금빛 옷의 장한이 배일도의 엉덩이를 걸어차며 이죽거렸다.

"크흐. 만석 대사형이 죽었으면 나는 왜 살려주느냐? 아무리 몸이 만신창이가 되었어도 머리마저 엉망진창된 것은 아녀. 크크큭. 나를 어디에 이용해 먹으려고 하는지 몰라도 다 소용없는 짓이여!"

'배일도… 그래, 난 죽지 않았어. 내가 살아 있는 한 네가 먼저 죽을 수는 없는 거야.'

만석의 붉게 충혈된 눈동자에 온몸에 피칠갑을 한 배일도의 처참한 모습이 점점 확대되어 들어오고 있었다.

뻐억! 퍼억, 커억!

몇 차례 더 매질이 이어지고 배일도는 정신을 잃은 듯 축 늘어진 채로 흙바닥을 끌려가고 있었다.

'저, 저 죽일 놈의 새끼들을!'

배일도가 당하는 모습을 본 만석은 양쪽 눈자위로 벌거스름한 눈물방울이 떨어지고 있었다.

‘아, 아미타불. 저건 피눈물이 아니던가.’

더 이상 참지 못한 만석이 뛰쳐나갈 듯하자 한쪽 팔을 잡은 빙매향 대신 이번엔 혜량 신니가 만석의 다른 쪽 팔을 부여잡으며 전음을 보냈다.

“대견 시주, 경거망동하면 안 돼요! 저놈들의 복색을 보면 바로 금가의 무리들. 주변에는 놈들로 꽉 차 있을 겁니다. 지금 무작정 떨어졌다가는 저 시주도 구하지 못하고 모두 위험에 빠질 뿐입니다.”

‘으으으음!!’

이를 악문 만석의 입술에서 선명한 핏방울이 터져 나와 턱선 위로 흘러내렸다. 그러나 만석의 회음전성은 또렷했다.

“두 분 다 내게서 손을 놓으십시오. 다행히 저놈들 외에 주변에는 다른 자들이 없는 듯하니 곧바로 행동으로 들어가야겠습니다.”

‘어, 어느새……?

빙매향과 혜량 신니는 놀랍지 않을 수 없었다. 금방이라도 격렬한 노염으로 신지를 잃어버릴 것 같던 만석이었다. 그런데 잠시 진정을 하자 금세 주변의 상황을 파악하는 것이었다.

“괘, 괜찮겠어요?”

빙매향이 여전히 손을 놓지 않은 채 걱정스러운 음성으로 묻자 만석이 괴로운 웃음을 지었다.

“크훗. 저기에 내 사제가 있는 이유는 나 때문입니다. 나를 구하려고 먼 길을 달려왔을 겁니다. 나는 듣지 않아도 그걸 압니다. 저 사람이 죽으면 나는 살아도 산 것이 아니겠지요.”

전음이었지만 실은 누구의 답변도 기다리지 않는 만석의 독백이었다.

‘그런데 배일도가 왔으면 관 대형이나 유식한은 어떻게 되었다는 말인가.’

만석이 아직도 자제하는 이유는 단 하나, 바로 배일도 외에 두 사람이 보이지 않아서였다.

군데군데 밤나무 숲이 있기는 하지만 가까이에 다른 사람의 인기척은 느껴지지 않고 있었다.

‘지금은 일도를 구하는 데 전념하자.’

만석은 자꾸만 가슴을 채워 오르는 의문을 간신히 접었다. 일단 배일도를 구하면 금방 알게 될 일이었다.

“나 혼자 갑니다.”

두 사람의 손을 뿌리친 만석이 암석을 가볍게 박차고 밑으로 신형을 떨어뜨렸다. 다리를 밑으로 해서 떨어져 내리며 수장마다 튀어나온 나뭇가지나 풀 더미를 잡는 만석의 동작은 무척 유연하게 보였다. 그러나 높이 이백 장이 넘는 깎아지른 절벽을 내려가는 것은 결코 쉬운 일이 아니었다.

가끔씩 위태롭게 미끄러지면서도 만석의 신형이 바닥에 도달하자 빙한설과 송아라는 자기도 모르게 긴 안도의 한숨을 쉬었다.

‘어, 어머? 내가……?

송아라가 자신의 한숨 소리에 화들짝 놀라 주변을 둘러보았지만 다행히 그녀를 응시하는 눈길은 없었다.

'절벽은 오르기보다 내려가는 것이 수배는 어렵다. 그런데도 저렇게 수월하게……'

빙매향의 눈길이 더욱 표독스럽게 변했다. 물론 저 정도라면 자신이 더욱 능숙하게 내려갈 수 있을 것이다. 하지만, 자신은 벌써 사십대 중반이었고 만석은 그 반밖에 안 되는 나이다.

'십 년, 아니, 겨우 일이 년만 더 지나면 상대하기 쉽지 않을 것이다.'

새파랗게 빛나던 그녀의 눈길이 절로 빙한설에게 돌려졌다. 손에 땀을 쥐며 만석을 주시하던 그녀의 눈에 소담한 미소가 피어오르고 있었다.

'하아, 어떡하지? 딸아이는 저 사람을 사랑하는 듯하구나.'

그러나 지금까지 꿈꾸어왔던 모든 것을 포기할 수 있을까. 여인천하! 그녀의 모든 것은 여기에 맞춰져 왔다. 심지어 옷을 입고, 밥을 먹고, 물을 마시는 순간에도. 남편 빙백신군과의 잠자리에서 쾌락에 흐느껴 울면서도 그녀는 여인천하를 꿈꾸어왔던 것이다.

'또 다른 빙백신군은 절대로 만들 수 없다.'

그녀의 날카롭게 치켜뜬 눈초리가 바르르 떨렸다.

금의인들이 배일도를 질질 끌며 적송 숲으로 자취를 감추자 만석이 은밀히 그들의 뒤를 따라잡았다.

"이자를 들쳐 업어라. 이러다간 대견 그놈을 잡는 데 미끼로

쓰긴커녕 송장을 만들고 말겠어."

지금까지 부하들이 하는 대로 내버려 두던 조영이 쥐 눈깔을 번뜩이며 금룡대(金龍隊) 수하들에게 명을 내렸다.

암영대, 백혼대, 금룡대 등 금가삼대무력 중 조원형의 직할 부대랄 수 있는 금룡대는 모두 금빛의 경장을 걸치고 있었고 복면이 아닌 맨 얼굴이었다.

"옛, 알겠습니다."

그 즉시 얼굴이 말 머리같이 긴 장한, 조영의 심복으로 제일 향주 장원우가 깊숙이 머리를 숙이며 즉시 복명했다.

"아, 아니, 속하에게 맡겨주십시오."

"아냐, 됐어!"

자신들의 상전이 직접 정신을 잃고 축 늘어진 배일도를 직접 업자 옆에서 다른 부하들이 너도나도 달려들었지만 장원우는 한사코 배일도를 업었다. 체구가 별로 크지 않은 장원우가 커다란 덩치를 자랑하는 배일도를 업으니 애가 어른을 업은 것처럼 우스꽝스럽고 위태롭게 보였지만 아무도 웃을 생각을 하지 못했다. 게다가 온몸에 피칠갑을 한 배일도를 업다 보니 그의 등때기부터 바짓가랑이까지 핏물이 잔뜩 묻었지만 장원우는 전혀 개의치 않는 표정이었다.

'크흐흐, 바보들. 내가 왜 이러는지 알아? 옷 버리고 기분이 더럽지만 이러면 출세길이 열리는 거야.'

장원우의 속심이었다. 누구나 하기 싫어하는 궂은일을 앞장서 맡는다면 어느 상전이 그를 귀엽게 보지 않을까.

다른 수하들이야 직속 상전이 솔선수범하는 것을 보고 감격스런 눈초리를 했지만 부향주 소주만의 거무튀튀한 얼굴에는 비웃음이 서리고 있었다.

'말 주둥이처럼 긴 놈이 히힝거리면서 아양을 떨고 있구나.'

어느 계층, 어떤 집단이든 구성원 간의 갈등은 피할 수 없다.

소주만은 아첨꾼 장원우를 신용하는 조영도 싫었다.

지금도 장원우를 보는 조영의 시선을 봐도 그가 매우 흡족해하고 있는 것이 틀림없었다.

'에이, 더러운 새끼들!'

그러나 둘 다 싸잡아 욕하면서도 그의 악심은 대부분 장원우를 향해 있었다. 조영에 대한 원망은 그가 한마디 다정한 말만 해도 풀리는 정도의 것. 이것이 바로 소심한 소주만의 한계였다. 그러나 뚜렷한 정의감은 가지고 있지 않지만 요즘 정파인들마저 죽이는 금가의 정체에 대해서 자꾸만 의구심을 가지게 되는 것도 사실이었다. 분위기에 눌려 말은 못하지만 동료들의 일부도 그렇게 생각하는 것을 피부로 느끼고 있어 예전처럼 세가에 대한 맹목적인 충성심도 희미해진 상태였다.

'저 개 같은 놈. 지금 당장 죽어버렸으면 좋겠어.'

소주만은 저 장원우란 놈이 당장이라도 깨갱 하고 개소리를 하고 죽어버리면 더 이상 소원이 없을 것 같았다.

깨갱!

진짜 깨갱 소리였다. 맨 먼저 장원우의 비명 소리를 감지한 소주만이 얼른 그 자리에서 무릎을 박고 엎드렸다. 엎드리는 순간에 보니 장원우의 뒤통수는 이미 깊숙이 함몰되어 핏물이 와락 솟구치고 있었다.

'진짜 개소리가 맞았어.'

남들이 보면 장원우와 동시에 공격을 받고 쓰러진 줄 알겠지만 만석은 그를 힐끗 보고만 지나쳤다.

퍼억, 퍽! 빠악, 빠각! 그르르르…….

시커먼 몽둥이가 짧은 그림자를 끌며 몇 번 전후좌우로 돌았을 뿐이었다. 미처 비명을 지를 새도 없이 여덟 명의 수하들이 모두 지면에 나뒹굴자 조영은 입만 딱 벌리고 그 자리에 굳어버렸다.

"입을 열면 너는 죽는다. 알았으면 고개만 끄덕여라."

보통 칼날 같은 음성이라고 한다. 그러나 만석의 음성은 담담하기만 해서 아무런 위협감도 느껴지지 않았다.

하지만 조영은 큰소리치는 자들보다 저런 자가 더 무섭다는 것을 본능적으로 알고 있었다.

끄덕, 끄덕.

만석이 배일도의 막힌 혈맥을 풀어주고 뒤로 물러난 것은 겨우 반의반 각도 걸리지 않은 짧은 시간이었다.

'눈! 한쪽 눈이 없어.'

배일도의 산발된 머리칼을 들춰본 만석은 심장이 저밀 것처럼 아파왔다. 한쪽 눈언저리는 푹 파여 시커멓게 죽어 있고, 다

른 눈은 눈탱이가 부풀어 올라 실낱처럼 가늘게 뜨여져 있었
다.

'다시는, 다시는 그 부리부리한 눈을 볼 수 없으리라.'

허탈했다. 활화산 같은 분노가 치밀기보다는 슬픔이, 애절
함이 만석의 마음을 채우고 있었다.

"끄으으으……."

'다행히, 다행히도 죽지는 않겠구나. 정말 다행이다.'

배일도가 금방 깨어나는 기미를 보이자 만석이 그를 아픈
눈빛으로 내려다보다 천천히 눈을 들어 조영을 보았다.

그러자 조영이 화들짝 놀라며 얼른 시선을 돌렸다.

'이제 보니 저자는 목불인견 중 대견 만석?'

갈가리 찢겨진 옷이야 배일도와 전혀 차이가 없었다.

그러나 화톳불처럼 타오르는 강렬한 눈빛과 사내의 향취가
물씬한 두툼한 입술, 얼굴은 말라 보였지만 완강한 턱 선은 그
가 기억하고 있는 어떤 자의 인상과 딱 맞아떨어진다.

"크흣. 내가 누군지 아는가 보군. 근데 차림새나 가슴의 금
룡 숫자를 보니 직위가 꽤 높아 보이는 데 어때?"

"저, 저……."

조영이 더듬거리며 말을 꺼내려 하자 만석이 손가락을 입술
에 대며 눈을 찡긋했다.

"쉿! 그대에게 묻는다는 것도 그렇군. 본인보다야 딴 사람이
대답해야 진실이 나올 가능성이 크거든?"

'누, 누가 살아 있다는 말인가?'

얼굴이 누렇게 질린 조영이 막 만석의 눈길을 따라 부하들이 넘어진 곳으로 눈을 돌리자, 겁먹은 표정으로 일어서는 장한이 있었다.

'아, 아니, 저놈은 소주만?'

조영의 누렇게 떴던 얼굴이 시커멓게 가라앉았다.

고지식하기 짝이 없는 성정에 근무 시간에 술이나 처먹고 상전을 치받는 등 미운털이 박혀 뛰어난 무공에도 불구하고 부향주로 머물고 있는 위인이었다. 때문에 자신을 몰라주는 윗사람들에게 불만이 많을 터. 이때를 틈타 자신을 조원형의 동생이라고 일러바친다면 조영은 죽은 목숨이었다.

"난 금룡대의 제일향주일 뿐 고위직이 아니오."

조영은 큰 소리를 낼 만큼 어리석지 않았다. 다만 죽은 장원우의 직위를 대면 아무리 머리가 돌이라도 자신의 의도를 알 것이라는 기대를 하고 있었다.

'크흥. 나보고 당신을 제일향주라고 말해달라 이거지?'

소주만이 비웃음이 담긴 눈길로 힐끗 조영을 보았다.

'저, 저놈이?'

조영은 가슴이 철렁해서 부리나케 만석의 표정을 살폈다.

'헉!'

만석이 다 안다는 표정으로 자신을 응시하고 있지 않은가?

'호, 혹시 저놈이 나를 안다는 말인가?'

"나는 대견 만석. 저자가 누군지부터 말해보실까?"

'대, 대견 만석이라고?'

만석은 그냥 가볍게 지나치는 투로 물었지만 소주만은 정신이 아득할 정도로 놀랐다. 어쩐 일인지는 확실히 몰라도 모두가 눈에 불을 켜며 만석이란 자를 죽이려고 혈안이 되어 있는 상황인 것이다. 그런데 폭포수에서 떨어지는 것만 목을 빼고 기다리고 있었는데 뒤에서 나타나다니.

'으으음. 저자와 싸우면 개죽음만 당할 뿐이다.'

소주만은 어금니를 자근자근 씹으며 정신을 가다듬었다. 말 한마디 잘못했다가는 그대로 끝장이다. 다만, 소주만은 저자의 성격이 작은 일에 연연하지 않는 대범한 성격이라고 듣고 있어 거기에 희망을 걸기로 하였다.

"대답을 해도 죽고 안 해도 죽는다면 안 하고 죽겠소."

'응?

만석이 놀랍다는 눈으로 소주만을 살폈다. 의외로 강단있는 대답이었다.

옷소매라든가 가슴에 새겨진 금룡이 두 마리면 아주 말단은 아니다.

나이는 삼십대 초에, 넓적한 얼굴은 밉지 않게 생겼는데 주먹코는 주변의 얼굴색에 비해 벌겋게 도드라져 있어 약간 우스꽝스런 느낌을 준다. 그러나 소처럼 둥글고 순박한 눈은 그가 적어도 악에 물들거나 야비한 자는 아니라는 증거로 보였다.

그러나 만석이 배일도를 업고 있는 자를 공격하자마자 일부러 쓰러져 죽은 척했던 것을 보면 겉보기와는 달리 적어도 머리는 쓰는 자로 보였다.

"핫핫핫. 멋진 대답이야. 하여간 당신이 죽고 사는 것은 귀하에게 달려 있어. 나는 나에게 도움을 주는 사람을 죽일 만큼 모진 놈이 아니지. 그렇다고 죽여야 할 놈을 살려줄 만큼 마음이 후하지도 않아."

만석이 말을 돌려서 대답하고는 소주만을 빤히 쳐다본다. 과연 어떻게 도움을 줄 테냐.

몇 번씩 얼굴색이 변하던 소주만은 입술을 질끈 깨물며 눈짓으로 거짓말을 해달라고 애원하는 조영을 애써 외면했다.

"저, 저 사람은 조영. 대군사 조원형의 동생이오."

꽥 하고 소리를 지르는 것처럼 말을 내뱉은 소주만이 어깨에서 모든 무거운 짐을 내려놓은 것처럼 허탈한 표정을 지었다.

이젠 어렸을 때부터 자라온 금가를 배신한 놈이 되었던 것이다.

반면 조영의 얼굴은 삽시간에 샛노랗게 변했다.

"오호라, 조원형의 동생이라. 의외로 큰 물고기가 잡혔구나."

만석이 박장대소를 할 듯하며 자신을 응시하자 조영은 뭔가를 해야 한다는 압박감으로 마음이 절로 조급해졌다.

상대가 대견이라면 자신의 보잘것없는 무공으로는 도무지 대적이 안 될 것이다. 또 저 배신자 소주만이라는 놈은 일단 살아난 다음에 해치워도 되는 것이다.

“저, 저… 실은 저자를 잡아가는 것은 대, 대협을 잡으려는 미끼로 사용하려고…….”

“쓸모없는 소리는 말라. 내게 필요한 정보를 주면 적어도 내 손으로 그대를 죽이지는 않겠다.”

만석이 불쾌한 눈으로 노려보자 조영이 다급하게 지금껏 폭포수 밑에서 자신들이 한 일을 떠들기 시작했다.

만석과 관계가 있을 법한 주변 인물들을 모두 언급하기 시작했던 것이다.

재빨리 이어진 조영의 말은 소림의 무우 대사 등 폭포수로 떨어진 모든 사람이 죽었으며 배일도와 함께 왔던 무적문도는 모두 전멸했다는 것이 골자였다.

‘관 대형과 유식한도 죽었다고……?

만석은 그들이 죽었다는 것을 귀로 확인하자 정신이 절로 아득해졌다. 자신과 관계를 맺었던 많은 사람들이 죽거나 곁을 떠났다.

그러나 지금은 거기에 연연할 때가 아니었다.

‘거형이와 소이 얘기는 없는 것으로 보아 두 사람은 지하 통로로 들어오지 않은 모양이구나.’

유일하게 마음이 놓이는 소식은 두 친구가 무사하다는 것이었지만 만석은 무거운 마음을 떨칠 수가 없었다.

“저, 저기, 내가 알고 있는 얘기는 다 했소. 이제 죽이든 살리든 귀하 마음대로 하시오.”

조영이 하고 싶지 않은 얘기를 하는 것처럼 주저하며 소주만의 말투를 흉내 내었다.

"큭. 정말 수고했소. 귀하의 말은 많은 도움이 되었소."

"그, 그럼?"

"아아, 물론이오. 귀하는 당신의 형을 배신했소. 그러니 죽어도 마땅한 놈이오."

"이, 이건 말이……? 아, 아이쿠!"

조영이 주춤거리며 물러나다 돌부리에 걸려 나뒹굴었다.

"당신이 알아서 하시오."

만석이 배일도에게 다가가며 한마디 던지자 소주만은 정신이 번쩍났다.

'나보고 알아서 하라고?'

"이, 이보게. 설마 날 죽일 생각은 아니겠지?"

조영이 열망이 담긴 눈초리로 쳐다보자 소주만은 기분이 더러워졌다. 위기에 처하자 있는 말, 없는 말 다 털어놓다 사람 취급도 안 하던 자신에게는 반존대어를 쓴다.

기분이 더러운 눈길로 조영을 쳐다보던 소주만이 만석이 향한 방향으로 고개를 돌렸다.

조심스럽게 배일도를 들쳐 업은 만석은 두 사람 쪽으로는 눈을 돌릴 생각도 않은 채 천천히 등을 돌리고 있었다.

'만약 내가 조영을 살려주면……?'

만석을 돌아보던 소주만의 눈이 다시 조영에게 향했다.

두 사람에게 아무런 제약도 없이 만석은 떠나고 있다.

"아하하, 이 사람아. 뭘 그리 생각하고 있어. 빨리 함께 돌아가서……."

뒷말은 생략해도 알 만했다. 조영의 말을 듣던 소주만의 뇌리가 맹렬한 속도로 돌아가기 시작했다.

'돌아가면? 돌아가면 나는 죽는다. 이자가 날 가만히 놔둘 리가 없어.'

불공대천의 적에게 모든 것을 털어놓은 조영이다. 그 사실을 아는 자는 옆에 있는 소주만밖에 없다.

"크악! 왜, 왜……?"

소주만이 옆구리에 찬 검을 뽑아 조영의 가슴팍을 찌르자 왈칵 솟아오른 피가 소주만의 옷으로 튀어 올랐다.

"지금은 네가 죽지만 돌아가면 내가 죽어."

"소인도 데려가 주십시오!"

소주만이 천천히 길을 가는 만석의 앞에 무릎을 꿇고는 부르짖은 소리였다.

"그만 비키시오. 이제 그대가 조영을 죽였으니 금가에는 돌아가지 못하겠지만 나와 그대와의 관계도 여기서 끝난 것이오."

"크크크. 소인 이래 봬도 쓸모가 있는 놈입니다. 어차피 소인이 전 주인을 배신했지만, 실상 소인은 그것을 배신이라고 생각지 않소이다."

"배신이 배신이 아니다?"

"그렇습니다. 소인이 정의로운 인물은 아니지만 애초에 금

가가 무림정의를 대표하는 가문이기에 충성을 맹세한 것이외
다. 그런데 이제 금가가 무림정의를 헌신짝처럼 내버리고 더
러운 술수로 무림제패를 노리고 있음을 알았으니 소인이 더
이상 금가에 충성을 바칠 이유가 없다는 것입니다."

그러쥔 주먹을 부르르 떨며 웅변하듯이 외치는 소주만의 눈
을 가늘게 뜨고 지켜보던 만석이 피식 웃었다.

"알고 보니 의외로 말이 많은 자로군. 난, 말 많은 자를 싫어
하지."

"호호호. 그거보다는 다시 배신할까 봐 겁이 난다고 하시는
게 어때요?"

"그런 면도 있지. 하지만 난 신경이 무딘 사람이라 그런 일
은 금방 까먹소. 그러니 내가 배신당할까 봐 미리 조심해 봤자
나중엔 전혀 소용이 없다는 것이오."

"응? 말하자면 뒤끝이 없으시다? 아하하하하! 웃기는 소리
마소. 내가 조영을 살려주려고 했으면 당신은 둘 다 죽였을 거
요. 그렇지 않소이까?"

"그것참. 실로 알 수 없는 일이로군. 내 원래 조영은 매우 잔
꾀가 뛰어난 인물이라고 들었는데 의외로 귀하가 그렇군."

"사람은 자기를 알아주는 사람을 만나면 숨겨진 능력을 드
러낸다고 들었소. 그렇게 생각해 주시오."

"핫핫핫핫. 귀하의 말을 들으니 내가 위대한 영웅이 된 기분
이 드는군. 그만 하고 당신 갈 길이나 가시오."

만석이 발을 옆으로 옮기며 지나쳐 가려 하자 소주만이 만

석의 다리를 붙들고 매달렸다.

"소인의 나이 이제 스물아홉. 진실로 주인을 만나 대장부의 웅지를 펴고 싶소이다."

실로 만석이 예기치 못한 의외의 일이었다. 이처럼 만석의 종이 되기를 애걸하는 자가 있다니.

"클클. 아, 공짜로 종이 되기를 자처하는데 딱 부러지게 그러마 하지 뭘 그리 망설이는가? 나 같으면 얼씨구나 하고 덥석 손을 잡아끌겠네."

운산이었다. 절벽 위에 남아 있는 일행은 여럿이 가면 적에게 들키기 쉽다고 만류했지만 운산은 내심 불안에 떠느니보다는 눈으로 보는 것이 좋겠다고 고집을 해서 내려왔던 것.

"마, 맞습니다! 소인은 대견 대협의 종이 되고 싶습니다."

운산의 말이 응원이 된 모양이었다. 소주만이 놓칠세라 소리치자 만석이 씁쓸한 표정을 지었다.

"됐소. 귀하가 따라온다면 굳이 말리지는 않겠지만 앞으로는 나의 종으로 자처하는 일이 없었으면 하오."

"예, 예. 속으로만 그렇게 생각하겠습니다요."

조금 전까지 말투가 제법 의젓하다가 졸지에 비굴한 하인의 말투로 변한다.

"알아서 하시오. 내가 귀하를 챙겨주는 일은 없을 거란 얘기요."

어쩌면 매몰찬 말. 그러나 소주만이 입술을 비틀며 웃었다.

"그건 염려 탁 놓으세요. 그건 주인이 종을 챙기기보다는 종이 주인을 챙겨야 하는 법이니깐요."

어쩌면 뻔뻔스럽기까지 한 말투에 만석은 일순 할 말을 잊고 말았다.

"클클클. 종이라고 자처하면서 언젠가는 주인을 깔아뭉개겠어. 아우, 항상 조심해야겠는걸?"

"핫하하. 오히려 그랬으면 좋겠습니다. 언제든 긴장을 늦추지 않을 수만 있다면 그것도 좋겠지요."

만석이 가볍게 웃으면서 길을 가자 운산이 바로 뒤를 따르며 입을 열었다.

"근데 업고 있는 사람은 누군가? 처음 보는 사람인 듯하네만."

"아, 그분은 무적문의 배일도라 합니다. 주인께는 사제가 되십니다요."

"아우의 사제라고? 어디 보자, 근데 사제치고는 팍싹 늙어 보이는걸?"

"에이. 귀하보다는 덜 늙어 보이는데요 뭐."

"뭐, 뭐야, 이놈이?"

"아, 이놈 저놈 하지 말아요. 내게 주인은 한 분이면 족합니다요."

"제기, 이놈 봐라? 내가 나서서 네놈을 받아들이도록 도와준 것은 까먹고 이제 와서 맞먹자고 들어?"

"아, 말은 바로 하세요. 그건 누가 말을 하지 않아도 주인님은 벌써 소생을 받아들일 것을 결정하고 계셨어요. 안 그래요,

주인님?"

그러나, 만석이 대답도 없이 길을 재촉하자 멀뚱해진 두 사람이 서로를 마주 보았다.

"제기랄. 이거 골치 아픈 놈하고 같이 가게 되었군."

"헹! 아, 딴 데로 가시면 되지 꼭 우리하고 동행할 이유가 있나요?"

"뭐, 우리?"

말의 내용도 황당하지만 우리라고 하면서 소주만이 운산을 떼어놓아 버리자 운산은 그만 말문이 막혀 버렸다.

"이, 이놈아. 대체 저 대견 아우하고 나하고는 얼마나 깊은 인연이 있는지 네가 알기나 하고……."

"그런 건 다 소용이 없어요. 오래 사귄다고 친해지는 것도 아닙니다요. 하룻밤에 만리장성을 쌓는다는 말은 꼭 남녀 간에 해당되는 말이 아니죠."

"크흐흐. 이놈이 점점?"

말 한마디 할 때마다 꼬박 대꾸하면서 궁지에 몰아넣는다. 운산이 입을 꾹 다물고 화난 표정으로 소주만을 째려보자 만석이 내심 웃었다.

'운산 형님이 임자를 만났구나.'

"마, 만석 대사형……."

"말하지 마라. 아직은 몸을 추스르려고 애쓸 필요가 없어."

"그, 그래도, 제가 어찌……."

"대사형으로서 명령이야. 지금은 나한테 조용히 업혀 있는 것이 네가 할 일이다."

배일도는 만석의 등에서 다시 조용히 눈을 감았다. 따뜻하고 넓은 만석의 등. 무려 이십여 년이나 나이 차이가 있으니 꼭 아들의 등에 업힌 기분일지도 모른다. 배일도는 그렇게 생각하면서 천천히 혼곤한 잠에 빠져들었다.

그들이 말굽형의 계곡을 벗어나 이십여 리를 오니, 산은 첩첩산중이라 들어오고 나갈 곳을 쉬이 알지 못하였다.

수백, 수천 년 묵은 아름드리 적송 숲이 대낮의 햇빛을 온통 가린 숲 속. 졸졸거리며 흘러내리는 작은 계류가 일행의 발길을 절로 멈추게 했다.

"여기서 잠깐 쉬었다 가요."

빙매향이 먼저 계류 옆에 털썩 주저앉더니 양 손바닥을 잇대어 물을 떠서 먹는다.

모두들 계류의 양쪽에 나누어 빙매향이 하는 식으로 물을 떠먹고 나무 그루터기에 몸을 기대니 잠이 슬슬 오려고 했다.

그러나 금가에서 배일도를 데리러간 자들이 대부분 죽어 나자빠진 것을 발견하고 그들의 뒤를 쫓고 있을 것임에 틀림이 없었다.

금방이라도 일행이 머물고 있는 이 숲 속으로 몰려올지도 모르는 것이다. 깊은 잠이 든 배일도를 제외한 모두가 정신을 차리려고 애쓸 때 빙매향의 목소리가 꿈결처럼 퍼졌다.

"무작정 길을 가기보다는 모두 빙궁으로 가는 게 어때요?"

“아미타불. 소승은 보타문으로 돌아가 봐야겠어요. 무림을 제패하려는 금가의 야욕을 알게 된 이상, 지하 동굴에서 있었던 일을 널리 알려서 공동으로 대처하는 방안을 강구하는 일이 급선무입니다.”

“네. 신니께서 보타문으로 돌아가는 것이야 어쩔 수 없는 일이지요. 하지만 놈들이 백여 년이나 일을 준비해 왔다면 공식적으로 문제를 제기하는 것은 오히려 무림공적으로 몰려 어려움을 당할 공산이 커요. 대견 소협의 일도 있으니 믿을 수 있는 사람들에게 은밀히 이 일을 알려 논의를 하시는 것이 어떨까요?”

“아미타불. 그래야겠군요. 그럼, 여기서 헤어져요. 어떻게든 여기서 탈출해서 금가의 천인공노할 죄업을 폭로하고 그 대가를 치르도록 이 한 몸 분골쇄신해야겠어요.”

혜량 신니가 일일이 작별을 알리자 중인들이 자리에서 일어나 서로의 장도를 빌었다.

그들은 알고 있었다. 그들의 탈출이 알려진다면 곧 천라지망이 펼쳐질 것임을. 상황은 전혀 낙관적이지 못했다.

“대견 시주, 그동안 참으로 고마웠어요. 우리 두 사람과 보타문은 결코 시주의 은혜를 잊지 않을 겁니다.”

“신니, 부디 무사히 이곳을 빠져나가기만 빌겠습니다.”

송아라는 만석과 혜량 신니가 작별을 나누는 것을 보고도 미적거리며 앞으로 나서지 못했다.

이대로 헤어지면 다시 언제 만날지 모른다. 아니, 살아서 만날 수 있을까? 그녀의 마음은 더욱 조급해졌지만 다른 사람들과 작별 인사를 나눈 후에도 만석에게 말을 건넬 수 없었다.

혜량 신니가 송아라에게 눈짓을 하고 등을 돌려도 그녀는 금세 그녀의 뒤를 따르지 못한 채 망설이고 있었다.

“어머, 언니 뭐 해요? 만석 오라버니하고 인사도 나누지 않고요.”

송아라의 표정이 딱해 보였나 보다. 여인의 직감으로 송아라가 자리를 뜨지 못하는 이유를 만석 때문이라 여긴 빙한설이 송아라의 등을 떠밀며 재촉하자 그녀가 마지못해 만석에게 얼굴을 돌렸다.

“소저, 천무세가는 걱정할 필요 없소. 가주께서도 건강을 많이 회복한 것으로 알고 있소. 그럼 안녕히 가시오.”

만석이 갑작스럽게 천무세가의 일을 꺼내자 잠시 어리둥절하던 그녀의 얼굴에 홍조가 들었다.

‘내가 누군지 알고 있었어.’

그러면서도 모른 척했다고 생각하니 야속한 마음이 들었지만 그녀는 자신만의 감상에 오래 젖어 있을 수가 없었다.

잠시 그녀의 얼굴을 물끄러미 보던 만석이 얼굴을 돌리고 있었다.

“네, 네. 제가 누군지 알고 있었군요.”

“그렇소. 십 년 만에 만났으니 앞으로 다시 십 년 후에나 만나게 될지 모르겠소. 부디 살아서 만납시다.”

“네. 꼭, 살아서 만나게 될 거예요.”

송아라는 애초에 이곳을 탈출해서 보타문으로 가게 되면 중간에 천무세가에 들를 생각이었다. 하지만 그녀 자신의 개인적인 용무를 해결할 만큼 상황은 한가하지 않았다. 아마도 만석이 앞질러 부친에 대해 언급한 것은 이에 대한 우려였을 것이다.

“다음에 또…….”

그녀는 간단하게 작별 인사를 했다. 말을 길게 하다가는 눈물이 솟구쳐 나올 것 같은 미묘한 기분. 잘못하다간 그동안의 설움을 만석의 가슴에 묻고 펑펑 울게 될지도 몰랐다.

“잘 가시오.”

만석도 간단하게 말하고 등을 돌렸다. 다시는 움직이지 않을 반석처럼 든든하지만 단단한 등.

“그럼…….”

작별 인사를 끝마친 그녀가 멀어져 가자 만석의 팔짱을 끼는 부드러운 팔이 있었다.

“빙궁으로 가실 거죠?”

‘저 애가?

점점 노골적으로 변하는 딸아이의 모습에 빙매향의 이맛살이 절로 접혔다. 그러나 지금은 딸을 나무랄 때가 아니다.

“그래요. 우리 빙궁으로 가요. 이미 소협과 인연이 있는 곳은 모두 놈들의 철저한 감시하에 놓여 있을 거예요. 그러니 소협이 갈 곳은 우리 빙궁밖에 없어요.”

왠지 강요하는 듯한 빙매향의 말이었다. 금가에서는 아직도 빙궁에서 만석과 동행하고 있는지 모를 테니 온당한 선택이 될 것이다.

그러나 만석은 당장 대답을 하지 않고 씁쓸한 심정으로 상황을 반추하지 않을 수 없었다.

정혼녀 홍자려를 만나고 천중산을 뒤져 무적초자의 유진을 찾고 싶은 생각은 만석의 모든 것을 희생하고서라도 해야 할 일이었다.

'하지만……'

만석은 금방 송아라에게 천무세가로 가지 말 것을 권유한 셈이었다.

'큭. 내 스스로 족쇄를 채운 셈이구나.'

천무세가로 가서 어떻게 할 것인가? 세상은 만석이 홍자려를 데리고 무림을 떠나 조용히 살도록 허용해 줄까.

'아니, 아니야. 이미 나는 무림을 한꺼번에 뒤흔드는 광란에 빠져들어 있어. 앞으로 나아갈 뿐, 돌아가는 길은 없는 거야.'

만석이 고민하는 기색을 보이자 빙매향 등은 인내를 가지고 그의 결정을 기다렸다.

만석은 아직도 정신을 차리지 못한 채 누워 있는 배일도에 이어 운산과 소주만을 차례로 돌아보았다. 운산과 소주만은 모든 것을 만석의 결정에 맡기겠다는 눈빛으로 그를 마주 대했다.

'내겐 과거의 일을 돌아볼 여유가 없구나.'

만석은 결정을 내렸다. 지금 당장 그의 어깨에 짊어진 다른

사람들의 생명의 무게는 과거의 사람들에 비해 전혀 가볍지
않았다.

"좋습니다. 빙궁으로 가지요."

"어머! 고마워요."

빙한설이 만석의 손을 잡고 팔짝팔짝 뛰자 사람들의 얼굴에
오랜만에 안온한 표정이 서렸다.

그러나 금가의 추적, 아니, 어쩌면 무림 전체의 추격을 피해
빙궁으로 향해야 하는 그들의 앞길은 결코 평탄하지 않을 것
이다. 그래서 그들의 미소는 자연스럽기보다는 강요된 것처럼
왠지 어색한 느낌이 들었다.

*   *   *

"이게 어떻게 된 일인가? 배일도를 데리러 간 놈들이 아직
도 감감무소식이니."

조원형이 버럭 소리치며 옆에서 폭포수를 올려다보고 있는
두견에게 시선을 돌리자 두견의 얼굴에 의아한 기색이 들었
다.

폭포수 앞에서 건너편 절벽까지는 겨우 오 리쯤의 거리다.

늦어도 반 각이면 배일도를 대령했어야 했는데 일각이 지나
도록 아무런 소식도 없는 것이다.

"이상하네요. 중간에 무슨 일이 일어나지 않고는……."

두견이 불길한 소리를 하자 조원형은 내심 불안해졌다.

아무리 두껍고 단단한 제방이라도 손가락만 한 구멍이 생기
면 순식간에 무너져 내린다. 아주 사소한 일 때문에 대계를 망
친 일은 역사상 부지기수인 것이다.

"자네가 직접 알아보고 오게."

조원형은 두건에게 명을 내린 직후, 바로 시선을 돌렸다.

무림맹의 지시를 받은 강호 제파의 움직임을 살피고 온 부
대주 나진찬(羅珍燦)이 그의 시선을 받았다.

"그래, 어떻게 되었나?"

조원형의 물음에 나진찬이 난색을 지었다.

"백 리 밖으로 가까이 다가왔던 무당 등이 제파에서 문도들
을 철수시키고 있습니다."

"뭣이? 그게 대체 무슨 소린가?"

"죽림마원과 남북쌍마의 천마교, 북해의 혈사풍 등에서 이
때를 틈타 발호했다는 소식입니다. 특히 죽림마원은 제갈세가
방향으로 남진하고 있다는 소식이 들어와 있습니다."

"으으음. 놈들이 예상보다 빨리 움직였구나."

조원형은 침음했다. 금가에서 무림제패의 야욕을 위해 백년
대계를 세웠다고 하지만 다른 세력도 그건 마찬가지였다.

특히, 생사마의 등만 지하 동굴로 보내고 침묵하던 죽림마
원의 등장에 조원형의 가슴은 납덩이를 매단 것처럼 무거워졌
다.

그리고 두견으로부터 전해진 비보에 조원형은 한동안 아무
런 생각도 할 수 없었다.

동생 조영의 죽음과 배일도의 탈출. 이것이 대견의 짓이 아니라고 누가 말할 수 있을 것인가.

"금룡대는 대견 놈을 쫓고, 두견은 즉시 제천의식을 준비하라!"

조원형은 이제야말로 환생교의 모든 것을 동원할 때라고 믿었다. 환생교의 제사장으로서 그가 할 수 있는 모든 것을 다해야 하는 것이다.

第六章

명부(冥府)의 사자(使者)

넓은 지하 광장이었다.

음습하고 차가운 기운이 휘도는 실내의 분위기는 착 가라앉
아 있었다.

붉은 양탄자가 깔린 대전에는 하얀 옷을 차려입은 오백여
명을 헤아리는 사람들이 바닥에 머리를 박고 엉덩이를 하늘로
치켜든 채 엎드려 있었다.

그리고 그들의 앞에는 이십여 개의 검게 칠한 관이 질서 정
연하게 가로로 쭉 벌린 채 놓여 있었다.

장엄한 의식을 거행하는 양 바닥에 머리를 처박은 자들은
그 자세 그대로 굳어져 미동도 없었다.

눈을 돌려 일 장 높이로 만들어진 대전 상단에 가로로 펼쳐

진 장막 앞을 보니 실로 놀라운 광경이 펼쳐져 있었다.

두 마리의 커다란 뱀이 길고 가늘게 줄기를 뻗친 잎이 없는 회색 나무를 서리서리 감은 괴이한 모습이 눈에 와락 들어왔다.

끝 부분이 양쪽으로 갈라진 긴 혀를 내놓고 빠알갛게 물든 네 개의 눈동자가 대전의 벽 곳곳에 꽂힌 수십 개의 횃불빛을 받아 번쩍이는 모습은 소름이 쭉 끼쳤다.

금방이라도 나무를 휘감은 기다란 동체를 풀고 내려와 엎드린 사람들을 꿀꺽 삼킬 것 같은 길이 십 장에 이르는 거대한 두 마리의 뱀 상(像)이 양쪽으로 엇갈려 넓은 대전을 내려다보고 있었다.

광광광!

큰 북소리가 세 번 울렸다.

언제 피워졌는지 대전 상단의 가운데에 위치한 티없이 하얀 보를 씌운 길쭉한 제단 앞에는 일 장 크기의 커다란 향로가 놓여 있어 한창 향불이 타오르고 있었다.

향로에서 끊임없이 솟아오르며 회색빛으로 타오른 연기는 대전 천장에 오르다 주변으로 자욱히 퍼져 나가고 있었다.

향기는 무척이나 약했다.

그러면서도 막상 코로 흡입할 때는 정신이 어질어질한 느낌을 주는 것이 환각제 성분이 포함된 듯 사람들의 눈동자는 자꾸만 풀려가고 있었다.

따랑, 따라랑.

차츰 시간이 흐르자 귓속에서 맴도는 듯한 작은 종소리가 제단 뒤의 검게 드리워진 장막에서 들리기 시작했다.

종소리의 여운이 차츰 사라져 간다는 느낌으로 왠지 아쉬운 생각이 들 때, 하얀 옷을 입은 아이들이 장막을 들추며 천천히 양쪽으로 나와 제단 밑에 도열했다.

하얗게 화장을 하고 넓은 소맷자락에 감긴 팔을 머리 위로 높이 쳐든 아이들이 뭔가 주문을 중얼거리기 시작하자,

쾅쾅쾅!

아까보다 더욱 커진 북소리가 자욱하게 광장을 감싸고돌았다.

북소리가 차츰 끝 자락을 향해 달릴 때 아이들이 목청을 높여 함께 부르짖었다.

"명부의 대왕이시여, 사자의 영접을 받아… 아아, 명부사자의 영접을 받아……."

뒷끝을 맺지 않은 또랑또랑한 목소리에 맞춰 대전 바닥에 엎드려 있던 자들의 입에서도 바닥을 긁는 듯한 음성이 한꺼번에 튀어나왔다.

"현신하소서! 현신하소서!"

딸랑, 딸랑, 딸라랑!

장막 뒤에서 방울 소리가 요란하게 울리기 시작했다.

흐윽, 흐으윽.

아이들과 엎드린 사람들의 목소리가 더욱 높아지는 가운데

어디선가 묘한 흐느낌이 새어 나와 광장을 회오리치듯 퍼져 나갔다.

처음의 흐느낌 소리에 전염이라도 된 듯 사람들의 목소리가 호곡성으로 변했고, 장내는 깊은 슬픔의 도가니로 빠져 들어간 듯싶었다.

점차 호곡성이 높아지면서 이제는 손으로 바닥을 두들기며 외치는 소리가 간간이 흘러나오기 시작했다.

분위기는 점점 더 이상한 방향으로 고조되고 있었다.

탁탁, 흐흑, 흐으윽, 탁탁, 흐윽, 흐으윽.

미친 듯이 울부짖으며 바닥을 세게 내려치는 소리가 끊임없이 이어졌다.

그들의 온몸이 주체할 수 없이 떨리며 가슴속에는 슬픔만이 가득 차 있는 듯싶었다.

딸랑, 딸랑…….

그때 절정에 달한 광장의 구슬픈 기운을 뚫고 장막의 뒤에서 딸랑이는 방울 소리가 다시 들려왔다.

그리고 어느새 아무런 발소리도 없이 하얗고 높직한 제관을 쓴 인물이 제단의 한 켠에 환영처럼 나타나 있었다.

고개를 깊이 숙이고 있어 얼굴이 자세히는 보이지 않았고, 왜소하고 마른 몸집에는 하얀 장포를 걸치고 있었는데 가슴에는 온통 두 마리의 검정 뱀이 얼기설기 감겨 올라간 문양이 뚜렷했다.

“오오오!”

바닥을 치고 울부짖던 모든 소리가 미리 약속이나 한 것처럼 뚝 그치며 눈물 젖은 시선이 일제히 그를 향했다.

그리고 곧이어 크게 외치는 소리가 광장을 울렸다.

“명부의 사자시여!”

한 소리가 나자, 상체를 번쩍 세우며 광장의 인물들이 뒤따라 부르짖었다.

“명부의 사자시여!”

광장이 와르르 무너질 듯한 큰 소리가 수십 번이나 메아리치며 광장을 떠돌았다.

격렬하게 떠도는 소리의 끝 자락을 타고 사내는 방울 달린 삼 척 오죽(烏竹)을 높이 치켜들었다.

그러자 광장 안은 처음처럼 깊숙한 침묵 속에 빠져들었다.

그러나 처음과는 달리 이번에 내린 침묵 속에는 묘한 홍분이 감돌고 있음이 뚜렷이 감지되었다.

사내가 얼굴을 들며 하늘을 우러르는 시늉을 했다.

주름살 하나 없는 횟가루처럼 하얗고 길쭉한 얼굴에 뱀처럼 길게 째진 눈에는 사이한 기운이 넘치고 있었다.

어떻게 보면 삼십대로 보이고 또 어떻게 보면 오십대로 보이는 그의 얼굴은 생김새만큼 기이한 느낌을 주었다. 그러나 자세히 보면 익숙한 얼굴.

제단 앞에 선 사내가 천천히 뒤를 돌아 쌍두사의 상을 쳐다보았다.

그리고는 오죽을 두 손으로 감싸고 머리 위로 높이 들어 올리며 지옥에서 흘러나오는 듯한 소름 끼치는 목소리로 주문을 외우기 시작했다. 그의 목소리는 뱀이 입을 쩍 벌리며 내는 소리처럼 괴이했다.

"흑암의 대왕이시여! 대왕을 부르는 애절한 인간의 소리를 들으소서!"

"들으소서, 들으소서!"

"흑암의 대왕이시여! 만물이 한 가지로 손을 벌려 부르오니 어서 현신하소서!"

"현신하소서, 현신하소서!"

이구동성으로 외치는 간절한 목소리가 증폭되면서 다시금 광장을 가득 메웠다.

"이제 대왕의 현신을 구하는 제물을 바치오니 흡족히 받으사 현신하소서!"

"현신하소서, 현신하소서!"

울부짖는 목소리가 자욱히 장내를 휘돌고 있을 때, 다시금 검은 장막이 열리며 흰옷을 입은 두 사람이 하얀 보를 씌운 의자를 들고 나왔는데, 의자에는 십여 살쯤 된 여자 아이가 황홀한 표정으로 가부좌를 틀고 있었다.

"아아아아!"

이 장면을 보자마자 제단 밑에 양쪽으로 나뉘어 섰던 남녀의 아이들이 두 손을 높이 모으며 자리에 무릎을 꿇고 빌기 시작했다.

이윽고 두 장한이 제단 위에 의자를 올려놓고 뒷걸음치며 사라지자 제복(祭服)의 사내가 여전히 눈을 감고 황홀한 표정을 짓고 있는 아이의 얼굴을 빤히 내려다보았다.

그의 사이한 눈이 한동안 아이의 얼굴에 머물며 세세히 표정을 살폈다.

'됐어!'

회심의 미소를 지은 사내가 아이가 앉은 제단을 미는 시늉을 하자, 제단이 스르르 미끄러지며 두 마리의 뱀상 밑에서 멈췄다.

사내가 다시 뱀상을 우러르며 두 팔을 높이 들고 외쳤다.

"흑암의 대왕이시여! 어서 현신하셔서 살아 있는 제물을 드소서!"

"드소서, 드소서!"

장내의 분위기는 거의 절정에 달해서 터질 것만 같았다.

엎드린 자세 그대로 고개를 높이 쳐들며 신상을 우러르는 그들의 얼굴은 눈물로 뒤범벅이 되어 줄줄 흘러내리고 있었다.

무슨 뜻인지 알 수 없는 주문을 외워대며 발광하는 사람들의 눈에 담긴 것은 주체할 수 없는 기대욕이었다. 그들의 눈동자는 마치 미치기라도 한 것처럼 번드르르한 붉은 열기를 발산하고 있었다.

그때였다.

쌍두의 뱀상이 나무를 감은 몸을 스르르 풀며 서서히 내려오는 것이 아닌가?

흉칙한 빨간 눈알을 부라리며 양쪽으로 갈라진 긴 혀를 날름거리는 시커먼 두 마리의 커다란 뱀.

심장이 약한 사람은 보자마자 숨이 멎을 듯 끔찍한 광경이 연출되고 있었다.

"오오오!!"

눈물, 콧물을 연신 흘리던 사람들이 누구랄 것도 없이 숙였던 머리를 번쩍 들고 감격에 찬 소리를 내질렀다.

그렇다. 드디어 흑암의 대왕이 그들 앞에 현신한 것이다!

가슴을 저미는 짤막한 감탄성을 끝으로 장내는 끔찍한 호기심에 번쩍이는 눈빛만이 남았다.

뱀의 굵고 기다란 몸뚱어리가 스르르 내려와 두 개의 대가리를 곧추세운 채 아이의 얼굴을 지그시 노려보았다.

두 개의 거대한 뱀 대가리 사이에 놓인 아이의 몸은 더욱 쭈그러져 작고 나약하게 보였다.

"아이여, 눈을 떠라!"

이때를 놓치지 않고 제관이 기이한 목소리로 외치자, 감겼던 아이의 눈이 천천히 떠졌다.

아이의 눈은 황홀한 꿈속에 잠겨 있는 듯, 꿈속에서 즐거운 꿈을 꾸고 있는 듯, 밝은 빛이 확연히 맴돌고 있었다. 그러나 본능적인 두려움은 어쩔 수 없는 듯 아이의 작은 몸이 와들와들 떨리기 시작했다.

"아이여, 어서 일어나 흑암의 대왕을 맞으라!"

다시 제관의 기이한 목소리가 이어졌다.

"아흐흐."

아이가 목소리에 홀린 것처럼 기이한 소리를 흘리며 천천히 의자에서 일어났다.

그리고 멀리 있는 환상을 잡는 것처럼 두 손을 내밀고 주춤주춤 뱀 머리 앞으로 다가가기 시작했다.

끼아아악!

뱀의 두 아가리에서 즐거운 듯한 소리가 흘러나오고 있었다. 제관이 다시 손을 높이 벌리며 외쳤다.

"흑암의 대왕이시여! 제물을 드소서!"

소리에 반응을 일으키듯 뱀들의 입이 크게 벌어지자, 독물이 질질 흘러내리는 무시무시한 이빨이 드러나며 짙은 빠알간 색으로 물든 목구멍이 확연히 눈에 담겼다.

"아아아!"

누구의 탄성인지 모른다.

두 개의 흉칙한 아가리가 한꺼번에 아이의 작은 몸에 달려들었다. 아이의 몸이 두 동가리가 나며 양쪽으로 찢겨 들어갔다.

아이의 피와 살점들이 왁자하니 제단 주변에 흩뿌려졌다.

실로 끔찍한 광경이었다.

우적, 우적!

뱀이 아이의 뜯겨진 몸을 씹는 소리가 장내에 울려 퍼졌다.

꿀꺽!

아이의 몸을 삼키는 소린지, 꿇어 엎드린 누군가의 목에서 나는 소린지 침 넘어가는 소리가 정적에 뒤덮인 공간을 파고 들었다.

키드득!

아이를 삼킨 뱀의 두 아가리 속에서 왠지 흡족해하는 듯한 괴이한 소리가 들렸다.

뱀의 희번덕이는 네 개의 눈알이 주변을 돌아보다가 이십여 개의 관을 번갈아 보며 멈췄다.

동시, 뱀의 아가리가 크게 벌어지며 선명한 핏물이 솟구쳐 나왔다.

그리고 뱀이 내뿜은 핏물이 이십여 개의 시커먼 관들 위로 덧씌워져 흑색의 검은 관이 일순 빨간색으로 덧칠한 것처럼 보였다.

뿌드득!

이어 판자가 들썩이며 부러지는 소리가 나며 관들의 뚜껑이 일제히 열리기 시작했다.

"아아아!"

사람들의 입이 저절로 열리며 새된 비명 소리를 발했다.

온몸으로 엄습하는 두려움을 감추려는 듯 광장은 열심히 주문을 외우는 소리로 가득 찼고, 그 소리는 시간이 갈수록 점점 더 커지기 시작했다.

삐그덕, 끼기긱!

관속에서 시체들이 일제히 바닥을 짚고 일어섰다. 그러자 녹슨 쇳덩이가 서로 부딪치는 듯한 소리가 그들의 전신에서 들려왔다.

벗은 알몸은 전신이 시커멓게 반들거리고 있었고 눈동자는 움푹 파여 어둠 속에 깊이 잠겨 있었다.

캬아아아!!

일어난 시체들이 일제히 입을 벌려 내는 괴이한 소리가 광장에 울려 퍼졌다.

소름 끼치는 소리가 진동을 일으키며 광장 안을 파동 속에 밀어 넣었다.

귀를 콱 틀어막고 싶은 충동이 사람들의 뇌리를 한꺼번에 점해오고 있었다.

띠르릉, 띠르릉.

제관의 오른손에 들린 오죽령이 그들의 목소리를 깨치며 다시 울려 퍼지기 시작했다.

순간, 머리가 깨지는 듯한 아픔 속에서 벗어난 광장의 사람들 입에서 웅얼거리는 듯한 주문이 흘러나오고 있었다.

제관이 머리를 곤추세우고는 엎드린 사람들을 향해 괴이한 목소리로 외쳤다.

"흑암의 대왕의 영을 받고 사령이 돌아왔도다! 문도들이여, 춤추며 기뻐하라!"

그렇다. 철혈강시였다. 정파와 사마방파를 막론하고 두려움에 떠는 환생교의 철혈강시가 끝내는 등장하고 만 것이다.

"우아아아!!"

수백 명의 광장 사람들이 일제히 자리를 떨치고 일어났다.

그리고 이상한 주문을 외우며 철혈강시 주변을 덩실덩실 춤추며 돌기 시작했다.

제관의 냉정한 눈동자가 그들의 모습을 한눈에 담았다.

그와 동시에 그의 눈이 나무를 타고 올라가 스르르 자리 잡는 쌍두사를 향했다.

'됐어!'

쌍두사의 눈을 직시하는 그의 눈빛이 더할 나위 없이 흡족하게 물들었다.

그의 길게 째진 눈자위가 부르르 떨렸고, 그 떨림은 안면 전체로 확산되어 갔다.

'크크크! 대중원이여, 환생교의 부활을 지켜보라!'

그렇다. 무림맹의 또 다른 지하에서 환생교는 부활한 것이었다.

第七章

죽림마원 재림

　제갈세가다. 십여 채의 우람한 전각에서 진회색 무복을 걸친 자들이 쏟아져 나와서 장원 구석구석으로 흩어져 갔다.

　그들의 걸음걸이는 명문의 제자답게 매우 가벼웠으나 다급함이 서린 행동에서는 위기감이 짙게 감지되고 있었다.

　제갈세가의 중심부에 우뚝 솟은 대회의청의 활짝 열린 커다란 창문을 통해 바람이 가끔 가볍게 실내를 휘돌아 나갔지만 정작 실내는 무거운 공기가 짓누르고 있었다.

　아직 해가 뜬 직후의 아침나절이지만 무척이나 무더웠다.

　이에 파르락대는 부채 소리가 넓은 실내를 가득 메웠다.

　그러나 실상 회의청에 몰려 있는 당주급 이상의 세가 무인들은 겨우 십여 명에 불과했다.

　모두 일곱 명에 이르는 세가의 장로들은 대부분 무림맹의 지하에서 죽었으니 제갈세가의 힘은 반감되고 있는 처지였다.

　기다란 탁자를 사이에 두고 차를 홀짝이는 사람들의 모습은 불만에 가득 차 있었는데, 상석에는 이십대 중반의 허여물쑥한 청년이 앉아 안절부절못하고 있었다.

　신경질적으로 부채를 부치는 그의 모습을 딱한 눈초리로 연신 흘깃거리던 오십대 초반의 초로인이 소리를 꽥 질렀다.

　"아, 이거 보게, 조카! 어서 대책을 마련하도록 해야지 길을 떠난 가주만 찾으면 어떡한단 말인가?"

　앉아 있는 자리가 상석 바로 곁에 위치하고 있어 세가 내에선 지위가 상당히 높은 인물 같았다.

　제갈세가의 내전주 제갈광(諸葛光)으로 보통의 제갈세가 사람들과는 달리 덩치가 무척 컸으며 외눈에서 쉴 새 없이 쏘아져 나오는 거친 안광과 울퉁불퉁한 얼굴은 성격이 매우 급해 보였다. 그러나 험하게 생긴 외양과 달리 그 역시 제갈삼현의 일인이었으니 전혀 막무가내의 인물은 아니지만 머리보다는 무공으로 삼현 중에 들었다는 점이 다르다.

　한번 손을 펼치면 하늘에서 커다란 별이 쏟아진다는 대천성신장(大天星神掌)의 장법을 성명절기로 삼는 인물로 무공만 따지면 제갈가에서 그를 능가할 사람이 드물다고 했다.

　강호에서는 독안신장(獨眼神掌)으로 불리며 호광무림에서는 적수를 찾아보기 어렵다는 고수였다.

　셋째 숙부의 꾸지람을 들으면서도 제갈탄은 도대체 어떻게 대꾸할지 대책이 안 섰다.

제갈탄이 요행히 지하 세계에서 살아남은 것은 제갈천의 장례가 끝난 즉시 무림맹으로 돌아온 부친의 도움 때문이었다.

그러나 제갈용은 행방불명된 동생 제갈수를 찾기 위해 무림맹에 남았고, 제갈탄은 제갈세가로 돌려보내서 만일의 사태에 대비하게 했던 것.

"그, 그건… 아버님도 소문을 들으셨을 테니 밤을 새워 돌아오실 것으로……."

"뭐야, 그래서 가주가 오실 때까지 기다리잔 말인가?"

"그, 그게……."

제갈광이 제갈탄의 어정쩡한 대답에 가슴을 주먹으로 두들기며 다시 소리를 질렀다.

"허이구, 속에서 열불이 나서 못 참겠군! 아, 가주가 돌아올 때쯤이면 세가는 주춧돌 하나 남지 않았을 텐데 돌아와서 뭐 한단 말인가?"

생각 같아서는 옛날처럼 이놈아, 저놈아 하면서 쥐 잡듯이 할 텐데 이젠 제갈탄이 명실상부한 후계자였다.

그러다 보니 그가 제갈탄에게 하는 말은 한 단계 격상시키기는 했지만, 세가의 위명을 좀먹는 덜떨어진 한량에게 떡하니 세가의 후계자란 감투를 씌워놨으니 제대로 되는 일이 있겠는가.

"휴우……."

큰 소리로 호통을 치면서도 절로 한숨이 나오는 제갈광이었다.

“말씀이 과하십니다, 내전주님. 주춧돌 하나 안 남는다니요?”

외전의 전주를 맡고 있는 참마쌍륜(斬魔雙輪) 이극(李剋)이 날카로운 눈을 빛내며 제갈광을 쏘아보았다.

그는 별호 그대로 쌍륜을 독문무기로 사용하고 있는 인물로 이십 년 전 돈에 팔려 정도 쪽에 가담한 낭인 출신이며 원래는 곤륜파의 도사였다는 설이 있었다.

그의 괴이독랄한 무공에 반한 당시의 대공자였던 제갈용이 힘써 세가로 끌어온 인물이었다. 나이 오십이 세로 제갈광보다는 한 살이 어렸다.

‘으음. 저자가?’

제갈광이 찔끔했다.

이극은 아직도 낭인 기질이 살아 있어 독하기로 유명한 자다.

한번 화가 나면 끝장을 본다는 소문이 있었는데 세상이 떠나갈 듯 화를 터뜨린 다음에 금방 풀리는 성격을 가진 제갈광과는 여러 가지로 대조적인 사람이었다.

“험, 허엄!”

제갈광이 입을 다물고 기침 소리나 겸연쩍게 내고 있자 이극이 좌중을 둘러보며 말을 이었다.

“어려운 시기입니다. 가주께서는 안 계시고, 많은 세가의 인물들이 희생된 상태에서 이런 큰일이 벌어지다니, 소가주가 섣불리 말을 못 꺼내는 것도 이해가 갑니다.”

“외, 외전주님, 그, 그렇죠? 거, 셋째 숙부님은 잘 알지도 못하면서…….”

이극이 자신을 두둔하는 말을 하자 헤벌쭉하고 입이 벌어지는 제갈탄이었다.

“시끄럽다, 이놈아! 내 막말은 안 하려고 했지만 네놈의 꼴을 보니 도저히 못 참겠구나! 네놈의 종아리를 때리려다 참고 있는 것이니 입을 꾹 다물거라!”

‘어헉!’

제갈탄이 찔끔하면서 입을 다물었다.

나이 스물다섯인 지금도 얼마 전까지 종아리를 맞았으니 그가 더 이상 말을 잇지 못하고 급히 입을 다무는 심정이야 충분히 이해가 갔다.

‘에이 씨, 그래도 내가 이젠 가문의 후계잔데… 가주가 되면 저 숙부부터 잘라 버려야지.’

속마음이야 억하심정이 되는 그였지만 속말을 그대로 내뱉을 수는 없는 노릇이었다.

“허어참, 아직 미숙해서 그런 것을. 쯧쯧쯧.”

이극이 혀를 차며 한심하다는 표정을 짓자, 좌중의 분위기는 더욱 가라앉아 버렸다.

타다다닥!

그때, 대전 앞의 복도를 달려오는 소리와 함께 등장하는 사람이 있었다.

“아니, 순찰당주 아닌가?”

제일 먼저 제갈광이 소리치자 눈만 크고 다른 것은 젓가락처럼 마른 삼십대 장한이 들어와 상석의 제갈탄에게 다가갔다.

“이, 이게 무엇이지요?”

제갈탄이 그가 건넨 서신을 받고 얼떨떨하니 묻자 제갈광이 눈을 부라리며 소리쳤다.

“아, 서신을 뜯어보면 될 거 아닌가?”

“아, 아참. 그렇지.”

중인의 시선이 집중된 가운데 제갈탄이 서신을 열어보더니 단박에 희색이 만면해졌다.

“뭔데 그러는가?”

이극이 먼저 묻자 제갈탄이 희색을 더욱 드러내며 소리친다.

“낙양금가에서 원군을 보냈답니다. 빠르면 내일 중에는 도착한답니다.”

“어허! 금가에서?”

“아니, 그 사람들도 여유가 없을 텐데…….”

좌중이 갑자기 소란스러워졌다. 무림맹 지하에서 엄청난 일이 벌어져 여유가 없을 텐데도 벌써 원군을 보냈다니 참으로 놀랄 만한 일이었다.

“예, 우리 세가에서 약간의 도움만 주면 다른 일은 자기들이 알아서 할 테니 걱정 말랍니다. 이미 죽림마원을 막을 대책이

서 있다는군요.”

“오호. 그럴 수가!”

금태원의 명의로 된 서찰을 돌려보는 중인의 얼굴에 깊은 안도감이 서리고 있었다.

서찰의 말미에는 무당파 역시 제갈세가를 도우러 제자를 급파했다는 소식도 있었으니 금상첨화였다.

*　　　*　　　*

매앰, 매앰, 매애앰.

천첩한 산봉우리로 둘러싸인 무당산에도 매미는 울었다.

길게 늘어지는 소리는 염소의 울음소리처럼 우스꽝스럽기도 하고, 소쩍새의 울음소리같이 구슬프기도 했다.

뻐꾹, 뻐꾹, 뻑뻐꾹.

그때다. 소나무 숲이 무성한 산중에 암놈 찾는 숫뻐꾸기 소리가 요란스런 매미 울음소리를 가르며 울려 퍼졌다.

그러자 숲 속의 짙은 그늘 속에 숨어 있던 자들의 눈에서 날카로운 섬광이 일었다.

몸을 잘 드러나지 않게 하려는 듯 청록색의 경장을 걸친 백여 명의 장한들.

가지 위에, 그늘 밑에, 가지 사이에, 바위 뒤에, 풀 더미에 납작 엎드려서 산개해 있는 그들의 모습에서는 곧 다가올 전투를 앞두고 미묘한 긴장감이 돌고 있었다.

그들 중 얼굴에 흉터가 가득한 장한이 철탑 같은 거한을 쳐다보며 나직이 말을 꺼냈다.

"지옥대주님, 무당말코들이 정문을 통과했다는군요."

지옥대주라 불린 철탑거한이 잠자코 숲길을 내다보며 말을 받았다.

"여기까지 예상 시간은?"

모르고 묻는 것은 아닐 게다. 하지만 알면서 왜 묻느냐고 대꾸하는 것은 아랫사람의 도리가 아니다. 그들은 싸우러 온 것이지 농담하러 온 것이 아니었다.

"두 시진 정도로 예상됩니다. 단, 말을 타고 오지 않을 때의 애깁니다만."

땅에 대고 있는 거의 일 척에 이르는 거도를 흔들며 철탑거한이 고개를 저었다.

"무당에서 말을 기른다는 애기는 들어본 적이 없어."

그랬다. 그들은 수행을 목적으로 삼는 도사들이라 길을 가다 정 급할 때야 도리가 없지만 평소 말을 타는 제자는 없었다. 아니, 아예 말 타는 연습을 하지 않으니 타라고 줘봤자 제대로 타지도 못했다.

빠꾸욱, 뻐뻐꾹, 뻐꾹꾸욱.

뜨거운 차가 식을 만한 시간이 지났을까.

매미 울음소리도 그치고 풀벌레 소리만 간간이 들려오던 곳에 다시 뻐꾸기 소리가 들렸는데, 이번엔 어미 찾는 새끼 뻐꾸기의 애달픈 소리였다.

"대주님… 무당파의 정문에서 이진이 나왔답니다."

"음? 다른 길로 나올 줄 알았는데 정문에서 나왔다? 물론 길은 달리 택했겠지?"

피이윳!

말의 여운이 미처 사라지기도 전에 밀집한 공기를 산산조각 내며 휘파람 부는 것 같은 소리가 들리더니 조그만 점이 금시 확대되며 눈에 들어왔다.

보통의 화살촉과는 달리 끝이 둥그스름한 것으로 보아 살상용은 아닌 듯하다.

위지광이 슬쩍 손을 내밀며 잡아당기는 시늉을 하자 빠르게 스쳐 지날 것처럼 보이던 화살이 줄이 달린 것마냥 주욱 끌려 그의 손아귀로 들어왔다.

가히 절정에 가까운 허공섭물의 수법으로 과연! 하는 감탄사가 절로 나올 듯했다.

화살 날개 밑에 매인 작은 종이 쪽지를 끄르는 지옥대주 살혼마신 위지광을 보며 부대주 전충(田忠)은 긴장된 마음을 숨길 수 없었다.

무당파 내의 간세로부터 전해진 화살 연락일 것이었다.

"좋군!"

종이를 손 안에서 와싹 구기며 위지광이 소리치자 구긴 종이로 눈길을 모았던 전충이 얼른 고개를 들어 한 뼘은 큰 위지광을 올려다보았다.

위지광이 그를 내려다보며 눈을 번뜩였다.

“일진 백 명, 이진 백 명⋯ 도합 이백 명이다.”

“그렇다면 무당파 내에는 백 명밖에 남지 않았군요.”

“그래, 나올 놈들은 다 나왔다는 것이지. 일진은 우리 쪽 방향을 택했고, 이진은 남쪽 길로 돌아갔다고 하는데 대장로 현진자(玄眞子)가 인솔하고 있다는 거야.”

이십 년간 두문불출하던 무당삼자 중 현진자가 드디어 세속으로 나왔다는 말이었다. 그런데 말을 하면서 위지광이 알 듯 모를 듯 미소를 짓는다.

“무슨 의문이라도?”

“현진자의 성격이라면 우리를 놔두고 제갈세가로 가는 일은 없다. 그자가 이끄는 이진은 남쪽으로 돌아가는 척하다가 우리 쪽으로 방향을 바꾸고, 우리를 향하고 오는 일진은 오히려 남쪽으로 돌려 제갈세가로 보낼 것이다.”

“그, 그럴까요?”

전충이 미심쩍은 표정을 짓자 위지광이 껄껄대며 웃었다.

“내 생각이 그렇다는 얘기고, 우리에겐 다 마찬가지야. 다만, 무당에서 가장 무공이 뛰어나다는 현진자를 직접 볼 생각을 하니 가슴이 뛰는군.”

“크흐흐. 그렇군요.”

전충이 겸연쩍은 미소를 흘리자 위지광이 손을 흔들며 재차 말했다.

“어서 사람을 보내 태상원주님께 이 사실을 알리도록 하게.”

“예, 알겠습니다.”

태상원주라면 바로 환로를 말함이었다.

전충이 손짓을 하자, 코 아래까지 검은 천을 둘러싼 사내가 나와 부복하더니 전충의 지시를 듣고 그림자가 땅속으로 스며들 듯이 종적을 감추었다.

그로부터 한참의 시간이 지났다.

무당파 제자들이 당도할 시간이 다가오자 각자의 자리에서 미동도 하지 않던 죽림마원의 무리들이 암중으로 눈을 빛냈다.

그때,

툭, 스스슥!

산길 위로 축축 늘어진 가지를 가벼이 밀치며 가까이 다가오는 인기척이 그들의 바짝 세운 감각에 바로 걸렸다.

‘왔다!’

“자, 간다!”

위지광의 뒤를 따라 죽림마원 황대의 백여 명의 무사들은 뒤로 돌아 달리기 시작했다.

바사삭, 타다다닥.

나뭇가지와 수풀을 헤치는 소리가 연이어 들리며 울창한 수림 속을 달리는 죽림마원 무리들의 뒤꽁무니를 지켜보던 대장로 현진자 이하 무당의 백여 도인들은 어이가 없었다.

한바탕 접전을 예상하고 넓게 퍼져서 달려들었더니, 간다하고 소리치고는 백여 장을 격하고 꽁무니를 빼는 것이었다.

"쫓아라!"

다시 백여 장을 뒤쫓아가다가 현진자가 손을 들어 달리는 발길을 멈추게 했다.

아무래도 무당산 밑자락이라 지리를 잘 안다고는 하지만 중간중간 매복해서 공격을 한다면 그 피해가 만만치 않을 것이라 본 것이다.

상대는 백 년 만에 등장한 죽림마원이다. 워낙 옛일이라 그들의 무서움을 직접 경험하지 못했다고는 하나 조심스럽지 않을 수가 없었다.

북숭 소림이요, 남존 무당으로 무림의 태산북두로 추앙받고는 있으나 과거 죽림마원이라면 정면으로 부딪치기에는 손색이 있음을 인정할 수밖에 없다.

'허어, 이자들이 무슨 의도로?'

하얀 수염을 나부끼며 주변 숲 속을 면밀히 살피는 현진자 옆으로 다가오는 도인이 있었다.

머리에는 도관을 단정하게 쓰고 손에는 주황색 수실이 멋들어진 검을 내려뜨리고 있었다.

긴 검은 수염이 길쭉하면서 각진 얼굴에 잘 어울리는 그는 상청각주인 송현으로 현진자의 대제자였다.

"스승님, 역시 신법 하나만으로도 죽림마원이라 할 만하군요."

그가 약간의 감탄사를 집어넣어 말을 건네자 온유한 현진자의 눈매가 가늘어졌다.

"흐음, 너도 그렇게 보았느냐? 확실히 만만치 않은 자들이지."

"어쩐지 느낌으로 봐서 우리와 정면으로 부딪치지 않으려는 듯싶은데요. 제자가 잘못 본 것일까요?"

송현이 머리를 갸우뚱하며 묻자, 현진자가 고개를 끄덕였다.

"아무래도 여기서 우리의 발을 묶으려는 의도인 것 같구나."

"그러시다면?"

현진자가 다시금 수상스러워지는 상대의 움직임을 보며 재차 머리를 끄덕였다.

"이진으로 출발한 제자들이 어려움을 겪고 있을지도 모르겠구나."

송현이 미처 대답하기 전에 날카로운 파공성과 함께 암기 무리가 새카맣게 허공을 덮어왔다.

"피해라!"

현진자가 호통을 치고 손에 든 검을 한 바퀴 빙 돌리며 내지르자 허공에는 수백 개의 솔잎 같은 파장이 피어올랐다.

"아, 아!"

누군가 경탄성을 질렀다. 놀라운 광경이 아닐 수 없었다. 수백, 수천 개의 솔잎처럼 날카로운 모양이 전면 십 장을 빼곡히 덮는가 싶더니 허공을 새카맣게 점해오던 암기들이 모두 소멸

되어 바람에 날아가 버린 것이었다.

상대의 진영에서도 미처 다른 공격이 없는 것으로 보아 현진자의 무위에 놀란 듯 보였다.

이때를 놓치지 않고 현진자가 검을 번쩍 들며 소리쳤다.

"쫓아라!"

뒤이어 무당 제자들이 죽림마원의 무리를 쫓아 이리저리 신형을 날리는 소리가 바람을 불러 휙휙 소리를 내며 숲 속을 헤쳐 나갔다.

무당의 이진을 이끌고 숲 속을 조심스럽게 걸음을 옮기던 무당 이장로 현성자(玄性子)가 어깨 위로 손을 슬며시 올렸다.

동글동글하고 통통한 얼굴의 작고 동그란 눈을 보면 부유한 상인을 연상시키는 육십대 초반의 노인이었다.

그렇지만 그의 눈에 어린 것은 측량을 할 수 없는 깊은 현기여서 그의 무공이 화경에 이르렀음을 짐작하게 했다.

그가 감각을 극성으로 끌어올려 주변의 움직임을 세세히 파악하고 있었다.

'음?'

그의 귀에 미세한 기척이 닿았다.

그의 백여 장 앞에서 수십 명의 기척이 느껴지다가 곧바로 파다닥거리며 가볍게 땅을 박차는 소리가 들려왔다.

그리고 그들이 곧 오십여 장 앞으로 접근하자 현성자가 손을 높이 들어 좌우로 흔들었다.

파, 파, 팟!

거센 바람이 바위에 부딪치는 소리가 나더니 일제히 손에 든 단검을 날리자 뒤로 물러서서 도망치는 것은 현성자 등 무당파 도인들이었다.

그중 맨 앞에서 무당 도인들을 쫓는 자는 바로 환로였다.

삿갓을 벗어 던진 그의 눈에서는 서릿발 같은 예기가 흘러나오고 있어 전혀 마인처럼 보이지 않았는데 기기묘묘한 신법은 환상비의 극성에 달한 듯하였다.

나무는 듬성듬성하고 키가 작은 수풀만이 융단처럼 깔려 있어 초원을 달리는 기분을 느끼며 삼십여 리를 넘게 쫓았을까?

산중은 점점 깊어지고 가파른 오르막이 시작되고 있었다.

왼쪽으로는 긴 그림자가 깊게 뻗친 것을 보면 계곡인 모양이었다. 바로 그곳으로 무당의 도인들이 들어간 것.

들어갔다가는 틀림없이 매복에 걸릴 것으로 생각한 환로 무자개가 손을 들어 수하들의 발길을 막았다.

"태상원주님."

곧이어 거무칙칙한 경장을 차려입은 쥐면상의 삼십대 장한이 그의 옆으로 다가왔다.

"서웅(徐雄), 저 계곡에 바깥으로 통하는 길이 있던가?"

무자개가 묻자 고개를 갸웃하던 서웅이 바로 대답했다.

"있는 것으로 알고 있습니다."

"오! 길이 있다?"

"옛, 제가 알기로는 계곡 뒤를 빠져나가면 무당파로 통하는 길이 이어집니다만."

"다른 길은?"

"없습니다. 워낙 가파르고 주위에는 절벽이 곳곳에 막아서 있어 달리 나갈 길은 없는 것으로 압니다."

무자개가 얼굴을 깊이 찌푸렸다.

"제갈세가로 갈 놈들이 거꾸로 무당으로 돌아간다?"

"……?"

"속았어! 놈들은 모두 세 갈래로 나뉘어 두 무리는 우리와 지옥대주를 막고, 나머지는 제갈세가로 향했을 것이다."

화가 난 환로 무자개의 눈동자가 투명하게 변했다. 환로의 기분이 무척 나쁘다는 것. 환로가 그런 눈으로 힐끔 보자 뱀눈을 본 개구리처럼 놀란 서웅이 애써 고개를 돌리며 대답한다.

"아, 아무래도 무당산을 우측으로 내려와 우회해서 황하의 지류인 회수(廻水)로 가면 제갈세가는 지척입니다."

"좋아, 그럼 그쪽으로 간다!"

말을 다 듣지도 않고 몸을 돌린 무자개가 짧게 소리를 지르자, 뒷 행렬이 앞이 되어 오던 길을 돌아가기 시작했다.

第八章

무인은 칼로 말한다

두두두두!

백여 필의 말들이 구름 같은 먼지를 일으키며 힘차게 달려 나가고 있었다.

선두의 말등에는 금빛 복면으로 얼굴을 가린 체구가 당당한 장한이 오연히 앉아 주변을 둘러보고 있었다.

그러나 양쪽으로 뚫린 눈구멍 중 하나는 까만 그림자만 깃들어 있어 애꾸로 보였다.

'실로 오랜만이구나. 그녀는 아직도 잘 있을까?'

금기린은 서글픈 미소를 떠올리며 고개를 저었다.

그가 남궁소소에게 마음을 두면서 떠나간 여인이 저기 제갈세가에 있다. 그가 일부러 제갈세가 사람들을 매몰차게 대한 것도 실은 그와 밀접한 연관이 있었으니.

대군사인 조원형의 말에 따라 원정대를 이끌고 오긴 했지만 사실 금기린은 아무런 목적의식이 없었다.

남궁소소가 떠나면서 한 말은 얼굴이 망가진 충격 외에 그에게 또 다른 충격을 주었다. 지하수로의 쥐 떼에 뜯어먹히던 자신을 구해준 것은 대견이었다는 것이다.

'놈이 내게 동정을 베푼 거야.'

금기린은 그 말을 듣고 더욱 절망했었다. 안 해줘도 될 말이었다.

또한 조원형에게 듣기로 생사마의는 죽어서 시신으로 발견되었다고 했다. 부친의 염원과 자신의 기대는 그로써 완전히 허물어지고 만 것이다.

'크크큭. 여기 있는 것은 금기린이 아니라 껍질만 남은 허깨비에 불과해.'

금기린은 모든 것이 부질없었다. 저 황야에 부는 바람이 자신의 몸을 휘어감아 절해의 고도에 갖다 놓았으면 얼마나 좋을까. 그러나 아직은 모든 미련을 버리지 못했는지 부친의 명이라고 조원형이 말하자마자 백여 명의 무사들을 이끌고 길을 떠나온 것이었다.

'아직도 나에게 무사의 혼이 있을까? 아니, 뿌리 깊은 야망의 넋이 아직도 나를 붙잡고 넋두리를 하는 것일까?'

제갈세가로부터 좌측 삼십 리 길에 당도한 금기린이 두 갈래 길을 맞아 말을 세웠다.

해는 서쪽으로 많이 기울어 있었지만 여름 막바지의 햇볕은 뜨거웠다.

오른쪽은 제갈세가로 가는 길이었고, 왼쪽은 죽림마원의 원주라는 자가 직접 내려오는 방향이었다.

무심코 양쪽 길을 살피던 금기린의 눈에 처음 들어온 것은 생기를 잔뜩 머금은 뽕나무의 군락이었다.

그 뽕나무로 구획된 밭에는 키만 삐죽 큰 옥수수들이 가끔씩 불어오는 바람에 연초록 잎사귀를 떨고 있었다.

금기린이 말을 멈추고 제갈세가가 있는 곳으로 망연히 눈길을 던지고만 있자, 그의 심사를 눈치 챈 두견이 말을 몰아와 그에게 말을 붙였다.

“대주님, 여기서 잠시 쉬었다 갈까요?”

금기린이 묵묵히 고개만 끄덕이자 두견의 눈에 잠시 안쓰러움이 스쳐 지났다.

‘대주는 자신의 처지를 알고 있을까.’

“자, 모두 말에서 내려 편히 쉬도록!”

두견이 소리치자 마상에서 금기린의 눈치를 보고 있던 무사들이 속속 말에서 내려 뽕나무 밑의 시원한 그늘로 몸을 옮겼다.

그런데 그렇게 움직이는 무사들 중에는 낯익은 자가 한 명도 없었다. 그리고 보면 이들은 끼리끼리 어울리고 있었는데 각 패거리마다 말씨가 서로 다른 것을 보면 출신이 다른 모양이었다.

그들의 늘어진 모습을 보던 두견은 내심 고개를 저었다.

'팔파일방의 무리들. 머리를 잘랐으니 팔다리마저 잘라 몸통만 남겨두자는 것이 대군사님의 계책.'

그랬다. 조원형은 저들 팔파일방의 이백여 제자들을 금기린과 함께 순장시키려고 하는 것이다.

'다 내렸는가?'

잠시 그들의 동정을 지켜보던 금기린이 말을 내리려고 하는 차에,

따각, 따각, 따각.

우측 관도 멀리서 뿌연 먼지가 일더니 이윽고 말발굽 소리가 뚜렷이 들리기 시작했다.

'혜련……!'

말을 능숙하게 부리며 가까이 다가온 여인은 제갈혜련이었다.

힛히히힝!

두 마리의 말이 오랜만의 해후에 서로 대가리를 비비며 반가워했지만 두 사람 사이의 거리는 멀었다.

차마 금기린을 똑바로 쳐다보지 못하고 주변을 둘러보며 딴전을 피우던 제갈혜련이 먼저 입을 열었다.

"오셨군요."

"그래."

금기린이 간단하게 말을 받았다.

그리고 난 후에도 두 사람은 말이 없었다.

심중의 말을 토해내자면 석 달 열흘을 가지고도 모자랄 것 같았지만, 막상 만나고 보니 할 말이 마땅치 않았다.

제갈혜련이 후우 하고 한숨을 내쉬었다.

"죄송해요. 그리고 고마워요."

"아니, 그건 내가 할 소리야."

제갈혜련이 쓸쓸히 웃었다.

"누구라도 상관이 없어요. 단지 이렇게 만날 수 있다는 것이 고마울 뿐이에요."

"그런가? 상관이 없었던가……."

금기린이 착잡하게 대꾸하며 뽕나무 아래에 쉬고 있는 부하들을 둘러보았다.

'푸후훗. 마지막 가는 길, 푹 쉬고 싶을 거야.'

금기린이 눈을 질끈 감고 싸늘한 음성을 뱉어냈다.

"그대는 내가 쉬는 것을 방해하고 있어."

"그, 그런가요?"

반문하는 제갈혜련의 눈에 아릿한 물안개가 피어났다. 그러나 금기린은 그녀에게 고개를 돌리지 않았다.

천천히 말을 돌려 그늘로 향하는 금기린을 보면서 제갈혜련이 소리쳤다.

"당신이 가는 길에 누가 있는지 아시나요?"

"알고 싶지 않소. 무인은 칼로 말할 뿐!"

금기린의 칼로 베듯 결연한 대답이었다.

회수다리를 눈앞에서 대한 우진자(宇眞子)는 감회가 새로웠다.

전대 무당의 장문인 청운자의 유일한 제자로서 그가 무당파의 장로 직을 맡고 있는 것은 바로 제갈세가주 제갈용이 무당파에 매년 막대한 헌금을 해온 덕분이었다.

청운자가 장문인으로 있던 그 옛날, 의기투합한 후 삼십여 년을 사귄, 목숨을 주어도 아깝지 않은 친우.

이제 그가 없는 새에 죽림마원이라는 강적을 맞은 제갈세가를 구하러 왔다.

'전력을 다하리라. 돌아온 그가 폐허가 된 가문을 보고 통한의 피눈물을 흘리지 않도록 목숨을 걸고 싸우리라.'

그는 도인으로서 평생을 닦은 평정심보다는 이 순간 벅찬 마음에 가슴이 부들거리며 떨려왔다.

길쭉하고 마른 몸매에 걸친 도복은 헐렁해 보였지만, 역대 무당의 장문인 중 최고의 무공 반열에 있던 청운자의 제자답게 그의 진신무공을 헐렁하게 보는 자는 세상에 없다.

'회수에 왔으니 제갈세가도 코앞이구나.'

감회에 젖은 우진자가 만지면 푸른 물이 들 듯한 회수물에 손가락을 집어넣었다. 금세 손가락을 밀쳐 대는 사나운 물결이 우진자의 마음을 떠미는 느낌이 들었지만 그는 묵상에 잠긴 채 말이 없었다.

백여 명의 제자들도 우진자의 마음에 감염되었는지 힘차게 흐르는 회수의 푸른 물에 시선을 박은 채 침묵하고 있었다.

그러나 시간을 끌어서는 안 된다는 것은 우진자 자신이 잘 안다. 그때, 그의 뒤에 급한 걸음으로 다가와 시립하는 자가 있었다. 봉황의 눈처럼 날카로운 눈매를 가진 삼십대의 청년이었으니 제갈세가에 미리 보내 적정(敵情)을 알아보게 했던 우진자의 대제자 송광이었다.

“송광, 우리에게서 가장 가까운 죽림마원 무리는 어떤 자가 맡고 있느냐?”

우진자가 조용히 묻자, 즉시 대답이 돌아왔다.

“죽림마원의 이공자인 무무성이라고 하더이다.”

“흐음, 무무성이라… 그래, 어디쯤 와 있다고 하는가?”

재삼 생각해 봐도 모르는 이름이라 우진자가 곧이어 물었다.

“예, 스승님. 진천하(振天河) 근처에서 쉬고 있다고 합니다.”

송광이 공손하게 고하자 우진자가 깊숙이 고개를 저으며 눈길을 좁혔다.

“흐음… 진천하라……. 겨우 백 리밖에 안 되는군. 그렇다면 제갈세가에 들르지 말고 그쪽으로 진로를 잡아야겠구나.”

“네. 그래야 할 것 같습니다.”

“그래, 모두들 진천하로 간다!”

우진자가 한소리 지르며 앞장서 신형을 날리자 가볍게 몸을 띄우며 달려가는 백여 명의 무당 제자들의 모습이 떼 지은 기러기마냥 정연하고 고아했다.

커다란 등나무 그늘에 기대앉은 무진장은 수실을 잡고 검을 머리 위로 빙글빙글 돌리고 있었다.

그러다가는 가끔 손잡이를 잡고 칼을 쭉 뻗친 채 날을 가늠해 보기도 하고 일부러 칼날에 손가락을 튕겨보기도 하면서 매우 무료한 시간을 보내고 있었다.

그의 주위로는 고추잠자리 수십 마리가 쌍쌍이 꼬리를 붙들어 맨 채 푸른 하늘을 오락가락하며 사랑의 행위를 즐기고 있는 평화로운 정경이 이어지고 있었다.

언제 시뻘건 피가 애달픈 가슴을 적실지 모르는 전장의 풍경치고는 무척이나 한가한 느낌을 주었다.

다만, 왠지 심상치 않다는 느낌을 주는 것은 주변에 약간의 경사를 이루며 펼쳐진 옥수수나 수수밭에 일하는 농부들이 전혀 눈에 띄지 않는다는 것이었다.

길 양쪽으로 줄곧 이어지는 키 작은 뽕나무 군락이 여기서는 제법 울창해서 시원한 그림자를 선사하는 것이 쉬기에는 그만이었다.

"앗핫핫! 뭐, 싸움질보다는 여기서 푹 자고 가는 것도 좋은 일 아냐?"

"삐이— 그거 좋습니다!"

제각기 뽕나무에 말을 비끄러매고 긴장을 풀고 있는 천대 소속 부하들 중에 몇몇이 휘파람을 불며 호응해 왔다.

"아, 자식들. 기다렸다는 듯이 난리를 치는군."

무진장은 부하들의 얼굴에 매달린 미소를 보며 흐뭇한 표정을 지었다. 어디서든 전혀 긴장하지 않고 싸우는 용맹하기 그지없는 수하들은 그의 자랑이었다.

옆구리에 매단 가죽 물주머니를 들이켠다거나, 물구나무서서 나무에 기대고 있는 자, 기름을 천에 묻혀 칼을 닦는 자, 누워서 땅바닥에 꽂은 창을 발로 툭툭 건드리는 자 등 생김새만큼 다양한 짓거리를 하며 시간을 보내는 것이었다.

철컥, 철커덕.

그때 쇠사슬에 매단 쌍겸 소리와 함께 천대(天隊)의 대주인 혈겸사신(血鎌死神) 모용광(毛用光)이 나무 그늘로 들어서면서 말을 걸었다.

"소원주! 우리 쪽 방향으로 금가 놈들이 다가오고 있다는 보고가 들어왔습니다."

매부리코에 뱀을 연상시키는 외모와 걸맞게 그의 음성은 냉기가 흐른다.

"거참. 그 목소리는 들을 때마다 가슴에 찬물을 뒤집어쓴 것처럼 써늘해지는군."

"소원주, 농담할 때가 아닙니다."

"그 사람 참… 뭐 급한 일이 있다고 농담도 못한단 말이오. 항상 웃고 살아야 해요. 그래야 오래 산단 말이야. 그렇지 않소?"

참으로 한가한 말이다. 그러나 모용광은 언제나 그의 여유가 부러웠다.

'역시, 소원주답구나.'

저것이야말로 강자만이 가질 수 있는 여유, 모용광이 속으로 탄식했다.

그때 문득 구름 낀 하늘을 올려다보던 무진장이 자리를 툭툭 털고 일어났다.

"많이도 쉬었으니 슬슬 가볼까? 그런데 금가가 우리 쪽으로 온다고 했소?"

무진장이 그제야 생각난 듯 묻는다.

"그렇습니다, 소원주. 금기린입니다. 그자가 이백여 명의 무사들을 이끌고 있답니다."

"금기린? 우하하하하! 금기린, 금기린이라고 했어?"

"옛, 소원주."

"이거야, 참으로 반가운 친구란 말이야. 놈을 어서 만나보고 싶어. 그래, 거리는?"

"여기서는 백 리가 조금 넘겠습니다."

"좋아, 좋아. 서로 말 타고 가면 금방일 거야, 그렇지?"

"예, 그러합니다."

무진장이 거의 호들갑을 떨면서 말하고 있었지만 모용광은 으레 그런 양 여전히 딱딱한 말투를 유지하고 있었다.

"놈들의 무장은 어때?"

"동일합니다. 모두 칼만 들고 있답니다."

"칼만 들어? 아하하하하! 칼만 들고 있단 말이지? 기마대가 말이야."

"그렇습니다. 칼만 들고 있답니다."

"아, 그 사람 참. 좀 웃으라니까? 나 혼자만 웃고 떠드는 것 같잖아?"

"케케케."

"클클클."

"크흐흐흐. 소원주, 우리도 웃고 있습니다요."

"에라, 이놈들아. 네놈들 웃는 소리를 들으면 저승사자가 왔다 무서워서 도망치겠다."

"에혀. 그래야 오래 사는 거 아닙니까?"

"맞다, 맞어. 저승사자도 도망치는데 누가 우릴 죽일 수 있어?"

"좋다. 에라! 저승사자도 무서워 도망치니 이 싸움은 우리가 무조건 이겼어. 죽는 놈이 있으면 내가 지옥 끝까지 쫓아갈 테니 알아서 해!"

"네 옙! 지옥에서 기다리겠습니다!"

"좋아, 좋아. 지옥에서 기다려! 엉? 이게 무슨 소리야?"

"왓핫핫핫!"

"크하하하하!"

모두들 대소를 터뜨리자 온몸을 흔들며 웃어젖히던 무진장이 적마(赤馬)의 목 부위를 두들기며 손을 번쩍 치켜들었다.

"자, 혈마(血馬)야! 우리 한번 신나게 달려보자꾸나!"

히이힝!

말이 기다렸다는 듯 힘찬 울음소리를 토하며 달려나가기 시작하자,

"우와아아! 소원주님의 뒤를 따르라!"

모용광의 외침과 더불어 백여 마리의 말들이 일제히 지면을 박차고 뛰쳐나갔다.

＊　　　＊　　　＊

처얼썩… 좌아아!

진천하의 거센 물결이 높은 물굽이에 부딪쳐 솟구쳐 오른 수많은 물방울들이 허공 속을 부유하다 떨어져 내려 물속으로 잠겨 들어갔다.

콰아아아… 좌아악!

진천하라는 이름에 걸맞게 천지를 떨쳐 울리는 커다란 소리, 자잘한 물 바위에 부딪쳐 탄력을 받은 물보라가 제방 옆을 종대로 행진하는 무당 제자들의 머리 위로 물방울을 쏟아 부었다.

"허푸, 허푸푸!"

비 오듯 쏟아져 내리는 물방울을 미처 피하지 못하고 졸지에 물 세례를 받은 사람들이 비명을 질렀다.

"푸하하하! 어허 참, 시원하군!"

그러다 물에 빠진 생쥐처럼 후줄근하게 젖은 서로를 둘러보며 유쾌한 웃음을 날렸다.

제자들이 유쾌하게 웃는 모습을 보면서도 우진자는 아까부터 감각에 닿아온 이상한 느낌에 사로잡혀 있었다.

이제 나이 예순. 삼십여 년을 도산검림에서 쌓아온 실전 감각은 그에게 위험하다는 느낌을 계속 전달하고 있었다.

'왜 이리 이상한 느낌이 드는가?'

손에 뚜렷이 잡히지 않는 모호한 감각을 무시하다 위험에 처하는 일이 드물지는 않았지만, 우진자는 왠지 믿고 싶지 않았다. 아니, 곧이어 닥쳐올 전화(戰禍)에서 잠시 떨어지고 싶은 생각이 앞서는지도 몰랐다.

'암습? 아니, 그럴 리가 없다.'

죽림마원의 이공자 무무성이 이끄는 일대는 이곳에서 이십여 리쯤 떨어져 있다는 것은 익히 아는 터, 은밀히 무당산을 빠져나와 불과 일각 전에 근방에 도착한 그들을 암습할 무리들이 어디에 있겠는가?

때문에 그 사실을 잘 아는 무당 제자들에게서는 전투를 앞에 둔 긴장감이란 없었다.

아무리 주의하도록 당부해도 위험에 노출되지 않은 몸뚱이는 긴장을 느끼지 못하는 것이다.

우진자 역시 눈앞과 도로 좌우변을 열심히 살펴보고는 있었지만 그것도 역시 건성에 불과했다.

걸을 때마다 굴러다니는 돌멩이가 발길에 차이는 삼 장 폭의 관도는 오른쪽으로는 제방으로, 왼쪽은 넓게 펼쳐진 논배미에 막혀 있었다.

가끔씩 불어오는 바람은 후텁지근한데, 다 자란 푸른 모포기들이 불어오는 바람을 맞아 일제히 몸을 수그리는 모습은 솜씨 좋은 화공의 손끝에서 나온 풍경인 듯 생동감이 넘친다.

'그래, 싸움을 앞두고 이런 마음을 느끼는 것도 오랜만이구
나.'

우진자가 이리저리 바람에 쏠리며 자아내는 모포기의 싱그
러움에 입가에 미소를 띠었을 때, 멀리 울창한 삼나무 숲에서
두 개의 푸른 인영이 빠르게 날아오르는 것이 눈에 띄었다.

'흠. 돌아오는가?'

이를 본 우진자가 걸음을 멈추자, 그를 따라 발걸음을 멈춘
제자들의 시선도 다가오는 인영들의 모습에 집중되었다.

멀리서 봐도 뚜렷이 느껴지는, 허공을 부드럽게 흐르는 제
운종의 신법. 척후를 나갔던 무당 제자들이었다.

그때였다.

추아악!

무당 제자들이 줄지어 선 도로의 왼쪽 논둑에서 진흙 덩어
리가 수백 개로 비산하는가 싶더니 공간을 쪼갤 듯한 수십 줄
기의 도기가 무당 제자들을 엄습해 들었다.

"어헛!"

"뭐냐?"

무당 제자들이 갑작스런 기습에 허리의 검을 서둘러 잡을
때 초록색의 인영들이 논둑에서 뛰쳐나와 그들을 덮쳤다.

"이놈들!"

한차례 호통을 내지른 우진자가 허리에 찬 검을 뽑아 들고
황급히 사위를 돌아보았다.

“으악!”

“크아악!”

여기저기서 미처 습격을 피하지 못한 무당 제자들이 비명 소리를 내지르며 바닥에 쓰러져 뒹굴었다.

“이런!”

우진자가 급히 출수를 하려고 할 때, 옆에서도 제자 한 명이 가슴에 일격을 허용하고 입에서 왈칵 핏물을 내뱉으며 뒤로 날아 제방에 처박히고 있었다.

그를 암습한 자는 곧이어 다른 무당 제자들의 사이로 파고 들어 가 우진자에게는 그자의 뒷모습만 아른거릴 뿐이었다.

“크으윽!”

또다시 곳곳에서 비명성이 터져 나오며 픽픽 쓰러지는 것은 무당 제자들밖에 없었다.

벌써 이십여 명의 무당 제자들이 피를 쏟으며 나자빠졌다. 이대로 가다가는 큰 피해를 면할 수 없었다.

뿌드득!

우진자가 이를 갈며 눈에서 불길을 토했다. 가슴이 터질 듯 답답했다. 이미 녹의 인영들과 무당 제자들이 한데 엉켜 공수를 주고받고 있어 우진자는 함부로 출수를 할 수 없었다.

“으으음! 이놈들을!”

이를 악물고 세세히 상황을 살피던 우진자의 핏발 선 눈에 무리에서 떨어진 녹의인 한 명이 눈에 띄었다.

동시!

우진자의 신형이 허공 이 장 높이로 두둥실 떠오르더니 검을 들지 않은 왼손을 한 바퀴 휘저으며 내질렀다.

스스슥!

그러자, 뱀이 풀 더미를 지나치는 소리가 들리며 빛살 같은 푸른 섬광이 일직선으로 쭉 뻗치더니 그자의 머리통을 직격하였다.

퍽!

그리 크지도 않은 소리였다. 잘 익은 수박이 터지는 소리와 함께 머리통이 부서지며 피와 뇌수가 허공 속에 흩뿌려지더니 그자의 신형이 쿵 하고 지면에 넘어졌다.

가히 절정에 달한 건원지(乾元指)였다.

그가 허공에 뜬 채 왼손 중지를 내지를 때마다 어김없이 목이나 가슴에서 피를 왈칵 쏟으며 녹의인들이 쓰러졌다.

목적하는 물체와 부딪치면 위력이 수배로 증폭되어 가격된 곳을 통째로 부숴 버리는 건원지는 지공이라기에는 대단한 위력을 자랑하고 있었다. 절체절명의 위기가 아니면 사용하지 말라는 극악한 수법.

그러나 건원지는 그 위력이 큰 만큼 공력 소모가 극심해서 길게 사용할 수 없는 단점이 있기도 했다.

우진자의 지공이 빛을 발하면서 녹의인들이 주춤거리며 무당 제자들과의 사이를 띄우자 우진자가 손에 든 청강검에 공력을 불어넣었다.

그러자 검면에서 아릿한 솔잎 냄새가 풍겨 나오는가 싶더니 점차 예리한 기운이 확산되기 시작했다. 우진자가 장기로 삼는 십성에 달한 태청검(太淸劍)이었다.

"자, 간다!"

우진자가 발을 박차고 허공에 떠오르면서 검을 사방으로 찔러 넣은 시늉을 했다.

그러자 우우웅! 하고 공간이 갑작스레 이지러지는 소리가 울리고, 솔잎처럼 날카로운 검기가 허공을 가득 덮으며 그대로 폭출되었다.

"크아아악!"

무당 제자들과 사이를 띄운 녹의인들이 칠공에서 피를 쏟으며 논둑으로 굴러 떨어졌다.

우진자의 엄청난 무위에 제정신을 차린 무당 제자들이 금세 정신을 수습하고 녹의인들을 대적해 나가자 금세 팽팽한 접전으로 바뀌었다.

일진일퇴의 공방전. 가끔씩 팔과 다리가 찔리고 베이는 섬뜩한 소음과 함께 간헐적으로 신음이 흘러나왔지만 어느 쪽도 우세를 잡지 못하는 싸움이 이어지고 있었다.

'됐어. 일단 급한 숨은 돌렸다.'

우진자가 내심 안도하며 둘러보는 눈길에 확연히 드러나는 자가 있었다.

'저자는 누군가?'

호랑이같이 부리부리한 눈을 크게 치뜨고 연신 삼지창을 내지르는 거한이었다.

자세히 보니 창을 내지를 때마다 푸른 기운이 창을 감싸고 돌다 쏘아져 나간다.

고수!

우진자가 눈을 부릅뜨고 그에게 접근할 기회를 노렸다.

"끄아악!"

급기야 또 한 명의 제자의 목줄기가 뚫리며 털썩 바닥에 주저앉자 우진자의 눈이 홱 돌아갔다.

"네 이노옴!"

굉렬한 소리를 내지르며 그가 허공에 뜬 그대로 거한을 향해 검을 찔러갔다.

쇄아아!

우진자의 검끝이 부르르 떨리며 수백 개의 솔잎 검기가 흩뿌려졌다.

"엥? 늙은이가 힘도 좋네."

거한이 털북숭이 입술을 씰룩이며 다가오는 우진자를 비웃었다. 그러나 말과는 달리 그의 방비는 신속하면서도 신중했다.

채채앵!

이어, 다가오는 검기를 해소하다 마지막으로 옆구리로 짓쳐든 우진자의 검을 걷어 올린 거한이 몸을 빙글 돌려 거꾸로 그의 오른 옆구리로 창끝을 박아 넣었다.

"차앗, 어림없다!"

우진자가 달려가던 자세에서 곧바로 정지 상태로 들어가 왼쪽으로 자세를 낮추며 돌다 거한의 창을 밀어내자 찌지지! 하고 검과 창이 엇갈리는 소리가 들렸다.

엇갈려 떨어져 나간 두 사람이 막 몸을 돌려 다시 상대를 노릴 때, 창자루의 중단을 잡은 거한이 창을 빙글빙글 돌리기 시작했다.

콰아아아!

그러자 강력한 와선풍이 일어나며 창의 거센 기운이 와르륵 쏟아져 내렸다.

"허엇!"

부지불식간에 경호성을 내지른 우진자가 좌우로 검을 부지런히 놀리며 창의 거센 기운을 해소하더니, 창날이 흐르는 사이사이로 검을 몇 번 찔러 넣었다.

채채챙!

우진자의 검에 밀려 튕겨 올라간 창끝이 기묘한 호선을 그리더니 우진자의 검날을 와락 잡아당겼다.

"이, 이런!"

우진자가 쭈르륵 이끌리며 기우뚱대는 신형을 잡으려고 애쓸 때 창의 끝이 교묘히 흔들리며 불시에 우진자의 목 어림에 내리꽂혔다. 거한의 온 힘을 다한 회심의 일격. 그러나,

"어딜!"

위기를 맞은 우진자가 목을 비끼는 동시에 팽이처럼 몸을 돌리며 거한의 가랑이 사이로 무릎을 쳐올렸다.

푸각!

“으허억!”

낭심을 비껴 맞긴 했지만 무릎에서 일시에 힘이 쭉 빠져나가자 거한이 짤막한 신음을 흘리며 뒤로 주춤거리며 물러났다.

“놈! 끝이다!”

승기를 잡은 우진자가 검을 좌우로 약간 흔들며 태청검의 절초 추풍섬(追風閃)으로 끝장을 보려고 할 때, 거한이 발아래의 마른 흙을 삼지창으로 퍼올려 날려 보냈다.

“이, 이놈이?”

도리없이 우진자가 눈앞을 가득 메운 먼지를 비켜 돌려고 할 때,

삐이익!

호각 소리가 날카롭게 울리며 공간을 빠르게 갈랐다.

“돌아간다!”

누군가 재빨리 소리치자 상대하던 무당 제자들을 내버려 두고 녹의인들이 빠르게 뒤로 신형을 물렸다.

그때, 가장 늦게 우진자에게서 몸을 빼며 뒤로 훌훌 날아가던 거한이 그를 향해 소리를 질렀다.

“과연 무당의 장로란 투전으로 딴 것이 아니군. 자, 오늘은 이만하고 다음에 또 만납시다!”

“그대는 누군가?”

“핫하하하! 나 말이오? 본인은 죽림마원의 지령마(地靈魔). 다음에는 늙은 말코의 쓸모없는 모가지를 잘라주지!”

우진자가 냉소를 지었다.

"놈! 아직 멀었어! 가서 엄마 젖이나 떼고 오면 좋겠군."

도인답지 않은 말투에 지령마가 더욱 소리 높여 웃으며 대꾸했다.

"크하하하! 사기꾼 말코답게 말발도 세구나! 나는 엄마 젖이나 빨고 올 테니, 말코는 쪼그라진 할망구 젖통이나 만지고 오슈."

그의 마지막 말은 삼나무 숲 속 너머에서 들리고 있었다.

지령마의 종적과 함께 적의 인기척이 확실히 사라지자 우진자가 장내로 시선을 돌렸다.

어지럽게 쌓인 시신들 사이로 붉은 피 웅덩이가 선명하게 눈에 들어왔다.

"허어……."

우진자는 고통스럽게 장탄식을 발했다.

방금 전까지도 웃고 떠들던 제자들이 죽어서 시신마저 온전치 않구나. 시신 더미에서 사형제를 찾는 살아남은 제자들의 모습들이 오히려 애처로웠다.

"우욱……."

우진자가 갑자기 가슴을 치받아오는 아픔에 비틀하며 무릎을 꿇었다.

그사이에 하늘은 짙은 구름에 묻혀 회색빛으로 잠겨들고 있었다.

"아아……."

허탈하게 올려다보는 우진자의 동공 속에 허공을 떼 지어 날아가는 까마귀 무리의 거무칙칙한 잔영이 박혀들었다.

*　　　*　　　*

두두두, 두두두두!

이백여 마리의 건마들이 뿌연 먼지를 일으키며 넓은 관도를 질주하고 있었다.

말들의 위에는 허리에 검을 차고, 왼손에는 장창을 비껴든 녹의장한들이 삼열로 질서 정연한 대오를 형성하고 있었다.

달리는 말 위에서 보면, 주위의 풍경들이 제멋대로 휙휙 시야를 지나쳐 멀어져 가는 것이 색다른 흥취를 느끼게 하였다.

대열의 선두에는 붉은 윤기가 자르르 흐르는 혈마를 탄 무진장이 능숙하게 말을 몰고 있었는데, 역시 옆구리에 검을 차고 있었으나, 왼손에는 작은 채찍을 든 것이 다른 무사들과 다른 점이었다.

그의 왼쪽 반걸음 뒤쪽에 모용광이 홍광을 번뜩이고 있었고, 우측에는 겨우 십대 후반에 이를 듯한 앳된 얼굴의 장한이 언월도와 비슷하게 생긴 긴 칼을 들고 늠름하게 뒤따르고 있었다.

"워어, 워!!"

그때 무진장이 말고삐를 여유있게 잡아당기면서 왼손의 말 채찍을 꼿꼿이 세워 머리 위로 흔들었다.

파바바박!

그러자 눈을 정면에 그대로 둔 채 일제히 달리던 말을 멈춘 무사들이 건너편 둔덕을 응시했다. 날카로운 눈매, 터질 듯한 호기, 그리고 온몸에 넘치는 활력까지. 실로 죽림마원의 최정예인 천대의 무사들다운 당당하고 멋진 모습이었다.

"좋아!"

뜻 모를 소리를 지른 무진장이 목운동을 하며 대충 주변을 둘러보았다. 척후에게서 보고를 받아 이미 주변의 지세는 머릿속에 들어와 있었다.

그러나 듣는 것하고 실제로 보는 것은 다르다. 아무렇게나 흩어져 있는 의미없는 자갈들이 승패를 결정지을 수도 있다.

이처럼 주변 지세를 잘 이용하는 자가 역사의 승자가 되었던 것이니 아무리 대범한 무진장이라고 해도 결코 무시할 수 없는 기본 중의 기본 지식이었다.

그가 말을 멈춘 곳은 옥수수와 밀밭이 끝나고, 기다란 관도 옆으로 드넓은 돌무더기 황야가 펼쳐진 곳이었다.

무진장이 멈추어 서자, 참모를 맡고 있는 서달(徐達)이 뒤에서 말을 몰고 와 그와 나란히 섰다.

무진장이 돌무더기 사이로, 군데군데 노랗게 핀 들꽃을 이리저리 눈에 담다가 그에게 말을 건넸다.

"여기는 뭐라고 불리는 곳인가?"

서달이 공손히 읍을 하며 신중히 대꾸했다.

"만장평(萬丈坪)이라는 곳입니다."

"호오! 만장평이라……?"

무진장이 의외라는 듯이 눈을 빛내며 반문하자, 서달이 곧바로 대답했다.

"예. 외람스럽습니다만, 이는 금성혼이 제갈세가를 방문하는 길에 들러보고 '제갈가의 만장평이야' 하기에 지어진 것이라 합니다. 그 후 제갈세가에서 말을 조련하는 데 가끔 이용하는 것으로 알고 있습니다."

"뭐야? 그러니까 그 태양신군이라는 사기꾼이 지은 이름이라 이거지?"

무진장이 눈알을 부라리며 다그치자 서달이 자기가 죄를 지은 것처럼 눈을 내리깔고 안절부절못한다.

"어허, 그 친구 참. 한마디만 더하면 말등에서 굴러 떨어지겠어. 아, 이름이야 먼저 짓는 사람 마음이지, 금성혼이가 지었으면 어떻고 그놈의 할애비가 지었으면 어때?"

"예, 예. 그저 송구스럽습니다요."

'쯧, 이 친구는 다 좋은데 소심한 것이 탈이야.'

속으로 혀를 찬 무진장이 말을 돌렸다.

"하여간 잘된 일이야. 제놈의 할애비가 이름 지은 황야에서 손자 놈의 모가지가 떨어지면 이를 뭐라고 불러야 하지?"

"예, 옛. 그때에는 혈루평(血淚坪)이라고 부르면 되지 않을까요?"

서달이 만회라도 하듯 대답하자 무진장이 채찍으로 말등을 툭툭 두드리며 고개를 크게 끄덕였다.

"좋아, 좋아. 이제야 구색이 맞아떨어져. 아, 무림맹 동쪽 평원을 만장평에다가 혈루평이라고 부르니 이곳도 이름이 두 개 있어야 하는 거야. 그렇지 않소, 모사신(毛死神)?"

혈겸사신 모용광을 줄여 모사신이라고 부르는 것이 무진장의 버릇. 모용광이 음흉스럽게 웃으며 대답했다.

"크크크. 맞습니다, 맞아요. 실로 그럴듯합니다."

"하여간 오늘 금 옥룡이 모사신을 만났으니 살아서 돌아가진 못할 거야."

"당연하신 말씀. 본인의 쌍낫은 그 옥룡 금기린이란 애송이의 모가지를 싹둑 베어서 지옥에 처박을 준비가 되어 있습니다."

호기로운 모용광의 대답에 무진장이 대소를 터뜨리며 엄지손가락을 치켜 올렸다.

"크핫핫핫. 언제 들어도 모사신의 말은 시원스럽소. 다들 그렇지 않아?"

"예에, 맞습니다."

"그렇고말고요."

또 뒤에서 왁자지껄하며 부하들이 맞장구를 치자 홍소를 터뜨리던 무진장이 머리를 갸웃하며 웃음을 멈추었다.

"근데, 금기린이 도착할 때가 되었는데 아직 안 보이는군."

"예, 그건……."

서달이 대답할 말을 찾고 있을 때,

우다다다다!

요란한 말발굽 소리가 지축을 울리기 시작하더니, 분지 반대편 언덕에 일단의 기마대가 모습을 드러내기 시작했다.

"크핫핫하! 말이 끝나기도 전에 나타나다니, 고양이가 호랑이 흉내를 내는구나!"

무진장이 배를 잡고 웃어대자 장내는 웃음소리로 다시 떠들썩해졌다.

"저자들은 누군가?"

마상 위에서 허리를 곧추세우고 건너편 언덕을 노려보던 금기린이 작은 대나무채를 들어 마주 보고 있는 인마를 가리켰다.

그러자 옆에 말을 세우고 있던 두견이 가느다란 목소리로 대답했다.

"죽림마원의 대공자 무진장이 이끄는 천대의 무사들이라고 들었네요."

"으음. 무진장이란 놈이라고……?"

금기린이 침음했다. 자신도 모르는 것을 두견은 알고 있었다.

'어떻게……?

그러나 이제 와서 말머리를 돌릴 수도 없다. 전혀 상대가 안 될 것이다. 출행 직전 금가의 무사들은 모두 빼가고 통솔이 거의 안 되는 팔파일방의 제자들로 청천대를 재편했을 때부터 예정된 결과일지도 모른다.

'대군사가 나를 죽이려고 한다. 왜?'

부친이 와병 중이라면서 전염성이 강한 병이니 만날 생각도 말라던 조원형의 점잔 뺀 얼굴이 떠올랐다.

어렸을 때부터 천년신동 소리를 듣던 금기린이 금가 내에서 묘하게 돌아가던 공기를 모를 리가 없었다. 막상 죽림마원의 소원주 무진장과 놈들의 최정예와 맞닥뜨리면서 그런 의문이 증폭되고 있는 것이었다.

'그렇다면 아버님은 놈에게 당해 벌써 돌아가셨을지 모른다.'

가슴이 너무도 답답해 왔다. 음모를 꾸며 남을 해치울 줄만 알았지 자신이 함정에 빠져 허우적거릴 줄이야 생각이나 했으랴.

'훗훗훗. 이것이 백년대계란 말인가.'

그렇게 생각하자니 당당하게 자신을 응시하는 대견 만석의 얼굴이 떠오른다.

'아냐, 아냐. 다 망상이야. 적을 앞에 놔두고 무슨 해괴한 생각인가.'

금기린은 머리를 흔들며 애써 모든 잡념을 털어냈다.

'얕보일 수 없다. 무림 최고 후기지수로서 명성을 날리는 내가 아닌가. 절대로 저자에게 약한 모습을 보이면 안 돼.'

금기린은 이미 없어진 눈두덩에서 바늘로 찌르는 듯한 고통이 엄습하는 것을 느끼고 남은 눈을 부릅뜨고 건너편 언덕을 노려보았다.

"거기 복면 쓴 놈이 금기린이냐?"

그때, 죽림마원 무리의 중간에서 소리치는 자가 있었다.

자세히 보니 눈에서 활화산처럼 불길을 뿜어내는 이십대 후반의 호남아였다.

백 장이 넘는 거리에서 까마득히 보이는 상대의 용모를 식별할 만큼 무진장의 무공이 뛰어남을 보여주는 장면이었다.

"그래, 내가 금기린이다."

백 장의 거리를 격하고 두 사람의 눈이 정면으로 부딪쳤다.

활활 타오르는 젊은 피가 두 사람의 눈동자에서 고스란히 불타오르고 있었다.

그러던 중 무진장의 씨익 웃는 모습이 금기린의 눈동자에 투영되었다.

"핫핫하! 천무세가에서 기르는 고양이로만 알았더니, 덜 자란 애송이 호랑이였구나!"

목소리에 상당한 공력을 담아 소리친 듯 무진장의 고함 소리가 금기린의 귀에 쟁쟁하고 울리자, 한순간 고막이 터져 나갈 것처럼 귀가 멍멍하면서 기능을 상실할 것 같았다.

"크카카카카!"

곧이어 죽림마원 무사들이 한꺼번에 와르르 웃는 소리가 귓전을 뜨겁게 달구어왔다.

'저자가?

금기린이 빠르게 공력을 운기해서 연신 귓전을 울려대는 환청을 몰아낸 다음 소리쳤다.

"하룻강아지 짖는 소리가 요란하구나! 사람들은 다 어디 가고 죽림마원의 잡종개가 저리 짖어댄단 말인가?!"

금기린이 죽채를 높이 들어 무진장을 가리키며 소리치자, 졸지에 하룻강아지가 되어버린 무진장이 온몸을 흔들어대며 유쾌한 웃음을 터뜨렸다.

"와하하하! 터진 입이라고 못하는 말이 없구나. 그래, 눈 하나는 어디다 팔아먹고 복면을 하고 나왔느냐? 혹시 호랑이 흉내 내느라고 스스로 씹어 먹은 것은 아니겠지."

다시금 건너편에서 와자지껄하며 웃음소리가 터지자 금기린이 어금니를 짓씹으며 대꾸했다.

"졸장부놈! 목소리가 커서 대장부인 줄 알았더니 남의 약점이나 파고드는 소인배에 불과하구나!"

'어헝, 저놈이?

말로는 도저히 안 되겠다 싶자 무진장이 갑자기 웃음을 뚝 그치고는 뒤를 보며 소리쳤다.

"내게 저 건방진 놈의 머리를 가져올 자는 없느냐?"

"제가 가져오겠습니다!"

무진장의 말이 떨어지자마자 앳된 목소리로 대꾸하는 자가 있었다.

다들 보니, 지령마 추상추의 외아들인 추중원(秋中原)이었다.

올해 십팔 세의 어린 나이에도 아버지를 닮아 커다란 덩치

에, 벌써 천생의 신력으로 널리 알려진 호한으로 이번 출행에
서는 무진장의 시종을 맡아 따라 나왔다.

"오오!! 네가?!"

무진장의 눈에서 빛이 번뜩했다. 말 위에서 당당한 거구를
곧추세우고 그를 보는 추중원의 강렬한 눈길에서는 사나이의
꺾이지 않는 투기가 느껴졌다.

"그렇습니다! 저를 보내주십시오!"

큰 소리로 외치는 추중원의 얼굴은 붉어져서 피가 왈칵 터
져 나올 것만 같았다.

'어린 사자다. 고난이 그를 강하게 하리라.'

"흥분하지 마라! 싸움을 앞두고 흥분하는 것은 스스로 목숨
을 내놓는 어리석은 일이다."

"옛! 명심하겠습니다!"

나직이 꾸짖은 무진장이 가죽 채찍을 들어 앞을 가리켰다.

"좋다! 가라!"

"옛!"

두 손을 잡아 머리 위로 올리며 죽림마원 특유의 예를 표한
추중원이 말을 몰아 만장평으로 달려나갔다.

히이이힝! 두두두둑!

힘차게 말이 달리는 소리가 평원을 가득 울리자, 갑자기 호
기가 일은 금기린의 복면으로 가려지지 않은 뺨이 붉게 물들
었다.

“누가 저 애송이를 상대하겠소?”

그러자 그의 뒤에서 고개를 내린 채 싱긋이 웃고 있던 두견이 머리를 치켜 올리며 속삭이듯 말했다.

“소인을 보내주시죠.”

‘응? 이 친구가?’.

자신에 대해서 모종의 안 좋은 임무를 띠고 따라 나왔을 것이라고 믿었던 두견이었다.

그런 그가 자발적으로 싸움에 뛰어들려고 하다니.

묘한 기색을 얼른 마음속에 감춘 금기린이 자기도 모르게 고개를 끄덕이며 명을 내렸다.

“좋아! 저놈들에게 금가의 무서움을 보여주라!”

금기린의 허락이 떨어지자, 포권의 예를 취한 두견이 즉시 흑마를 몰아 달려나갔다.

말을 황야의 중앙에 세우고, 양손으로 긴 언월도의 손잡이를 잡은 추중원이 칼을 왼쪽 위로 비껴들고 늠연히 섰다.

두두두두!

곧이어 오른손에 이 척 반 길이의 백련정강검을 비스듬히 든 두견이 빠르게 다가왔다.

푸룩, 푸루룩.

두 마리의 말이 연신 뿜어대는 콧김이 전의를 돋우고 있었다.

크고 작은 두 사람이 말을 빠르게 돌리며 상대의 빈틈을 노렸다. 서녘으로 넘어가는 햇살에 두 사람의 그림자가 길게 늘어졌다.

한동안 상대의 반대편으로 빙빙 도는 두 사람 사이에 팽팽한 긴장감이 가득 떠돌기 시작했다.

'자식이 만만치가 않구나. 그러나 아직 애송이니 먼저 흥분을 시키면 참지 못하고 허점을 드러낼 거야.'

속으로 셈을 한 두견이 둥그런 눈을 가늘게 찢으며 시비를 걸었다.

"크크크! 이제 보니 애송이로군! 엄마 젖이 부족해서 말젖이라도 얻어먹으려고 나왔느냐?"

"뭐, 뭐야?"

추중원의 커다란 눈이 햇빛에 번뜩이며 빛났다, 무척 기분이 상한 듯.

"늙은 놈이 터진 입이라고 함부로 씨부리는구나. 자, 너와 나 사이에 또 무슨 말이 필요하랴! 내 언월도를 받고 난 다음에도 말을 하는가 보자! 야핫!"

추중원이 고함을 지르는 동시 손에 든 긴 칼을 오른손으로 잡아 한 바퀴 돌리며 짓쳐 왔다.

파아앙!

주변에서 압축된 공기가 터지는 소리가 울려 퍼졌다.

"어어, 이놈이?"

두견은 상대를 얕볼 수 없었다. 그처럼 두견의 목을 찌르는 추중원의 기세는 놀라워서 금방이라도 두견의 목에서 피가 터질 듯 무시무시했다.

"이놈이!"

두견이 바락 소리치며 백련검을 힘있게 돌려 추중원의 언월도와 마주쳐 갔다.

콰앙!!

그러자 검풍과 도풍이 한데 어울려 엄청난 굉음이 터지며 땅바닥의 자잘한 돌무더기와 거친 흙을 휘감아 올렸다.

연이어 떼어졌다, 다시 부딪치며 터져 나오는 광풍에 노오란 들꽃들이 바스라지며 새된 비명을 질러댔다.

가히 금가의 가전 태양검법의 위력은 대단해서 추중원은 한 순간도 방심할 수 없었다.

카캉, 카카캉!

두 사람의 검과 도는 누가 단단한지 시험이라도 하듯 연이어 불꽃을 튕겨냈다.

아직은 미숙하다고 하지만 천생 신력으로 밀어붙이는 추중원의 태풍도법(颱風刀法)은 도도하게 두견의 검을 막아서고 있었다.

두견의 검이 불빛을 담은 것처럼 뜨겁게 내려치면 추중원의 도는 거센 바람을 몰고 사나운 기운을 토해낸다.

한 번, 두 번… 수십 차례의 공방이 이어졌지만 누구도 우위를 점하지 못했다.

"허억, 크허헉!"

두 사람의 숨소리가 점점 거칠어지기 시작하면서 두견은 힘이 부치는 것을 느꼈다. 상대는 부족한 내공을 본연의 힘으로 보충하며 두견을 밀어붙이고 있었는데 두견은 자신의 검과 도가 부딪칠 때마다 아직도 강력한 반탄력이 느껴졌다.

'헛!'

그러던 두견이 속으로 신음을 발했다. 손목이 접질린 듯 시큰거리며 손아귀가 째진 것처럼 뜨거운 열기가 솟아올랐다.

'이게 무슨?'

두견의 몸이 뒤로 한껏 젖혀지면서 말등에서 떨어질 듯 대롱거린다. 그러나 휘청하던 두견이 금세 자세를 바꿔 말등에 찰싹 붙은 채 돌진해 나갔다.

우두두두!

두 마리의 말이 다시 바짝 스치고 지나가자, 두 사람의 은빛 검과 백도가 강렬한 소성을 울리며 사방에 불꽃을 뿌렸다.

파파팟!

'됐다!'

부딪치는 동시에 입술을 씰룩한 두견이 검을 틀어 추중원의 도를 감아 올리듯 하자, 퍼엉! 하고 폭약이 터져 나는 소리와 함께 수십 가닥의 원형의 파장이 생겨나 추중원의 가슴 앞에서 폭발했다.

"크으윽!"

태양환(太陽環)의 수법. 아직 절반의 위력밖에 내지 못하였지만 이것만으로도 추중원은 위기를 맞았다.

추중원이 몸이 산산이 부서지는 느낌에 괴로운 신음 소리를

지르며 몸을 기우뚱할 때는 이미 두견의 검이 추중원의 가슴
으로 쇄도하는 중이었다.

섬뜩한 예기. 추중원이 이를 악물며 말고삐를 놓는 서슬에
말의 복부를 감싸 안으며 반대편으로 빙글 돌며 올라갔다.

"젠장!"

회심의 일격이 빗나가자 두견이 애석한 소리를 질렀다.

"저, 저런!"

두 사람의 결투를 구경하는 양쪽 사람들은 입을 딱 벌린 채
손에 땀을 쥐고 있었다.

무사 대 무사. 두 사람의 격렬한 투기가 맞부딪치는 소리는
사람들의 가슴속에 뜨거운 열기로 부풀어 올랐다.

"와아아아! 우와와!"

누구랄 것도 없이 양 진영에서 거의 동시에 두 사람을 격려
하는 함성 소리가 터져 나오고 있었다.

추중원의 백마가 그의 커다란 체구가 부담스러운 듯 다리를
휘청하며 고꾸라질 것 같자 두견의 눈이 반짝하고 빛났다. 확
실치는 않아도 말 역시 심대한 타격을 받아 눈망울이 고통으
로 짜부러지고 있었다.

"애송이 놈, 죽어라!"

이때를 놓치지 않고 두견이 흑마의 고삐를 바짝 당기며 그
자리에서 핑 돌아 검을 그어댔다.

콰아아!

휘몰아치는 바람 소리와 함께 돌과 흙덩이가 어지럽게 날아오르며 추중원의 시야를 가리는 순간, 돌풍 속에 검날이 하얗게 부서지는 느낌에 추중원은 아뜩한 공포를 느끼고 거구를 떨었다.

"제, 제길!"

추중원이 잇소리로 공포감을 떨치며 벌게진 얼굴에 수치심을 담았다.

"어림없다!"

뒤뚱거리는 말의 옆구리를 걷어찬 추중원이 공중으로 이삼 장 날아올라 천근추의 신법으로 급속히 가라앉히며 두견의 목 부위를 내려쳤다. 실로 유효적절한 임기응변.

싸아아!

바람결이 갈라지는 소리와 더불어 목에 거친 도기가 다가오자 두견이 목을 한 바퀴 돌려 추중원의 도를 비낀 다음, 균형을 잃고 앞으로 와락 쓰러지는 추중원의 말등을 밟고 앞으로 굴렀다.

쿠당탕!

두견이 자갈밭을 구르는 소리에 일순 추중원이 그의 신형을 따라 눈을 굴릴 때, 두견의 왼손이 품속으로 들어갔다 벼락처럼 빠르게 떨쳐졌다.

'단도!'

자신의 목으로 폭사된 물체가 무엇인지 피부로 느낀 추중원이 자기 쪽으로 다가온 두견의 말 복부 털을 잡아 말을 돌려세웠다.

끼아악!

자신의 말이 자신이 던진 단도에 맞아 피를 흩뿌리며 지면에 나뒹굴자,

"이 애송이 새끼가!"

두견이 이를 부드득 갈며 덮쳐 오는 말의 몸 위에서 곤두박질치며 신형을 뒤집더니 추중원에게 몸으로 부딪쳐 갔다.

'같이 죽자?'

추중원이 언뜻 그런 생각을 했을 때, 두견이 빠르게 추중원의 몸을 비껴 나가며 양손을 두 번 연속으로 밀었다.

파파방!

주변의 공기가 한데 뭉치는 소리와 함께 응집한 기운이 추중원의 가슴팍을 때려갔다.

금가의 또 다른 절기 쌍첩장(雙疊掌)으로 첫 번째보다 두 번째가 위력이 거세어 첫 번째 공격을 막고 한숨을 돌리는 순간 온몸이 통째로 부서져 나간다는 무서운 수법.

너무 가까워서 피할 새가 없었다. 미처 방비할 엄두를 못 낸 추중원이 멍하니 그 자리에 섰을 때,

파앙, 콰직!

연이어 가슴에 장력을 얻어맞은 추중원의 거구가 허공을 붕 떠서 꼴사납게 지면을 굴렀다.

"끄으으!"

간신히 입을 벌려 신음 소리를 낸 추중원이 입에서 피를 왈

칵 토하며 정신을 잃었다.

"역시 아직은 어려."
추중원이 끝내 지면에서 일어날 줄 모르자 무진장의 여유롭던 얼굴이 찌푸려졌다.
"허억, 헉!"
그러나 전력을 다한 두견은 기력이 빠진 듯 그 자리에서 거칠게 숨을 내쉬며 쓰러진 추중원을 보고만 있었다.
'놈이 기력을 차리면 중원이가 죽는다!'
혈겁사신 모용광의 화등잔 같은 눈이 언뜻 무진장에게 향했을 때, 무진장이 채찍을 든 손을 높이 쳐들며 벼락같은 고함을 내질렀다.
"자! 영생불멸 죽림마원의 전사들이여! 저 더러운 위선자들을 남김없이 쓸어버리라!"
"우우와아아아!"
죽림마원의 천대 무사들이 일제히 고함을 지르며 말을 몰아 달려갔다.
파바바바박… 이히히히잉!
말들의 울음소리와 말발굽 소리가 지면을 송두리째 때려 엎을 듯 몰려나오자, 세 갈래로 나뉘어 달려 내려오는 이백여 죽림마원 무리들을 노려보던 금기린이 눈을 바락 빛내며 소리쳤다.
"비겁한 놈들! 자, 청천대의 용들이여! 저 무도한 놈들을 거센 바람으로 한꺼번에 날려 버리자!"

"와아아아아!"

두두두두두!

굉렬한 금기린의 고함 소리에 이어 백여 청천대의 무사들이 거센 파도처럼 황야로 달려나갔다.

죽림마원 천대와 무림맹의 급조된 청천대의 싸움. 급조되었다고는 하나 팔파일방의 정예 무사들인 청천대 역시 만만치 않을 것이다.

무진장의 작전은 밀집대형으로 덤벼오는 청천대를 자신의 본대가 상대하는 동안 양쪽으로 달려나간 이대가 청천대를 포위해서 섬멸하려는 의도로, 적의 숫자가 배나 많기에 쓸 수 있는 작전이었다.

한편, 상대의 월등한 인원을 감안할 때 이를 충분히 예상했던 금기린이 쓴 작전은 간단했다.

빠르게 적의 중앙을 요격하고 뒤로 빠져 거꾸로 양쪽으로 갈라진 죽림마원의 좌우대를 뒤에서 공격하는 전술이었다.

그렇게 해서 약간의 시간만 끌면 제갈세가의 광풍대가 뒤에서 달려들기로 되어 있었다. 십여 년 전의 옛날 흑수채의 본거지를 습격했던 제갈세가의 최정예 광풍대.

하지만 금기린은 제갈혜련에게서 그 얘기를 들었지만 별로 기대하지는 않고 있었다. 제갈세가 역시 무림맹 지하에서 핵심 수뇌부를 잃은 데다 제갈용은 소식이 묘연했으니 광풍대 역시 제구실을 하겠느냐는 의구심이었다.

그러나 이 시각, 제갈혜련은 속으로 피눈물을 흘리고 있었
다.

금기린의 뒤를 받쳐 주기 위해 제갈세가를 떠난 광풍대는
석병산에서 죽림마원 현대(玄隊)의 공격을 받고 발을 빼내지
못하고 있는 것이었다.

그만큼 상인이나 거지 등으로 위장한 현대의 움직임은 워낙
은밀해서 광풍대는 심각한 타격을 받고 있는 중이었다.

두 무리의 무사대가 정면으로 충돌하자, 만장평은 뼈와 살
이 흥험한 전쟁터로 화했다.

집단전에서는 아무리 고수라도 절대로 방심할 수 없다. 또,
난전 중에 어디서 칼이 날아올지 모른다.

양 진영의 선두에 섰던 무진장과 금기린은 상대의 허실을
탐지하느라 눈을 벌겋게 빛내고 있었다.

차앙, 차차 창!

"커억!"

병장기가 한꺼번에 부딪치는 소리가 요란해지며 삽시간에
두 진영의 우열이 드러나기 시작했다.

이러한 우열은 긴 창과 짧은 칼의 길이만큼이나 뚜렷했다.

빠르게 무진장의 본대를 뚫고 나가 양쪽으로 갈라져 죽림마
원 좌우대를 습격한 것까지는 계획대로였지만, 이미 사분지
일가량의 청천대 무사들이 질퍽한 핏물 위로 몸을 누인 뒤였
다.

"죽일 놈들!"

처음에는 죽고 싶었다. 부친의 생사가 의심스럽고 자신을 말살하려는 조원형의 음모를 어렴풋이 깨달았을 때, 모든 것이 허망해졌다.

자신은 이제껏 무엇을 위해서 살아왔던가. 그것은 완전히 망가진 얼굴 반면을 느낄 때마다, 움푹 파인 한쪽 눈자위가 간단없이 쓰라린 통증을 몰고 올 때마다 더욱 증폭되었다.

그러나 피와 살이 튀고, 뼈가 갈라지는 으스스한 전장의 공기가 금기린의 피를 뜨겁게 달구는 지금은 아니었다.

살아서 돌아가야 했다. 돌아가서 배신자 조원형의 가슴에 한 맺힌 검을 박아 넣어야 했다.

"죽어라!"

금기린이 또 한 명의 적의 가슴을 가르며 터져 나온 뜨거운 핏줄기를 전신에 뒤집어썼을 때,

피이이융!

장내의 소음을 모두 삼키는 적막감과 함께 빛살 같은 강기가 금기린의 등 뒤로 엄습해 왔다.

'막을 수 없다!'

온몸의 피부에서 갑작스런 소름이 돋는 것을 느낀 금기린이 비명을 삼키며 바닥을 굴렀다.

콰아앙!

폭탄이 터지는 엄청난 소리와 함께 단단한 지면이 커다랗게

함몰되며 튀어 오른 수많은 돌조각들이 우수수 허공에서 떨어져 내렸다. 무지막지한 위력. 바로 무진장이 날린 혈살기(血殺氣)의 절기로 잔상처럼 허공 수장을 덮은 것은 노을빛 안개였다. 천천히 마음속에 스며드는 황홀한 기운.

'아름답다!'

이 위태로운 상황에서 어울리지 않는 엉뚱한 감상이었다.

'크크큭. 웃기는군. 왜 이리 웃기지?'

금기린은 픽 웃으며 뒤를 돌아보았다.

그곳엔 오른손에 아무렇게나 채찍을 들고 이빨을 드러내며 웃고 있는 무진장의 사내다운 얼굴이 드러났다.

"크핫핫핫. 대단한 임기응변이야. 난 또 쥐새끼가 구르는 줄 알았어."

그러나 금기린은 그의 말에 대꾸할 생각을 버렸다.

공기는 이미 급박하게 돌아가 있었다. 금기린의 주변에서 사위를 쓸어보던 두견도 싸움에 휩쓸렸는지 보이지 않았다.

'비어 있다.'

일부러 두 사람만의 결투를 위해 비워놓았을까. 방원 수장 안에는 두 사람밖에 없었다.

그러나 병장기가 부딪치고 말이 울부짖는 소리, 죽어가며 내지르는 섬뜩한 비명 소리, 옷자락이 바람에 펄럭이는 소리로 가득 찼다.

뿌리째 뽑혀 허공중에 산화하는 이름 모를 들꽃과 잡풀의 잔해가 언뜻 금기린의 외눈 귀퉁이에 걸렸다.

금기린은 춤을 추고 있었다. 태양환락무(太陽歡樂舞). 줄기줄기 흩뿌려 지는 눈부시게 쏟아지는 태양 빛.

우우웅, 우우웅.

칼바람 소리가 부드럽게 징을 때리는 것처럼 나직하게 울리는 사이, 몇 가닥 거센 바람이 그 범위를 확대해 갔다.

아마 꿈결이었을 거야.

금기린의 귓전에 사근사근 부딪치는 혼잣말 소리.

"좋구나."

무진장의 음성이 이토록 부드러웠을까? 아니, 연인의 목소리처럼 감미롭게 들리는 것은 또 무슨 일이야?

'미친놈! 내가 미친놈이라니까!'

"크크크크크."

금기린이 뜻 모를 괴소를 터뜨리며 너울너울 춤을 추고 있을 때, 금빛 비가 내리는 것처럼 사위에 쏟아지는 빛줄기를 온몸에 받으면서도 무진장은 고요하게 서 있을 뿐이었다.

"저승에 가거든 나 무진장이 보내서 왔다고 하라."

무진장의 조용한 목소리가 파고들 즈음, 어느새 뽑아 든 장도에서 붉은 기운이 폭발하듯 타오르며 뿜어져 나왔다.

'뭐지?'

금기린은 의문을 느꼈다. 한바탕 휘몰아쳐 올 것 같은 진한 기운이 굴뚝 연기가 바람결에 흩어지듯 황혼의 공간으로 사그라지는 것이었다.

그와 동시, 주변에서 돌아가던 모든 움직임이 점차 느려지며 어느새 멈춰 바위처럼 굳어버렸다는 느낌이 와락 피부에 닿아왔다.

스르르릉…….

아무도 없는 공간, 금기린은 이 고독한 황야에 혼자 남았다고 느꼈다. 아지랑이 피어오르듯 흐릿한 기운은 금기린의 세포 하나하나에 깊이 스며들어 내부부터 바스라뜨리고 있었다.

‘크훗훗. 끝인가.’

금기린은 허탈하게 웃었다.

“죽어서도 알아두게. 혈살기의 최후초식인 귀천(歸天)일세.”

다시금 무진장의 속삭이는 듯한 음성이 들려왔다.

‘한심한 자식. 말이 너무 많아.’

“자, 마지막일세. 남은 흔적도 없을 테니 편안히 가게나…….”

무진장이 들고 있던 혈검을 슬쩍 까닥거리며 밀어내려고 할 때, 그의 눈알이 찢어질 듯 팽창되었다.

“엉, 저게 뭐야?”

담담하기만 하던 무진장은 그만 어이가 없었다.

금기린의 신형이 갑자기 붕 떠오르더니 황야의 북쪽, 아름드리 삼나무 숲 속으로 날아가 자취를 감추는 것이었다.

귀천을 쓰느라 모든 진력을 써버린 무진장이었다. 그가 가슴속에 치받쳐 오르는 기혈을 서둘러 잠재우며 조바심을 내고

있을 때, 그 장면을 본 혈겁사신 모용광이 금기린이 사라진 곳
으로 달려갔다.

“이건?”

빽빽한 삼나무 숲이 끝나는 자리에는 깎아지른 듯한 낭떠러
지가 버티고 있었다.

몸을 가로막는 삼나무 가지를 마구 쳐내며 낭떠러지에 끝에
이른 모용광 뒤에 무진장이 섰다.

낭떠러지 밑으로는 십여 장 폭의 깊이를 알 수 없는 강물이
흐르고 있었는데 물길을 보면 진천하로 이어지는 듯하였다.

“저, 저기?”

거의 점처럼 작아 보이는 얼기설기 아무렇게나 매어진 뗏
목. 그 위에 몇 사람이 있었는데 그중 한 사람이 손가락으로
무진장을 가리키며 소리쳤다.

“무진장! 난 대견 만석이라고 하오! 금기린은 내가 데려갈
테니 그만 돌아가 일 보시오.”

“네놈이 대견 만석이라고?”

무진장이 어떻게 해야 할지 금세 판단을 못 내리고 얼떨결
에 반문하자, 만석이 입을 크게 벌려 웃었다.

“핫하하하! 금기린이 나를 만난 것은 아직 죽을 때가 아니기
때문. 그렇게 알고 나중에 또 봅시다.”

무진장이 미처 대답도 하기 전에 뗏목은 절벽의 사면 뒤로
돌아가 보이지 않았다.

“소원주님, 어떻게 할까요?”

“으으음. 만석, 대견 만석이라…….”

내부가 완전히 으스러진 금기린이 과연 살아날 수 있을까?

모용광의 물음에는 대꾸도 없이 입술을 잘근잘근 깨물던 무진장이 곧이어 소리 높여 웃었다.

“크하하하! 재밌어, 정말 재밌는 놈이야. 자, 그만 갑시다.”

말끝에 무진장이 몸을 뒤로 돌리자 모용광은 아쉬운 눈으로 뒤를 돌아봤지만 무진장은 똑바로 앞만 보고 걸을 뿐이었다.

‘놈! 언젠가는 다시 만나게 될 것이다. 그때는 네놈을 갈기갈기 찢어서 개한테 던져 줄 거야.’

第九章
태양의 그림자

　제갈세가 북쪽 세 개 방면에서 벌어진 대회전(大會戰)이 끝난 지 사흘이 지났다.

　진천하의 물길 옆에서, 석병산 아래 분지에서, 그리고 만장평에서 벌어진 전투의 결과는 제갈세가를 절망의 늪에 빠지도록 강요했다. 무림맹 청천대, 무당 장로 우진자가 이끄는 백여 도사, 제갈세가의 정예 광풍대까지, 거의 궤멸적인 타격을 입고 제갈세가로 후퇴해 들어왔던 것이다.

　게다가 청해 혈사풍의 발호, 남해 패룡방과 보타문의 충돌, 상산에서 뛰쳐나온 정체를 알 수 없는 무리들이 횡행하고, 이때를 틈타 살막의 살수들이 공공연한 살육을 벌이고 있다 하여 무림은 바람 잘 날 없는 혼란기로 빠져들고 있었다.

그러나 이처럼 중원의 정도인들을 침체에 빠뜨렸던 비보와
는 달리 또 다른 낭보가 중원에 희망을 안겨주었다.

바로, 무당의 본산에 침입했던 죽림마원의 무리들이 무림맹
대군사 조원형이 이끄는 집단에게 일패도지해서 쫓겨갔다는
것이었다.

단, 열 명.

조원형이 대동한 십 인의 절정고수는 죽림마원의 지대와 황
대의 수백 마인들과 정면으로 상대해서 몰살시켰다는 소식에
정파무림인들은 대환호하였다.

이에 마도와 사파인들을 격멸하자는 조원형의 격문에 무림
각 대문파는 물론 수천의 무림인들이 개봉의 무림맹과 각 성
의 지부로 몰려들고 있다는 소문이 연이어 중원을 들뜨게 했
다.

다른 한편으로는 죽림마원의 마인들을 물리친 십 인의 절정
고수에 대한 소문이 분분했지만 아무도 그들의 정체를 알 수
가 없는 일이었다.

때문에 일부 무림인들이 일부러 무당산으로 향하는 경우도
꽤 있다는 것이었다.

"젠장, 이런 개 같은 노릇이 다 있나!"

자신이 거처하는 후원의 화원(花園)에 이른 제갈탄이 나직
이 욕설을 내뱉었다.

"으휴! 정말 화딱지가 나서 견딜 수가 없다니까!"

주변에 경비를 서는 세가의 무사들이 없는 것을 확인하고 내뱉은 욕설이었다.

십여 년 전에 지병으로 사망한 어머니 백화(白花)부인 황보연(黃甫淵)이 생전에 가꾸던 화원이었다.

지금도 화원에는 달걀 모양의 잎을 가진 희고, 붉고, 노란 색깔의 백일홍으로 가득 차 야릇한 향내가 끊임없이 코를 자극하고 있었다. 제갈탄이 마음이 불안하거나 불쾌한 일이 있을 때 이 화원에 오면 화가 풀렸지만 오늘은 그렇지 않았다.

"소가주인 나를 이렇게 취급해도 되는 거야?"

제갈탄이 이렇게 화를 내는 것은 지금껏 마음에 삭여왔던 불만의 표출이었다.

세가의 수뇌부와 무림맹의 두견, 무당의 우진자가 참석한 회의에서 제갈탄은 입도 뻥긋하지 못하고 꿔다 놓은 보릿자루처럼 석상에 앉아 있다 조금 전에 나온 것.

"에에라!"

여전히 씩씩거리던 제갈탄이 화원의 백일홍들을 걷어차려다 흠칫하며 발을 멈추었다.

아무래도 어머니와 같은 화원이다.

"쳇, 내 마음대로 할 수 있는 건 아무것도 없어! 제기랄!"

주먹을 들어 하늘을 치는 시늉을 하던 제갈탄은 무슨 생각이 들었는지 다시 화원을 나와 바깥쪽으로 걸어나갔다.

주변에 누가 없나 하고 열심히 살펴보면서 가산 사이 청석로를 걸어가는 제갈탄의 발길은 조심스러웠다.

자신이 생각해도 목적이 떳떳치 못하니 그럴 수밖에 없었지만 다행히 오가는 사람들은 보이지 않았다.

제갈세가로 진격해 오던 죽림마원의 무리들이 뒤로 물러나자 세가에서는 이를 쉬는 기회로 삼고 일부 은밀한 곳에만 경비를 세우고 있는 것이었다.

제갈탄이 세가의 어른들을 만나면 뭐라고 변명할까 궁리를 하다 보니 어느덧 세가의 뒷문이 가까워졌다.

한시름 덜은 제갈탄이 재빨리 문 주변을 살폈다.

'됐어. 경비무사 두 사람밖에 없구나.'

세가의 후문에는 두 사람의 무사가 경비를 서고 있었는데 가까이 다가오는 제갈탄을 보고 깊숙이 고개를 숙여 예를 취했다. 평소 경멸해 마지않는 대공자였지만 막상 그를 대하는 그들의 태도는 정중했다.

"이공자, 아니, 대공자님께서 어인 일로……?"

경비무사 한 사람이 입에 붙지 않았는지 이공자 소리를 하다가 제갈탄의 험악한 눈초리에 급히 대공자로 바꿔 불렀다.

성질대로 하자면 먼저 요 뭘 모르는 놈들에게 따끔히 가르침을 주었으면 좋겠지만 제갈탄의 마음은 급해져 있었다.

"어서 문을 열어라!"

불끈거리는 성질을 가라앉힌 제갈탄이 빗장으로 굳게 닫힌 문을 가리키며 소리치자 경비무사들이 난처한 표정을 지었다.

“저, 대공자님… 내전주님께서 누구도 밖으로 내보내지 말라고 엄명을…….”

‘뭐, 뭐야? 숙부님이?

제갈광의 무서운 얼굴을 떠올린 제갈탄이 일순 움찔했지만 얼른 태연한 표정을 지었다. 여기서 주저하는 기색을 보이면 경비무사들이 죽을 둥 말 둥 막으려 들 것이다.

싸움에만 기세가 있는 것이 아니라 이처럼 사람과의 사이에는 모든 것이 기세였다.

여기까지 생각한 제갈탄이 표정을 엄하게 굳혔다.

그리고는 경비무사들을 번갈아 손가락질하며 호통을 치는 것이었다.

“뭐야! 네놈이 못하는 말이 없구나! 본 가의 대공자인 내가 나가겠다는데 감히?”

“그, 그것이…….”

“듣기 싫다! 누가 내게 이래라 저래라 명을 내릴 수 있단 말이냐? 어서 문을 열어라. 그래도 안 열면 깨부수고 나가겠다!”

제갈탄이 노기등등해서 고함을 지르다시피 하자, 서로 눈치를 보던 두 사람이 마지못해 문을 열어주었다.

가주가 있으면 몰라도 없는 상황에선 실로 제갈탄이 제갈가의 최고 어른이라 할 수도 있었다.

“에잉! 이제는 별 우스운 놈들이 다 본 공자를 무시하는군!”

황의 옷자락을 거칠게 펄럭이며 밖으로 나가던 제갈탄이 문득 생각난 듯 뒤를 보며 일렀다.

"곧 돌아올 테니 내가 나갔다는 소리는 입도 뻥긋하지 말도록 해라!"

"옙!"

부동자세를 취하면서 두 사람이 대답하자 다시 한 번 그들을 노려보던 제갈탄이 빠른 걸음으로 밖으로 나갔다.

그가 나간 뒤, 얼른 문을 닫은 두 사람은 그의 발소리가 멀어지자 고개를 흔들며 불만을 토했다.

"크으. 세가주님 소식도 없고, 죽은 사람들 장사 지낸 지 얼마나 되었다고 저렇게 나돌아다니냐?"

"그러게 말이야. 저 망나니가 세가주가 되는 날이 제갈세가가 망하는 날일 거야."

"그래… 그런데 대체 어디로 가는 것일까?"

"뻔하지 뭐. 한동안 여자 구경을 못했잖아?"

두 수문무사가 뒤에서 자신을 씹고 있는 것은 아랑곳없이 마을로 향하는 제갈탄은 점점 마음이 풀려 나갔다. 아니, 마음이 기분 좋게 들뜨는 것이 절로 황홀해지는 것이다.

삐이이히.

제갈탄은 절로 휘파람이 나왔다.

해가 진 다음에는 통행을 통제해서 인적이 끊긴 마을의 골목길을 걸어가는 기분도 삼삼한 것이다. 게다가 생각만 해도 욕념이 끓어오르는 여인을 만나러 가는 길이 아닌가.

제갈탄이 가는 곳은 그가 보름 전에 살림을 차려준 여인의

거처였다. 총관에게 부탁해서 은밀한 거처를 골랐는데 그곳은
마을의 끝에서 높직이 솟아오른 산등성이에 위치하고 있어 남
의 눈을 피하기에는 그만이었다.

점점 그녀가 사는 곳에 다가가니 가슴이 마구 들뜨는 가운
데 처음 그녀를 만났던 때가 생각났다.

마음의 안정이 안 되던 어느 날, 평소의 습관대로 진천하의
물결을 보러 나갔는데 거기서 수적같이 험하게 생긴 세 놈한
테 희롱을 당하는 여인을 보게 된 것이었다.

갈대가 우거진 강가에서 흉한들에게 옷이 반쯤 찢겨져 드러
난 여인의 백옥 같은 살결은 제갈탄의 넋을 한순간에 앗아가
버렸다.

제갈탄이 즉시 쫓아가기보다는 놈들의 행동을 살피고 있자
니 전혀 무공을 익힌 티가 없어 보였다.

그래서 냉큼 쫓아가 놈들을 쫓아버린 후, 여인의 얼굴을 보
니 제갈탄의 마음에 꼭 드는 용모라 제갈탄은 도저히 여인의
얼굴에서 눈을 뗄 수가 없었다,

'참, 그때는 너무도 황홀했지.'

제갈탄의 입가에 살그머니 미소가 매달렸다.

정신없이 흐느끼는 여인을 위로해 준답시고 알몸에 가까운
탄력있는 그 여인의 몸뚱이를 안아보니 뼈가 없는 것처럼 부
드러워 혼이 다 나갈 지경이었다.

그런데 어느 정도 진정이 된 여인에게서 들은 이야기로는
지난번 물난리 때 부모형제와 집을 다 떠내려 보내고 홀로 남

왔다지 않는가?

‘크흐흣. 정말 생각만 해도 미치겠어.’

제갈탄의 하체가 저절로 꼬이며 하물이 뿌듯하게 부풀어왔다.

‘가만있자, 그냥 대문에서 찾으면 재미가 없잖아?’

높직하게 쌓은 돌담 밖에 도착한 제갈탄은 은밀하게 눈을 빛냈다. 남녀 간의 관계란 가끔 놀래주기도 하는 것이 긴장감을 유지할 수 있는 좋은 방법이었다.

‘훗훗. 어디.’

소리없이 담장을 넘은 제갈탄이 마당의 꽃나무 사이에 몸을 숨기고 칠팔 장 떨어진 건물의 창을 응시했다. 창은 반쯤 열려서 더운 공기를 밖으로 배출하고 있었다.

잠시 후면 질펀한 육체의 향연이 벌어지리라.

제갈탄은 그러지 않아도 급박하게 뛰어오르던 가슴이 격랑으로 변하는 것을 느꼈다. 기분 좋은 느낌. 가만히 그 느낌에 몸을 맡긴 제갈탄이 발소리를 죽여 창으로 다가갔다.

‘어? 근데 이상한데……?’

창을 몇 발자국 남겨둔 상태에서 제갈탄은 그녀의 숨소리가 너무 거칠다는 것을 알았다. 아니, 그녀의 거친 숨결에 겹쳐 또 다른 숨결이 함께 들리고 있었다.

‘이건 뭐야?’

그걸 느끼자 제갈탄은 숨이 턱 막힌 데 이어 가슴이 걷잡을 수 없이 빠르게 뛰기 시작했다. 머릿속의 핏줄이 팽창되어 금방이라도 터져 버릴 것 같은 위기의식마저 들었다.

'이, 이런… 개 같은 것들이……!'

제갈탄은 이를 으드득 갈며 마음을 진정시키려고 애썼다. 먼저 냉철한 눈으로 상황을 파악해야 했다. 설마 그 사랑스럽던 그녀일 리가 없었다.

'맞아. 이웃집 여인이 놀러 와서 일을 치르고 있는 거야.'

어처구니없게도 제갈탄은 그렇게 생각하려고 애썼다.

"어, 어서!"

그러나 그 소리가 들리는 순간 제갈탄의 가슴이 와르르 무너져 내렸다. 틀림없이 그녀의 목소리였다.

제갈탄의 온몸이 마구 떨리고 가슴이 마구 두방망이질치면서 눈자위가 벌겋게 달아올랐다. 머리카락이 쭈뼛 솟아오르며 머릿속이 텅 빈 것처럼 아뜩해져 왔다.

으으으!

피가 맺히도록 입술을 깨문 제갈탄의 두 주먹이 제멋대로 감겨 부들부들 떨렸다. 그러던 어느 순간 눈앞에서 불길이 번쩍하며 뇌리를 강타하였다.

"이, 이 개 같은 년아!"

제갈탄이 몸을 날려 창문을 부수고 들어가는 순간, 시커먼 흉기가 그의 가슴을 꿰뚫고 등 뒤로 빠져나왔다.

"크으윽!"

제갈탄의 뚫린 가슴에서 피가 왈칵 솟아오르더니 주변을 빨갛게 물들였다.

제갈탄은 뒤로 나둥그러져 가슴에 꽂힌 칼을 잡고 오한이 들린 것처럼 몸을 떨었다.

눈앞이 점차 희미해지는 것이 곧 시력이 상실될 것처럼 느껴진다.

"너… 너는 누구……?"

간신히 말을 꺼낸 제갈탄의 급격히 꺼져 가는 의식 속에 장한의 투덜대는 목소리가 틀어박혔다.

"에이, 그 자식 참 급하기도 하지! 쓸모없는 놈 하나 죽인 셈인가?"

"이젠 어떻게 하지요?"

방 안에서 색기가 넘치는 미모의 여인이 도톰한 입술을 열어 물어왔다.

"그것참… 자식이 하필이면 이럴 때… 제기! 되는 일이 하나도 없다니까."

뭐라고 할 말이 마땅치 않은 사내가 제갈탄의 축 늘어진 시신을 걷어차며 언짢은 소리를 냈다.

애써 미인계를 써서 제갈탄을 엮어놓았는데 제갈탄이 은밀히 담을 넘어 접근하기에 위협을 느끼고 서둘러 손을 쓴 것이 공들인 일을 망쳐 버린 셈이 되었다.

그런데, 햇빛 속에 드러난 길고 마른 사내의 얼굴은 어디선가 익숙한 느낌이 들었다.

탐화랑 무무성. 바로 그자였다.

"그만 원으로 돌아가야 하나요?"

그녀의 물음에 잠시 생각하던 무무성이 고개를 저었다.

"아냐. 공을 세우려다가 그만 실패했으니 돌아가 봤자 질책 밖에 더 받겠어?"

"그럼?"

"환희마녀는 지금 바로 돌아가. 난 형이 보는 앞에서 금기린을 데리고 사라졌다는 대견이란 놈을 쫓아가 볼 거야. 놈만 잡으면 일거에 실수를 만회할 수 있어."

"나도 같이 가요. 놈이 만만치 않다니 내가 가면 도움이 되지 않을까요?"

"그, 그럴까?"

무무성이 안면에 희색을 떠올렸다. 놈을 쫓아가는 동안에 외롭지 않아서 좋을 것이다.

"에이. 하여간 묻어주고나 가야겠다."

동정심이 생긴 것은 아니다. 제갈탄의 시신이 빨리 노출되면 좋을 것이 없다는 생각에서였다.

*   *   *

"참으로 끔찍하네요."

뗏목에서 내린 만석 일행이 상류에서 떠내려 온 시신들을 보며 눈살을 찌푸렸다. 무당 도사 차림도 있고 녹의 차림도 있어 그들이 누군지 대번에 알아볼 수 있었다.

무림맹의 지하 동굴에서 수많은 고난을 겪고, 처참한 시신을 본 일이 허다했지만 막상 물에 퉁퉁 불어 썩어가는 시신들을 보자니 일행의 심기도 편치 않았다. 특히 빙한설은 손으로 입을 막고 돌아서 있는 것을 보니 속에서 구토기가 치밀어 오르는 모양이었다.

"그렇군요."

빙매향의 말에 간단하게 대답한 만석이 아직 뗏목 안에 남겨둔 금기린을 돌아보았다. 희미하게 정신이 드는지 이따금씩 미약한 신음을 흘리는 그의 곁에는 소주만이 지키고 있었다.

그러나 금기린의 몸속 내부는 이미 시커멓게 타버렸다. 대라신선이 와도 그를 회생시키는 것은 불가능할 것이다.

"참 모를 사람이야. 생김새를 보면 비루먹은 당나귀 같은 것이 그래도 의리는 칼이라니까."

소주만이 금가의 금룡대 출신인 걸 빗댄 운산 나름의 감탄사였지만 그 말을 들은 소주만이 얼굴을 홱 돌리며 그를 노려보았다.

"쳇! 내가 비루먹은 당나귀라면 당신은 똥통 속의 구더기요."

"엉? 너, 너, 지금 뭐라고 했어?"

운산의 작고 마른 얼굴이 일그러지면서 눈에서 파란 불똥이 튀었다.

"깔깔깔. 제발 그만 해요. 두 분 다 제 얼굴에 침 뱉기예요."

빙한설이 냉큼 끼어들며 두 사람의 얼굴을 번갈아 살피는 표정을 짓자 두 사람이 떨떠름한 눈길을 교환했다.

실로 용모에 관해서는 전혀 자신이 없는 두 사람이었다.

"이 계집애야, 그렇다고 사람을 면전에 두고 욕하냐?"

그때까지 묵묵히 있던 배일도였다. 그가 화등잔 같은 눈을 부라리며 입술을 씰룩이자 빙한설의 눈이 만석에게 돌아갔다.

만석은 재밌다는 듯이 웃고 있을 뿐 관여하려는 표정이 아니다. 그제야 안심한 빙한설이 눈에 쌍심지를 돋우며 대꾸했다.

"아뇨! 욕이라뇨? 사람이란 생김새대로 사는 것이지 자기 용모를 두고 누가 뭐란다고 화를 내면 그건 졸장부나 하는 짓이에요."

"제기, 정말 돌겠군. 화를 내다가는 졸지에 졸장부가 되어버리겠네?"

"쳇. 그러게 말이오. 이거 용모가 못난 사람은 욕을 먹어도 참아야 한다니 이런 법이 어딨단 말요."

이번에는 두 사람이 죽을 맞춰 불평을 토하자 모두의 입가에 가벼운 미소가 걸렸다. 겨우 열흘간 함께한 여정이었지만 단단히 정이 든 사람들이었다.

중간에 죽림마원의 재출두 등으로 제갈세가 방향으로 오긴 했지만 이들은 곧 무당산으로 갈 예정이었다.

대부분의 무림인들은 모르지만 무당산에서 죽림마원의 무리들을 상대했다는 열 명의 절정고수들이 철혈강시가 아닌가 하는 빙매향의 우려 때문이었다.

직접 강시를 보지는 못하더라도 무당산에서 그들의 흔적을 확인해 보면 대강 짐작이 갈지도 모른다.

"대사형, 저는 여기서 천무세가로 돌아갈 테요."

그때, 배일도가 느슨해진 장내의 분위기를 틈타 말을 걸자 만석의 표정이 심각해졌다.

그가 돌아가는 주된 이유는 만석의 정혼녀인 홍자려가 걱정되기 때문이었다. 그 외에 단한방이나 마동풍을 독려해서 암중 무적문을 재건하겠다는 생각도 있었다.

만석은 그가 호북으로 들어서면서 수시로 안절부절못한 이유를 알고 있었고, 자신도 그와 함께 천무세가로 돌아가고 싶었다.

만석이 금방 뭐라고 대답을 못하자 빙매향이 두 사람 사이에 끼어들었다.

"혹시라도 천무세가로 갈 생각은 말게. 소문에 들리는 것처럼 조원형은 무림맹을 도우려는 사람들을 세 패로 나누어 각각 죽림마원과 혈사풍, 그리고 자네를 쫓게 했다고 하네. 재차 말하지만 자네가 안전하면 천무세가에 있는 사람들도 안전할 것이네. 일에는 선후가 있고 경중이 있어. 지금 자네가 할 일은 금가를 상대할 유일한 세력인 우리 빙궁으로 가서 힘을 기르는 일일세."

만석들이 이미 견식한 것처럼 금태원의 태양신공은 엄청난 위력을 담고 있었다. 과연 그와 정면으로 상대할 인물이 어디에 있을까. 그러나 빙매향의 말이 사실이라면 무적초자와 금성혼의 출신지가 북해빙궁이라 했다. 거기서 금태원과 상대할 수 있는 단초를 구할 수도 있는 것이다.

"대사형, 형수님이나 집안일은 저에게 전적으로 맡겨주시오. 이 배일도, 죽어 귀신이 되어서라도 무적문을 지킬 거요. 그러니 대사형은 걱정하지 말고 무림 전체를 아우르는 큰일을 하십시오."

배일도가 결연한 표정으로 무창으로 가는 길로 사라져 버리자 만석은 허탈하지 않을 수 없었다.

과거의 인연과 추억들을 모두 배일도가 가져간 것처럼 몸과 마음이 온통 텅 비어버린 느낌이 드는 것이었다.

일행의 누구보다 시무룩해진 것은 바로 빙한설이었다.

인상이 험악해서 무섭기는 했지만 만석의 한 팔로 의지가 되는 사람이었다.

"저분을 언제 다시 만날 수 있을까요?"

빙한설이 서글픈 음성으로 말을 걸자 만석은 대답할 수 없었다.

'하기야 꼭 대답을 기대하는 것은 아니겠지.'

겨우 십여 일 사이에 깊은 정이 든 소녀. 그러나 배일도에 대한 그녀의 정은 순식간에 식어들겠지만 만석에겐 죽을 때까지 갖고 가야 할 깊은 상처라는 점이 달랐다.

"소가주, 소가주님!"

배일도의 뒷모습을 보며 각자 상념에 잠겼던 중인을 깨운 것은 급박한 소주만의 외침이었다.

뗏목 위에 누워 있던 금기린이 깨어나 주변에 둘러앉은 사람들을 두리번거리다 만석과 눈이 마주쳤다.

"훗후후후. 역시 자네였어."

완전히 정신을 잃기 전에 들려온 음성. 금기린은 그 음성을 만석으로 알고 있었다.

'끝이야. 회광반조 현상이구나.'

시커먼 사색으로 물들었던 금기린의 얼굴에 화색이 피어나고 있었다.

"아냐, 아냐. 그런 눈으로 볼 것 없어. 사람은 언젠가는 죽는 것이 아닌가? 단지 내 할 일을 못하고 죽는 것 같아 서운할 뿐이야."

금기린이 힘없이 웃자 만석이 천천히 눈을 감았다.

처음에 그를 구한 것은 그를 이용해서 금태원에게 타격을 주려는 속셈이었다. 하지만 이제 죽어가는 그를 보니 모든 것이 부질없다는 생각이 드는 것이다.

"훗후후. 내가 이런 꼴이 되리라곤 생각하지도 못했는데… 언제 시간이 나거든 내 아버님께 안부나 전해주게. 기린이는 편안히 갔다고 말이야."

"물론. 내 손으로 자네 부친을 죽이기 직전에 그 얘기를 해주지."

"아버님은 조원형에게 당했어. 죽을 때가 되니 모든 것이 뚜렷하게 떠올라. 조원형의 그 뱀 같은 눈빛, 그 더러운 음모. 푸훗후. 아버님이나 나는 놈의 꼭두각시였어. 이미 환생교는 놈의 소유였어. 왜 그걸 진작에 몰랐지? 몰라, 난 모르겠어.”

금기린의 목에서 끄르륵 하는 소리가 들렸다.

“젠장… 정… 말… 끝… 이야… 근데 이상해. 진짜 무림을 제패하려고 음모를 꾸미는 자가 누구지? 조원형이 끝이야? 아냐, 그자는 내가 알아. 그런 그릇이 못 되거든? 놈 위에 또 다른 어떤 인물이 있나? 그야 모르지… 크홋… 죽으면… 죽으면 알게 될까……?”

금기린의 마지막 말들은 거의 횡설수설이었다. 그가 죽어가면서 하는 말들은 무척 중요한 의미가 있을 것이다.

‘조원형, 그리고 그 위에 다른 자가……?

불현듯 만석은 그의 뒤를 끈질기게 쫓아오던 이마 부위에 태양환을 그려놓은 복면인이 떠올랐다.

그러나 그자가 음모의 주재자라면 앞으로 나서서 설칠 이유가 없을 것이다. 그렇다면 조원형 말고 그자를 통해 명을 내리는 자가 따로 있다는 말인가.

‘지금으로서는 아무것도 단정할 만한 것이 없다.’

당장은 조원형의 마수를 피해 북해빙궁으로 가는 것이 급선무였다. 전혀 형체를 짐작할 수 없는 어떤 것을 두고 고민할 때가 아니었다. 만석은 무림맹 지하 통로에서 느낀 막막함을 다시금 느끼지 않을 수 없었다.

“어떻게 생각하는가. 그의 말이 사실일까?”

빙매향이 당장 판단이 안 서는지 고개를 갸웃하며 물어오자 만석이 가볍게 머리를 저었다.

"알 수 없는 일입니다. 다만 지금껏 다 그렸다고 믿었던 형체가 산산이 흩어지는 느낌이 드는군요."

"그렇지? 본 궁주도 언뜻 그런 생각이 들었네. 그게 사실이라면 실로 무서운 일일세. 금태원 부자만 꼭두각시가 아니고 우리 모두가 그렇지 않았나 하는."

그녀가 혼란스러운 표정을 지었지만 만석은 더 이상 할 말이 없었다. 아마도 거대한 거미줄에 붙잡힌 하찮은 날벌레가 된 기분이 이러할까?

눈을 크게 뜨고 죽은 금기린의 눈꺼풀을 가볍게 쓸어준 만석이 금기린의 시신을 안고 천천히 자리에서 일어났다.

'잘 가시오.'

가까운 야산 위에 비석도 없는 작은 봉분을 만들어 금기린의 시신을 묻은 만석이 조용히 두 손을 모아 읍을 했다.

일행은 무당산으로 갈 수가 없었다.

정체를 알 수 없는 무리로 무당산 주변은 철저하게 통제되어 있었다.

그리고 시시각각 밀려드는 마수를 만석 일행은 피부로 느끼지 않을 수 없었다. 가는 곳마다 몇몇 구의 시신들이 보였는데 그것은 대부분 구대문파나 오대세가 등 정도 인물의 시신이었다.

"쯧. 이 모두가 주인님과 죽림마원의 소행이라네요."

산중을 벗어나 가까운 시중에서 소식을 알아온 소주만이 혀를 차며 들려준 소리였다.

얼굴을 복면으로 가린 알 수 없는 무리들이 무림을 횡행하고 있고 그 선두에 만석이 서 있다는 것이었다.

"흥! 정말 치졸한 음모라니깐. 만석 오라버니는 여기 있는데 어떻게 정도인들을 죽이고 돌아다닌다는 거야? 아예 오라버니가 떡 나서서 해명하는 것은 어때요?"

빙한설이 입술을 삐죽이며 말을 하자 빙매향이 고개를 저었다.

"한설아, 그것은 그리 간단하지가 않단다. 무림에서 이 사람의 얼굴을 아는 자가 얼마나 된다고 생각하느냐?"

"그, 그래도……."

빙한설이 살짝 얼굴을 붉히며 기어드는 목소리로 말하자 만석이 빙긋 웃었다.

"실은 나도 너와 마찬가지로 백주대로에서 내가 바로 만석이라고 소리치고 싶단다. 믿어주든 안 믿어주든 그거야 내가 알 바가 아니지."

무척이나 한가한 소리였다.

그러나 그 소리를 들은 빙한설이 반색하며 소리쳤다.

"맞아요! 남이 믿어주든 말든 나만 떳떳하면 되는 게 아닌가요?"

아직 세상을 잘 모르는 열일곱 소녀의 외침이었다.

"그러나 너도 모르고 하는 말이 아니겠지. 네 마음이 순수하기에 남들도 순수하기를 바라는 네 마음 나도 잘 안다."

"오라버니!"

만석이 빙한설의 손을 잡으며 위로하자 그녀가 외마디 소리를 지르며 그의 품에 안겼다.

'제기, 계집애가 아주 앙큼스럽다니까. 기회만 있으면 만석에게 안기려고 들어?'

운산이 그런 곱지 못한 생각으로 눈길을 빙매향에게 옮겼다.

가까이만 서 있어도 가슴이 뛰어올라 주체를 못하게 하는 여인. 그의 눈길을 느꼈을 법하건만 빙매향은 밝지 못한 안색으로 두 사람에게 시선을 주고 있었다.

*   *   *

북해빙궁으로 가는 길은 매우 험난했다.

중원에서 십만 리 먼 길.

금가의 흑혼대뿐만 아니라 조원형에게 속은 무림 정파인들이 곳곳에서 만석을 죽이려고 기다린다. 게다가 만석의 피를 먹으면 수갑자의 내공을 얻는다는 소문까지 퍼져 있었다.

쫓고 쫓기어 북방으로 향해가는 만석 일행이었다.

길을 돌고 돌아 수개월이 흘러 이루 말할 수 없는 고초를 당하면서 그들이 도착한 곳은 공동산 지경이었다.

이미 겨울은 깊었고, 사나운 바람에 쓸린 눈발이 그들의 앞길을 가로막았다.

그러면서 간혹 출몰하는 적들을 베고 베면서 그들은 먼 길을 간다.

아스라한 절벽 사이의 빙벽길을 그들은 묵묵히 간다. 몸통에는 양털 가죽 겹옷, 솜바지, 피풍의, 발에는 설피화, 머리에는 귀까지 내리덮은 양털모자, 두 눈만 내놓은 그들에게도 엄동설한의 강추위가 기승을 부리고 있었다.

"아아, 좋구나."

잠시 눈발이 그치고 회색 구름 사이로 파란 하늘이 조금씩 엿보인다.

아스라이 눈 쌓인 산정에서 내려다보이는 세상의 모습.

하얀 눈으로 뒤덮인 산과 수림들이 바다 속에 흩어진 작은 섬처럼 떠 있었다. 뒤를 돌아보면 그들이 눈 위에 남긴 발자국들이 희미한 작은 흔적들로 지워져 가고 있었다.

'이토록 광활한 대지 위에 인간이란 얼마나 미소한 존재인가.'

아울러 만석이 세상이란 한낱 미세한 작은 점이라고 느끼는 순간, 머리끝에서 발끝까지 관통하는 기이한 전율이 있었다.

그리고 지금껏 애써 가져왔던 모든 것들이 허무함을 느꼈을 때 만석의 체내에서 모든 진기가 빠져나가고 만석은 스스로 바람이 되었다고 느꼈다. 세상의 모든 것이 그를 통해 불어가고 불어왔다.

만석이 산정에 올라 깨달음을 얻고 다시 길을 가고 있을 때, 무당의 우진자를 선두로 한 무림맹의 추격대 백여 명은 혹한을 무릅쓰고 그들을 쫓고 있었다.

"이제 얼마나 남았어?"

"만 리만 더 가면 돼요."

빙한설이 간단히 대답하자 소주만이 너털웃음을 터뜨렸다.

"우하하. 겨우 만 리란 말이야? 진짜 얼마 안 남은 건 안 남은 건데… 아니, 뭐어? 금방 만 리라고 했어?"

"뭐 잘못된 게 있나요?"

"크웃. 난 네가 우습게 대답하기에……."

"그 녀석, 그러게 말을 똑바로 들어야지."

운산이 나서서 퉁박을 주었지만 소주만은 한동안 멍하니 대꾸할 마음도 생기지 않았다.

길을 떠난 지도 벌써 육 개월이 지나 새해를 맞이했건만 아직도 길의 끝은 보이지 않았다.

물고기나 산짐승을 잡아먹을 때가 좋았지, 이 빙설로 뒤덮인 동토의 땅에는 살아 있는 것을 보기도 어려웠다. 그런데도 무림맹의 추적대는 포기하지 않고 그들의 뒤를 끈질기게 쫓고 있는 것이었다.

"으흐흐, 추워! 몸이 얼어서 꼼짝도 않아."

벌써 몇 번째인지 모른다. 삼백여 명의 추적대가 이백여 명으로 줄고 다시 백여 명 남짓 남았다.

도망친 자 반, 길을 헤매다 얼어 죽은 자 반이었다. 그러나 우진자는 걸음을 멈추지 못했다. 무당을 위기에서 구해준 조원형

의 부탁이 아니라도 수많은 정도인들을 살육한 살인마 무림공
적 만석을 죽이는 일에 그는 자신의 남은 생을 걸어버린 것이다.

아무리 온몸을 두꺼운 가죽 솜옷으로 칭칭 동여맸다고는 하
지만 인간의 몸으로 살이 떨어져 나갈 듯한 혹한을 견디기는
어려웠다.

바람만 약간 불어도 사람이 토한 입김이 얼음 가루로 변하
고, 길게 숨을 들이마시면 목젖으로 가시가 틀어박히는 듯한
섬뜩한 고통이 치밀어 오르는 것이다.

"으으으. 그, 그만 돌아가는 것이 어떻소."

제갈가의 독안신장 제갈광이었다. 말을 하는 그의 입가에서
얼음 조각이 부서지고 있었다.

"제갈 도우마저……?"

우진자가 믿을 수 없다는 투로 대꾸하자 몸속으로 진기를
돌려 몸을 덥힌 제갈광이 빠른 말씨로 대답했다.

"누구도 우리를 욕하지 못하오. 만석이란 놈을 잡아 죽이기
전에 우리 모두 얼어 죽을 거요."

"그렇지만 놈은 우리보다 겨우 십여 리를 더 가고 있을 뿐이
오."

"도장, 참으로 딱도 하십니다. 그 십 리가 우리에겐 천 리 거
리라는 것을 모르십니까?"

화산의 매화검수장 진천이었다. 다른 파와 마찬가지로 자파
의 장문인이 무림맹 지하에서 실종되자 남은 매화검수 십여
명을 데리고 나왔지만 이미 그중 절반은 자다가 얼어 죽었다.

“진 도장의 말이 맞소. 한겨울 철에 이 길을 가는 것은 무리요. 그러니 더 이상의 희생자가 나오기 전에⋯⋯.”

“닥치시오! 하나는 알고 둘은 모르는 소치! 지금은 돌아갈 수도 없소. 생각해 보시오. 우리가 쫓아온 거리가 얼마요? 돌아가자는 것은 오히려 죽자는 소리와 똑같은 것이오.”

우진자의 말에 그들은 자신들의 현실을 깨닫지 않을 수 없었다. 그렇다. 대체 어디로 돌아간다는 말인가. 이미 방향 감각마저 거의 상실하고 만석들의 뒤만 쫓는 것이 고작인 상황.

그들은 선택의 여지가 없는 것이었다.

몇 사람씩 붙어 식량 등을 실은 눈썰매를 끌고 가는 무림맹의 추적자들은 만석들과의 싸움보다도 몸을 썰어대는 찬바람에 허우적거리며 길을 갈 뿐이었다.

아직도 갈 길은 멀고 동토의 겨울은 그들을 사정없이 몰아치지만 그들은 전진하지 않을 수 없었다.

우진자 일행은 하늘을 뒤덮는 폭설을 맞으며 무거운 발걸음을 옮길 따름이었다.

“크흐흐. 잠이 와, 달콤한 잠이 온다구!”

누군가 또 그렇게 소리쳤다. 하지만 이제는 서로의 살을 꼬집고 뺨을 때리는 사람들도 없었다.

다시 며칠이 지나자 인원은 세 명으로 줄어 있었다.

날짜를 따져 보니 정월이 가고 이월이 온 모양이었다.

날씨가 잠깐 개이자 만석들의 눈앞에 펼쳐진 것은 광활한 얼음의 호수였다.

"드, 드디어……!"

운산이 나오지 않는 음성을 간신히 짜며 소리를 내뱉었다.

"아아, 드디어 빙궁에 다 온 것인가?"

소주만이 털퍼덕 눈이 부신 얼음판에 주저앉으며 소리쳤다.

그러나 그들의 눈에 보이는 망망한 호수에는 눈과 얼음뿐 아무것도 없었다. 아니, 밝은 햇빛 속에서도 칼날처럼 휘몰아치는 눈보라가 있었다.

또 있었다. 흰 눈에 덮인 자작나무와 백송 숲이 햇빛을 반사하며 거대한 그림자를 드리우고 있었다.

"저기예요."

빙매향이 손을 들어 수평선 너머를 가리켰다.

그러나 처음에는 눈이 부셔서 아무것도 보이지 않았다.

"아아……!"

이번엔 만석이 참지 못하고 경탄성을 질렀다.

멀리 얼어붙은 수평선 위로 우뚝 솟은 웅대한 은빛 건물이 사람들의 감격 어린 눈동자 속으로 와락 달려들었다.

『허공답보』 5권으로

지금 유전자가 말하는 사랑과 성의 관한 솔직 대담한 진실이 펼쳐집니다!

남편의 후광을 등에 업는 것은 까마귀와 인간뿐…

모두에게 바보 취급받던 독신 암컷이 단번에 인생대역전을 해서
서열 1위인 수컷의 아내 자리를 차지하게 될 수도 있다는 말입니다.
모든 여성이 이상형의 남자와 결혼할 수 있는 것은 아닙니다.
적당한 선에서 타협하여 적당한 사람과 결혼하지요.
하지만 솔직히 말해서 당연히 멋진 남자가 더 좋지 않겠습니까?
따라서 여성은 생각합니다.
'그럼 어떻게 하지? 유전자만이라면 가질 수 있어!'
그리하여 장기계획형이나 단기승부형과 같은 여러 가지 방법의
외도가 생겨나는 것입니다.
물론 모든 여성이 이를 실행에 옮기지는 않습니다.

하지만 기회가 있다면 어떨까요?
다른 조건과 이미 타협을 봤다면?
남편이 사소한 일은 눈치 못 채는 둔한 남자라면?
뭔가 유전자의 음모가 느껴지지 않습니까?

실패를 모르는 남자 선택법!
「내 남자친구는 왼손잡이」 법칙

어째서 여성은 왼손잡이 남성에게 마음이 끌리는 걸까요?

여기서 기억해야 할 것은 몸의 좌우와 뇌의 좌우는 원칙적으로 반대 관계라는 점입니다.
따라서 왼손잡이 남성은 우뇌가 발달했습니다.
발달했다는 사실이 왼손잡이를 통해 반영된 것입니다.

그리고 두 번째로 생각해야 할 것은 우뇌는 남성 호르몬의 일종인 테스토스테론에 의해 발달한다는 점입니다.
요약하자면 왼손잡이 남성은 우뇌가 발달했는데, 그것은 테스토스테론 수치가 높기 때문입니다.
그것은 다름 아닌 생식 능력이 높다는 것을 의미하지요.

「내 남자 친구는 왼손잡이」에 감춰진 의미는… 내 남자 친구는 생식 능력이 높아… 인 것입니다.

초등학생이 반드시 읽어야 할 좋은 책 49권

각 학년별로 초등학생이 반드시 읽어야할 좋은 책을 선정하여 통합논술의 기본이 되는 '올바른 독서법'을 일깨워 줍니다.

교과서와 함께하는 초등학교 통합논술

초등1학년 | 값 12,000원 / 초등2학년 | 값 9,500원 / 초등3학년 | 값 11,000원 / 초등4학년 | 값 9,500원 / 초등5학년 | 값 9,500원 / 초등6학년 | 값 11,000원

♣ 혼자 할 수 있어요.

엄마가 책 읽는 방법을 가르쳐 주어도 좋아요.
독서지도하는 선생님이 가르쳐 주어도 좋답니다.
"초등 교과서와 함께하는 **통합논술 시리즈**"는
아이 스스로 독서할 수 있도록 꾸며진 책이에요.
엄마와 선생님은 요령만 가르쳐 주시면 된답니다.

♣ 교과서의 중요한 내용이 총정리되어 있어요.

각 학년별로 중요한 교과 내용이 함께 수록되어 있어요.
초등학생은 교과서 내용을 충실하게 공부해야 합니다.
아울러 그와 병행한 독서가 대단히 중요하지요.
"초등 교과서와 함께하는 **통합논술 시리즈**"는
두 가지 방법 모두 알려준답니다.

♣ 이 책은 훌륭하신 선생님들이 함께 쓰신 책이랍니다.

동화작가 선생님들이 쓰셨어요. 소설가 선생님도 쓰셨답니다.
국어 논술독서지도 선생님들도 함께 쓰셨지요.
"초등 교과서와 함께하는 **통합논술 시리즈**"는
엄마의 마음으로 모든 선생님들이 함께 꾸민 책이랍니다.

입소문을 통해 아는 분은 다 알고 계십니다!
올 한해 공인중개사 최고의 화제작!

1~2권 합본 | 이용훈 지음
3~4권 합본 | 이용훈 지음
5~6권 합본 | 이용훈 지음
용어해설 | 이용훈 지음

수험생 기본 필독서
만화 공인중개사

제목 : 만화공인중개사 쓰신 분에게 감사드립니다.

학원을 두 달 다녔어요. 근데 과연 그 숫자 외우기 그런 게 몇 문제나 나올까 생각을 했어요.
아니라는 생각이 드네요. 학원강의를 뒤로하고 서점을 갔어요. 내 머리에 가장 이해될 수 있는
책이 없나 하구요. 거기서 만화를 발견했어요. 무조건 세 번 봤어요. 3개월 걸렸어요. 문제집을 보라고
했는데 그건 시행을 못했어요. 근데 합격을 했네요.
어떻게 감사의 말을 해야 될지……
도서관에서 만화책 들고 다니니까 사람들이 비웃더라구요. 만화책으로 공인중개사를 공부한다고
미친 사람처럼 보더라구요. 근데 그거 다 감수하고 했던 내가 자랑스럽습니다.
어떻게 감사의 말을 해야 할지… 정말 감사합니다.
부디 행복하세요. 제 나이 41살에 좋은 스승을 만난 것 같습니다.
엎드려 감사드립니다.

－본사 홈페이지에 독자분이 올린 메일 中 에서 발췌－